中公文庫

虎の道 龍の門（上）

新装版

今野　敏

中央公論新社

目次

イントロダクション

少年は、一段高い試合コートを見上げていた。丸めて握ったパンフレットに汗が滲《にじ》んでいる。

会場は、観客で埋め尽くされている。マットを敷きつめた四角いコート。それがライトで照らし出されている。

そこに二人の男が立っている。

いずれも、頂点を極めた男たちだ。

片や、負けを知らない孤高の戦士。全身が筋肉で鎧《よろ》われている。その肉体は、禍々《まがまが》しいまでに威圧的だ。

片や、数々の名選手を送り出した空手団体の総帥《そうすい》。彼は、自らが率いる団体の空手着をまとっている。その団体から輩出される選手たちの強さは、世間の度肝《どぎも》を抜いていた。

伝説の男が二人、今、勝負の時を待っている。

少年の胸は高鳴る。

いったい、どういう戦いになるのだろう。

どちらが、どういう形で勝つのだろう。

まったく予想がつかない。

今、伝説と伝説がぶつかりあおうとしている。

観客の誰もが、熱い視線を送る。会場はすでに興奮に包まれている。

コートの上の二人だけが静かだ。

どういう戦いになるにせよ、これは最高の戦いだ。

少年は思った。

無敗を誇る孤高の戦士、南雲凱《なぐもがい》。

空手界の巨人、麻生英治郎《あそうえいじろう》。

今まさに、その二人の人生を懸けた戦いが、はじまろうとしていた。

どちらが勝とうがかまわない。

少年は思う。

この戦いを見られるだけで充分だ。この二人の戦いは、また伝説として語り継がれるだろう。

会場を埋め尽くした観客の誰もが、僕と同じことを考えているに違いない。

やがて、南雲凱と、麻生英治郎は、静かにゆっくりとコート中央に進みはじめた。

喚声《かんせい》が高まる。少年も雄叫《おたけ》びを上げていた。だが、その声もたちまち会場に響き渡る喚声に呑《の》み込《こ》まれていった。

虎の道 龍の門

上

主な登場人物

南雲《なぐも》 凱《がい》　シベリアから生還した天性の強さと強靭な肉体を持つ男。大金をつかむためだけに「沼田道場」に入門

麻生《あそう》英治郎《えいじろう》　裕福な家庭に生まれ育ち、伝統派空手道場に所属する大学生。空手の真の姿を追い求める

黒沢《くろさわ》 輝義《てるよし》　フルコンタクト系空手道場の支部長。英治郎の姿勢に共鳴し、ともに稽古をつむ

沼田《ぬまた》 伸之《のぶゆき》　新格闘技団体「沼田道場」を主宰する格闘家。元プロレスラー

佐久間《さくま》 良介《りょうすけ》　「沼田道場」のマネージャー

樫葉《かしば》 弘樹《ひろき》　「沼田道場」のホープ

仲嶺《なかみね》 憲将《けんしょう》　沖縄の空手家。英治郎に多大な影響を与える

高島《たかしま》 勝信《かつのぶ》　麻生の道場での後輩

寺脇《てらわき》 洋司《ようじ》　黒沢の支部での後輩

1

思い出すのは、同じ形の木造平屋建てが並ぶ山の中の住宅街だ。粗末な家で、たいていは、一棟に二世帯が入っている。棟割長屋のようなものだ。

小さな町で、町全体が山にすっぽりと抱かれている。町は寂れていた。商店街のいくつかの店はすでにつぶれ、ガラス戸には埃《ほこり》がこびりつき、入り口には×の形に板が打ち付けられていた。町に一軒だけある映画館のポスターも日に焼けてしまっていた。

夜になると、山の一部が赤黒く光った。ボタ山だ。だが、それが本当の記憶なのか夢の中の光景だったのか、すでに南雲凱《なぐもがい》にはわからない。北海道の炭坑町だった。幼い頃住んだ町だ。

南雲凱は体力を極度に消耗し、意識が朦朧《もうろう》としていた。限界まで体を酷使したせいもあるし、酷寒のせいもあった。とにかく、寒いところでは急速に体力を奪われる。

冬のシベリアだ。おそらく気温は氷点下四十度を下回っている。表面の雪は片栗粉《かたくりこ》のようにさらさらとしており、足元は頼りない。

息をするたびに耳元で小さな音が聞こえる。星のささやきなどと呼ばれるが、それほどロマンチックなものではない。吐いた息が耳元で凍り付きその微細な氷の粒が風に流されて音を立てるのだ。

耳はすでに感覚がない。斧《おの》の柄を握りしめているが、すでに手袋は凍り付いて柄に固定されているような状態だった。

露出している顔に焼けるような感触がある。寒気のためだ。

離れた場所にある丸木小屋の窓からは、白色灯の明かりが洩《も》れている。温かそうな明かりだ。中では、コークスが焚《た》かれ、サモワールが湯気を立てているだろう。

体の中から暖を取るために、そこにいる男たちは、ウォッカをショットグラスから一気に飲み干しているのだ。

小屋の中には食い物もふんだんにある。南雲凱は、昼に具があまり入っていない野菜スープと、酸っぱく固い黒パンを与えられただけだった。

昼からずっと、針葉樹の伐採を続けていた。ロシア人労働者たちは、チェーンソーを使っていた。だが、チェーンソーはここでは高価な機材であり、南雲凱のような東洋から半ば奴隷のように連れてこられた労働者には、一本の手斧しか与えられなかった。

現場監督の太ったロシア人は、おおざっぱに棒で雪の大地に線を引いて、約二十メートル四方の森を区切った。

アレクセイというその現場監督は、今日中にその区画の針葉樹をすべて切り倒すようにと、凱に命じた。

それまでは、夕食をとることも眠ることも許されなかった。

全身の筋肉が、すでにいうことを聞かなくなっている。特に、腕と肩、そして太腿《ふともも》の筋肉が限界にきていた。焼けるような感じで、まったく力が入らない。

すでに、三分の二は片づけた。だが、まだ三分の一も残っているのだ。

凱は、斧を雪に突き立て、立木にもたれてしばしの休息をとっていた。息がやかんから吹く蒸気のように真っ白だ。それが空気中ですぐに凍り付いて、ちりちりと音を立てる。

森は凱が切り倒した分だけ、ぽっかりと隙間《すきま》があいており、そこから夜空が見えた。

恐ろしいくらいの星空だ。大きな星は拳《こぶし》ほどの大きさに見える。その周囲に微細な星がびっしりと詰まっている。

星を見ていると、すうっと気が遠くなっていく。星空に吸い込まれそうだ。

俺は今、死につつあるのかもしれない。

凱は思った。

ここで死ぬとしたら、何とつまらない人生だろう。

ずっと貧乏暮らしだった。炭坑町で生まれた凱の父親も坑夫だった。落盤事故で脊椎《せきつい》を傷め、それから寝たきりになってしまった。町にはろくな医者がいなかったのだ。

労災が認定され、幾ばくかの金をもらったがとてもそれだけでは食べていかれず、母親が働きに出た。

母も炭坑で働いていた。選炭の仕事をしていたようだが、幼い凱には、母がどんな仕事をしていたのか具体的にはわからなかった。母はいつも、真っ黒になって帰ってきた。母は疲れ果てており、いつも辛そうな顔をしていた。昔はよかったというのが母の口癖だった。

石炭産業が盛んな頃は、会社の経費も潤沢で、坑夫の生活も安定していた。炭坑町は心強い共同体で、たとえ怪我《けが》をして働けなくなっても、会社の保障や周囲の善意で安心して暮らしていけた。

だが、国の政策で炭坑が次々と閉山に追い込まれ、会社の経営も厳しくなった。山を離れる人が増え、炭坑町の共同体は機能しなくなっていった。

凱がその町で暮らしていたのは、そんな時代だった。斜陽産業の町。誰もが貧しかったが、凱の家はとりわけ貧しかった。

凱は貧しさから抜け出したくて、中学を卒業すると、すぐに就職をした。製材会社の工場だった。山から切り出した木を製材するための工場で、凱は機械を扱う資格など持っていなかったので、運搬などの力仕事をやらされた。

毎日骨がきしむほど働いたが、給料は知れていた。母の収入と合わせてようやく人並みの暮らしができる程度だった。しかも、収入の多くは、借金返済に消え、生活はなかなか楽にはならなかった。

そして、父が死んだ。

母は泣いたが、そのとき、凱が感じたのは悲しみよりも安堵《あんど》だった。それを今でも悔いている。肉親の死を悲しむのではなく、ほっとした自分が許せないのだ。

やがて、母親も過労のために病気になった。風邪がもとの肺炎だった。ちゃんとした治療を受ければ回復したかもしれないが、入院できるような病院は町にはなく、凱が十八歳のときに、母も死んだ。

そのときから、凱は感情を表に出さなくなった。悲しい顔をしても、悲しみや絶望は去ってはくれない。怒りの表情をしても、運命は嘲笑《あざわら》うだけだ。

金がなければだめだ。

凱はそう考えるようになった。金さえあれば、父も母も死なずに済んだはずだ。貧乏はこりごりだった。

人生には金より大切なものがある。そんなことを言う者もいる。だが、それは貧乏の辛さを経験したことのない者の言い草だ。金があれば、たいていの幸せは手に入れることができる。

それから、凱は一攫千金《いっかくせんきん》を夢見るようになった。

独りになった凱は、故郷を捨てて東京にやってきた。高度経済成長期の東京には、仕事はいくらでもあった。凱には学歴も専門技術もない。人より優れているのは、中学校を卒業して以来働いていた製材所で培《つちか》った体力だけだ。

十八歳の凱の体は、すでに筋肉によって鎧《よろ》われていた。顔にはまだ幼さが残っていたが、その肉体はおそろしいくらいにたくましかった。

凱は道路工事、土木工事、建設現場などで働いた。ひたすら肉体を酷使して、そこそこの収入を得た。生活するには申し分ない収入だ。しかし、凱が求めているのは、その程度の金ではない。彼はあくまでも一攫千金を夢見ていたのだ。

安アパートに住み、ある程度の蓄えもできたが、それではとても満足できない。それで、凱は株に手を出した。だが、素人が株を運用して大きな利益を得ることなどなかなかできない。ついには、先物取引に手を出し、大損をすることになる。

地道に暮らしていれば、普通に生活できたものを、凱は貯蓄を使い果たし、ついには借金を抱えるはめになったのだ。

そんな時期に、凱に儲《もう》け話を持ってきた男がいた。かつて、季節労働者の手配などをやっていた男だった。

ソ連に行けば、大儲けができるというのだ。ソ連は国家事業として、シベリアの開発をしている。その豊富な針葉樹を伐採すれば、国が言い値で買い取ってくれるというのだ。そのための公社があり、そこでは常に労働力を求めている。出来高払いで、伐採をすればするほど儲かるという。その仕事で、年間に一千万を稼いだやつがいる。そういう話だった。

凱にとって一千万という金は魅力的だった。東京で肉体労働をやっていても、稼ぎは知れている。

凱は、その仕事の斡旋《あっせん》をやっている男を紹介され、有り金をはたいてソ連に渡ることにした。イルクーツクに受け容れの事務所があるという。

騙《だま》されたことを知ったのは、バイカル湖の北にある現場に来てからだった。凱は売られたのだ。話を持ちかけた男と仕事の斡旋をするといって渡航の手続きをしてくれた男は手を組んでいたのだ。

ソ連はもちろん社会主義国だが、中央政府の眼の届かないところでは、闇《やみ》の外貨稼ぎが横行していた。その森林伐採の公社というのは、木材を密輸し荒稼ぎをしていた。労働力を確保するために、奴隷のように人を買い付けていたのだ。

凱は百万ほどで売られたらしい。悔やんだが、すでに後の祭りだ。地獄の生活が始まった。

凱たちは、斧で一日中木を切り倒すことになった。夏の間はいい。シベリアとはいえ、このあたりは夏は気候が温暖で過ごしやすい。だが、冬は地獄だった。

毎日誰かが過労で倒れた。そのうちの何人かが姿を消したが、おそらく死んだので、どこかに放り出されたのだ。

そして、今、凱もその仲間に入ろうとしている。死んでも埋葬などされない。野ざらしだ。腹を空かせた山犬や狼《おおかみ》の餌《えさ》になるのかもしれない。

意識が薄れてきて、凱はこれまでの人生を思いやっていた。このまま眠れば、たちまち凍死だ。それを気に懸ける者などいない。

そのとき、闇に光る眼に気づいた。

夢を見ているのかと思った。だが、そうではなかった。森の中からこちらを見つめるいくつかの眼。

野犬か、狼か……。

凱は、ぼんやりとそちらを見ていた。不思議と恐怖感はなかった。

俺が弱っているのを見て、食らう気か？

闇に光る眼は、じっとこちらの様子をうかがっている。見ているうちに、腹が立ってきた。

どうしてこんなことになった？

いったい、俺はこんなところで何をしているのだ？

俺はこんなところで、野垂《のた》れ死《じ》にをするために生まれてきたのか？

腹の奥底に生じた怒りの炎は、徐々に大きく燃え上がっていった。アドレナリンが体に行き渡り、限界を超えていた筋肉に再び活力をもたらした。

もう動けないと思っていたが、凱はもたれていた木から体を離すことができた。斧を握る手に力を込める。

片栗粉のような雪を踏みしめた。光る眼が近づいてきた。正体は野犬の群れだった。月明かりに照らし出された野犬は、いずれも大型犬で見るからに獰猛《どうもう》そうだった。冬のシベリアではすべての生き物が飢えている。野犬たちも例外ではない。

凱は恰好《かっこう》の獲物なのだ。

犬たちが、自分を餌と見なしていることに怒りを覚えた。

凱は、斧を両手で構えた。先頭の犬は黒犬だ。毛に雪が凍り付いて玉になっていた。牙《きば》をむき出しにして、低く唸《うな》っている。

その後ろに、五頭ほどが見える。さらに、森の中に数匹いそうな気配だった。先頭の黒犬がボス犬に違いない。

黒犬は、左右に移動しながらこちらをじっと見ている。飛びかかる隙をうかがっているのだろう。

凱は、言った。

「来いよ。俺を食いたいんだろう？」

黒犬は、後ろ足で雪を掻《か》いた。

次の瞬間、飛びかかってきた。凱は、立木に叩《たた》きつける要領で斧を振った。

黒犬のスピードは、凱の予想をはるかに上回っていた。斧は空振りし、黒犬の牙が凱の首に突き刺さろうとした。

凱は、あわてて斧を引きつけ、その柄で黒犬の首を押しやった。さらに、足で腹を蹴《け》ってやった。

黒犬は一瞬ひるんで、離れた。

凱は、攻撃に出た。こちらから犬に迫り、斧を振り下ろしたのだ。その瞬間、両手から斧の柄がすっぽりと抜けた。握力が弱っていたのだ。

黒犬が飛びかかってくる。凱はその重みで仰向けに倒れた。黒犬は凱の首に嚙《か》みつこうと牙を鳴らす。

他の犬も、倒れた凱に嚙みつこうとする。すでに足に嚙みついている犬もいた。その痛みでさらに頭がはっきりとしてきた。

「このやろう……」

凱は、黒いボス犬の首を両手でつかんでいた。ごろりとうつぶせになり、その回転の勢いを利用してボス犬の首を右腕に抱え込んだ。他の犬がさかんに嚙みついてくるが、厚い防寒服のおかげで、それほどのダメージはない。

だが、防寒服がびりびりと音を立てて破かれていた。牙が直《じか》に皮膚に突き刺さるのは時間の問題だ。

凱は、左手を右腕に添えて、力の限り締め上げた。黒犬はもがいた。その力に驚いた。犬の力もばかにはできない。手を放したら終わりだ。凱は必死で締め上げた。

ごきっという音がした。

そして、黒犬が動かなくなった。首の骨をへし折ってやったのだ。

ほっとしている暇はない。犬は次から次へと襲いかかってくる。足に噛みついていた犬をもう片方の足で思い切り蹴りつけた。

さらに、首を狙《ねら》ってくる犬にフックを打ち付ける。だが、犬の攻勢は止《や》まない。

「くそっ……」

凱は、傷だらけになって、もがいた。だが、数には勝てない。さらに一匹の首を折ったところで、力尽きそうになった。

これまでか……。

そのとき、急に犬の攻撃が止んだ。

何だ……？

凱は、思った。

何が起きた？

そのとき、凱の耳に遠吠《とおぼ》えが聞こえた。犬の遠吠えではない。似ているが、たしかに違う。

野犬たちは後ずさりを始めた。

凱は、上半身を起こして周囲を見回した。雪原の丘に、何かがいた。月明かりに照らし出されたその生き物の毛が銀色に光っていた。

犬のようだが、そうではない。前足の付け根の間隔が狭い。そして、ふさふさとした胸の毛。それがまた、遠吠えをした。

シベリア狼だ。

野犬たちは、さらに後ずさり、やがて森の中に消えていった。

凱は、倒れたまま上半身を起こして、シベリア狼を見つめていた。距離は二十メートルほどあるだろうか。かなり離れているはずなのに、その顔まではっきりと見えた。

狼も、凱を見据えていた。

今度は狼が襲ってくるのか？

凱は、思った。だが、そのシベリア狼は、ただ凱を見つめているだけだった。

恐怖心も闘争心も消え去った。その姿があまりに気高く見えたからだ。狼に見つめられている自分の姿が惨《みじ》めに思えた。

やがて、狼はくるりと尾を向けると、雪原の丘の向こうに去っていった。凱は、それでも狼がいた場所を見つめていた。

狼は、凱を助けたのだ。

彼も飢えているに違いない。しかし、凱には手を出そうとしなかった。気高く誇り高い姿。凱はそう感じ、心を打たれていた。

凱は、しばらく上半身をもたげたまま横たわっていた。やがて、彼は立ち上がった。ようやく何をやるべきかがわかった。

狼は、凱の命を救っただけではない。魂も救おうとしたのだ。凱にはそう思えた。

アレクセイやロシア人労働者が飲み食いをしている丸木小屋に近づく。肉の焼けるいい匂いがした。大笑いする声が聞こえてくる。

窓には、霜の花が咲いていた。水蒸気が凍り付いてその結晶が美しいアラベスク模様を描くのだ。

凱はドアの前に立った。大きく深呼吸すると、凱はドアを開けた。

もわっと暖かい空気が凱を包んだ。肉や酒の臭いを伴っている。

ロシア人たちの笑い声が止んだ。敵意のこもった眼がいっせいに凱に向けられる。部屋の中には、四人いた。その中の一人が現場監督のアレクセイだ。

アレクセイが怒鳴った。

ロシア語なので、凱には理解できない。だが、何を言っているのかはわかった。仕事は終わったのかと詰問しているのだ。

髯《ひげ》をたくわえた別のロシア人がしかめ面で何事か喚《わめ》いた。寒いからドアを閉めろと言っているらしい。

凱は動かなかった。

アレクセイがまた何かを言った。

凱はアレクセイを見据えている。アレクセイは、腹を立てた様子で立ち上がり、凱に近づいてきた。

凱は力一杯拳を振った。これまでの怨みと、怒りをすべてその拳に込めた。

拳がアレクセイの頬骨《ほおぼね》を捉《とら》えた。不意をつかれたアレクセイの巨体が吹っ飛んで、テーブルにぶつかる。その勢いで、テーブルの上の酒瓶やグラス、料理の皿などが床に散った。

三人のロシア人が、椅子《いす》を蹴って立ち上がった。酒で赤い顔をさらに赤くして、口々に喚いた。

アレクセイが、口元を拭《ぬぐ》って立ち上がった。罵声《ばせい》を上げると、再び凱に詰め寄った。大振りの右フックを飛ばしてくる。

凱は、咄嗟《とっさ》にそれをよけた。さらにアレクセイが再び右フックを打ち込んできた。凱は、喧嘩《けんか》の経験などない。だが、体が自然に動いた。

野犬と戦ったときの興奮状態がまだ残っている。体が臨戦態勢なのだ。

フックをよけると、すぐにパンチを繰り出した。それがアレクセイの顎《あご》に当たった。アレクセイの足がもつれる。

凱は、再び同じところを殴った。さらにもう一発。

アレクセイはくたりと床に崩れ落ちた。

三人のロシア人がいっせいに近づいてきた。いずれも、木こりらしくたくましい体つきをしている。

だが、凱は恐怖を感じなかった。疲れ果てていたはずの体に活力がみなぎっている。

一番先頭の相手に、パンチを見舞う。相手はそれをかわして、ボディーブローを打ち込んできた。

ずしんという衝撃が伝わる。だが、思ったより痛くなかった。分厚い腹筋がパンチをはね返していた。その一撃で、さらに血が熱くなるのを感じた。

凱は、相手の膝《ひざ》を蹴った。相手はまったく予想していなかったらしく、無防備に膝を押さえた。頭の位置が低くなる。凱は、相手の顎めがけて膝を突き上げた。

相手はのけぞり、そのまま後方に倒れて動かなくなった。

髯の男がしがみついてきた。もう一人が火搔き棒を手にしていた。鉄製で鉤《かぎ》のついた長さ一メートルほどの棒だ。

凱は、髯の男の腹に二度三度と膝を突き上げた。胴体に回した男の腕がゆるむ。凱は、右腕を相手の首に回して締め上げた。

男がもがいた。凱は先ほどの野犬を思い出していた。自分の右手首を左手でつかみ、必死で締め上げた。やがて、男はぐったりと動かなくなった。相手の体が急に重くなる。手を放すと、そのまま床に崩れ落ちた。

その瞬間、空気を切る鋭い音が聞こえた。残った一人が火搔き棒を振ったのだ。まともに食らったらひとたまりもない。

相手は、再び火搔き棒を振りかぶった。力を込めて振り降ろしてくる。凱は、あわてて後ずさった。すると、相手は火搔き棒を横に振った。さらに逆方向に振る。

そのたびにぶんぶんと空気を切る音がする。反撃どころか、かわすのが精一杯だ。

相手は罵声を上げて迫ってくる。凱は、ドアの外に追いやられようとしていた。

下がったらやられる。

凱は、咄嗟にそう思った。それからの動きは無意識のものだった。相手が振りかぶった瞬間に、目をつぶって体当たりをした。

一か八かだった。

背中に火搔き棒が当たる。だが、まったくダメージはなかった。次の瞬間、したたかな手応えを感じた。相手が吹っ飛んだ。

尻餅《しりもち》をついた相手に、凱はさらに近づき、その顎を蹴り上げた。相手は気持ちよさそうに眠った。

凱は倒れているアレクセイに近づいた。アレクセイは、弱々しく身動きをしていた。

その襟首を捕まえて引きつけ、凱は言った。

「俺はここを出ていく。これまでの給料をもらおう」

日本語なので、相手には通じていない。アレクセイは、憎しみのこもった眼で見返してくる。

凱は、さらに一発顔面を殴った。たちまち鼻血が吹き出した。

「マネーだ。わかるか？　マネー」

マネーくらいの英語は、ロシア人も理解するはずだった。アレクセイは、ようやくうなずいた。

凱が突き放すと、アレクセイは、のろのろと立ち上がった。古い革の鞄《かばん》に近づくと、札束を取り出した。ルーブル紙幣だった。

アレクセイは、ロシア語で何事かしゃべりながら、その紙幣の束を凱に差し出した。それが、どれほどの価値があるのか凱にはわからない。だが、それを確かめる術《すべ》もない。

凱はそれを受け取ると、床に落ちている焼いた肉を拾い、かぶりついた。嚙みしめると、脂《あぶら》が口の中に広がる。うまかった。たちまち、一塊《ひとかたま》りの肉を平らげると、凱は小屋を出た。

腹立ちまぎれのアレクセイの罵声が聞こえる。

外に出ると、凱と同じように奴隷のように売られてきたさまざまな国の労働者たちが、立っていた。彼らは、この小屋とは別の棟に寝泊まりさせられている。ろくな暖房もない部屋で、薄い毛布にくるまって寒さに耐えているのだ。

彼らは、じっと立ち尽くしたまま凱を見ていた。その眼に敵意はない。凱は、彼らの前を無言で進んだ。

やがて、彼らの前を通り過ぎる。

アレクセイの罵声がひときわ大きくなり、凱は振り向いた。アレクセイが戸口で散弾銃を構えていた。銃口を凱のほうに向けている。

凱は立ち止まり、アレクセイを見据えた。

そのとき、無言で立っていた労働者たちが動いた。一人がアレクセイの前に立ちはだかった。そして、また一人、また一人とアレクセイの前に立つ。

アレクセイは、信じられないものを見るような表情で彼らを見つめていた。やがて、アレクセイは銃を降ろした。

凱は、小屋に背を向け歩き始めた。

月明かりに銀色に輝いていた狼の姿を思い出していた。

2

麻生英治郎《あそうえいじろう》は、緊張していた。係員がコートに落ちた血を拭《ふ》いている。

空手の個人組み手の試合だ。じきに麻生英治郎の出番だ。今し方、選手が相手の突きを顔面に食らい、前歯を折られたのだ。

一般に寸止《すんど》めルールと呼ばれる試合だが、こういう出来事は珍しくない。寸止めといっても、拳が相手から離れ過ぎていると、審判は不充分と見なして技を取ってくれない。勢い選手は、相手に当ててもいいから技を取ろうとする。鼻血を出したり、目の周りにあざを作るのは当たり前だ。

誰もがそれで当然だと思っているのだ。麻生英治郎は、それも仕方がないと考えていた。空手は武道なのだ。武道には厳しさが必要だ。

だが、こういうシーンを見るたびに、何か割り切れないものを感じる。恐ろしいのだ。英治郎は、こうした殺伐《さつばつ》とした雰囲気にどうしても慣れることができない。空手が好きではないかもしれないと思うこともある。

だが、小学生の頃からすでに十五年以上続けているのだ。嫌いなはずはなかった。稽古には真面目《まじめ》に通っている。英治郎は大学生だが、大学の空手部ではなく、昔から通っている流派の道場で稽古《けいこ》をしていた。

今日はその流派の大会だ。

英治郎の順番が回ってきた。過去に何度か対戦したことのある相手だった。同じ流派に長年いると、そういうことも珍しくはない。だが、相手が問題だった。

今回の優勝候補だ。英治郎は、憂鬱《ゆううつ》な気分でコート内に進んだ。

審判の始めのコールで、互いに構えた。

英治郎は、先ほど選手が前歯を折られた場面を鮮明に覚えていた。相手はそんなことなど気にしていないように見える。気迫充分で、どんどん間を詰めてくる。

さがってはいけない。

英治郎は、そのことを嫌というほど知っている。だが、知らず知らずのうちに気圧《けお》されて後ろにさがっていた。

突然、相手が前にある左手を上段に飛ばしてきた。刻み突きだ。すばらしいスピードと伸びだ。

中段突きをカウンターで合わせるのがセオリーだ。

だが、手が出なかった。英治郎は、辛うじてその上段の刻み突きをさばき、相手の左側に回り込もうとした。だが、それより早く、相手の右逆突きが中段に飛んできた。

絵に描いたようなワンツー攻撃だ。あばらをしたたかに打たれた。息が止まる。

副審の笛が鳴る。主審は、技ありを宣告していた。

試合開始線に戻り、再度始めのコールがかかる。

相手は自信に満ちている。このまま、やられるわけにはいかない。

英治郎は、攻めに出ようと思った。だが、なかなかそのタイミングがつかめない。相手は、小刻みにフットワークを使い、間合いを取らせまいとする。

英治郎は蹴りから入ることにした。前蹴りで牽制《けんせい》しておいて、ワンツー攻撃を仕掛けようというのだ。

間合いを詰めて、前蹴りを出した。しかし、相手はひるまなかった。英治郎の蹴りを払うと、即座に上段を飛ばしてきた。

顔面をしたたかに打たれた。目の前がまばゆく光り、鼻の奥がきな臭くなる。膝から力が抜けそうになった。

再び副審の笛が鳴り、主審は技ありを取った。合わせて一本。相手の勝ちだ。

試合開始線に戻り、礼をしてコートを去る。鼻とあばらが痛い。だが、肉体のダメージより心のダメージが大きい。

試合に負けた悔しさと恥ずかしさ。相手が優勝候補だったことなど、何の慰めにもならない。

英治郎は、すごすごと選手控え席に戻った。

「先輩、惜しかったスね」

高校生の選手が声を掛けてきた。

惜しいものか。

英治郎は思った。

俺は何もさせてもらえなかった。相手とは空手のキャリアはそれほど違わないはずだ。なのに、力の差は歴然だった。

練習量が違うのだろうか? いや、おそらく練習内容だろう。相手は、組み手中心の練習を徹底的にやっているのだ。

組み手だけが空手ではない。だが、結局試合で勝つ選手は脚光を浴び、流派の中でも日の当たる道を歩むことになる。

英治郎は組み手の試合ではなかなか勝てない。空手の組み手試合というのは、かなり特殊な技術だ。ルールに縛られているため、技がものすごく限定される。そして、スピードが要求されるのだ。

そして、駆け引きが必要だ。英治郎は、技のスピードも力強さも他人に引けを取るとは思えなかった。駆け引きが問題なのだ。

若い英治郎は悩んだ。ならば、どうして空手に型があるのだろう。空手の型にある高度な技を試合で使う選手はいない。いや、試合では使えないのだ。

空手の試合というのは、それくらいに特殊化している。ボクシングや剣道の試合と同じだ。すばやく動き、先手必勝だ。古来から空手の世界には「空手に先手なし」という言葉があるが、こと組み手試合では形骸化《けいがいか》している。

ボクシングが悪いというわけではない。むしろ逆だ。ボクシングの練習というのは、試合に直結している。パンチ、ガード、フットワーク、そのすべての練習項目が試合に反映されるのだ。

だが、空手は違う。まず、基本の立ち方をうるさく指導される。それから型を習う。覚える型が山ほどあり、やがて組み手を習うが、そこで指導体系がふつりと断絶している。組み手の練習では、基本の突きも基本の受け技も使えない。立ち方も違う。スピードと反射神経、そして、度胸とある程度の粗暴さが必要なのだ。

英治郎はずっとそれを不思議に思っていた。しかし、その疑問に対する明快なこたえをくれた先生や先輩は一人もいなかった。

英治郎は、その疑問をあまり口に出したことはない。負け惜しみと思われるのが嫌だったからだ。

小学校のときから、今の流派におり、何度も試合に出場したが、ほとんど勝ったことがない。そういう選手が、組み手試合の不合理を言っても始まらない。

歯を折られた選手が、控え席に戻ってきた。タオルを口に当てている。唇が切れており、これから病院へ行って縫ってもらうという。

この選手は、英治郎より一歳年下だった。高島勝信《たかしまかつのぶ》という名だ。

「だいじょうぶか?」

英治郎が声をかけると、高島は、タオルを口に当てたまま、にっと笑った。

「食らっちゃいましたね」

「あれじゃ、試合に勝ってもしょうがないな……」

「ええ。結局、次の試合は不戦敗ですからね」

試合では高島が先に一ポイント取っていた。そこで、相手の上段突きを食らったのだ。相手は反則注意をもらい、高島に一ポイントが追加された。合わせて一本。高島の勝ちだった。しかし、次の試合はドクターストップがかかり、不戦敗となったのだ。

「これくらいの傷、どうってことないのに……」

高島は、試合に出られないことを口惜しがっている。今、伸び盛りなのだ。昨年の試合では、準々決勝まで進んだ。

この先、俺より実績を伸ばしていくのだろう。英治郎はそう思った。後輩だが、密かな羨望《せんぼう》を感じていた。試合で勝つ選手には一種独特の雰囲気がある。英治郎は、高島にその雰囲気を感じ取っていた。

「それより、先輩の試合も惜しかったですよ」

英治郎はそう言われて、苦笑した。

「皮肉か、それは」

「違いますよ。ほんと、惜しかったですよ」

高島の発音は、歯を折られ唇が切れている上、タオルで口を覆っているために不明瞭だった。「何か、狙っていたでしょう？」

「何かって、何だ？」

「崩し技とか……。いいポジションを取ったと思ったんですけど、相手の突きが一瞬早かったですね」

すると、先ほど声を掛けてきた高校生が言った。

「そうそう。俺もそう思いましたよ」

この高校生は、石巻潔《いしまききよし》という名で、茶帯を締めている。「先輩、崩し技とか、得意じゃないですか」

英治郎は驚いた。

そんなことを考える余裕はなかった。ただ、夢中で戦っていただけだ。彼らにそう見えたとしたら、相手の最初のワンツー攻撃のときの動きだろう。

英治郎は咄嗟に相手の左側に逃げようとした。そのときのポジションが、崩し技や投げ技のポジションに見えたに違いない。

たしかに、英治郎は、稽古のときに、崩し技の練習をよくする。師範が得意なので、それを真似《まね》て練習しているのだ。相手が突いてきたところを瞬時に崩す。

それは、約束組み手、つまり、相手がどこを突いてくるかあらかじめ決めて行う稽古でならば通用する。だが、自由な組み手になると、なかなか使えるものではない。

英治郎は、試合でそういう技を使おうなどとは考えてもいなかった。

だが、後輩たちは、それを期待していたようだ。そして、英治郎がその試みをしたと誤解していた。

石巻が言った。

「崩しからの攻撃が決まっていたら、一本勝ちだったんスけどね」

買いかぶりだ。だが、英治郎はそれを口に出せなかった。そして、それが自分のずるさだと思い、さらに落ち込んだ。

それから、英治郎は組み手試合の練習に打ち込んだ。勝てなければ、何を言っても負け惜しみに聞こえる。

それまで週に二回だった練習を、週四回に増やし、自宅でも体力トレーニングを続けた。

組み手が得意だった指導員のもとに通い、アドバイスを受けた。

ポイント制の試合の場合、スピードと反射神経に重きを置いて練習しがちだが、実は違う。

うとその指導員は言う。当たり負けしない体力と気力が何より大切なのだという。

組み手のときは誰でも怖い。だが、その怖さを押し殺して、前に出るのだ。そうすれば、自分の組み手ができる。

相手の動きに翻弄《ほんろう》されていたのでは、絶対に勝てない。勝てる選手とそうでない選手の差はそこだ。相手の攻撃に合わせてばたばたするか、自分の攻撃を中心に試合をリードするかの違いだ。

その指導員はそう語った。

英治郎は、そのアドバイスに従って必死で練習した。他支部にも出かけて、積極的に組み手の稽古をした。

最初は、打たれるのが怖かった。それでも、さがるまいと必死に耐えた。唇が切れ、目の周りにあざができた。顔面を何度も打たれたために頭痛がする日が続く。

それでもさがらない稽古を続けた。歯を食いしばって相手の攻撃に耐えた。

三ヶ月ほどで効果が出はじめた。三度に一度は自分の攻撃が相手よりも早く決まるようになってきた。それでも、出会い頭で相手の拳を食らうが、前へ出ようという気持ちがあるときは、それほどダメージを感じないことが実感されてきた。

かつては、無我夢中で、自分がどんな攻撃をしているのかわからないという状態だったが、次第に組み手試合というものが見えはじめた。

組み手で引かないことが大切だということは、頭では知っていた。だが、そのための練習をやっていなかったのだ。それは、恐怖心との戦いだ。

ポイントが取れるようになると、組み手が楽しくなってくる。たしかに組み手にはゲームのような楽しさがある。恐怖心を忘れつつあった。何かを克服するためには、やはり、練習しかないのだ。

半年ほどすると、相手の攻撃を食らわなくなってきた。間合いがつかめてきたのだ。相手の攻撃が見えてくる。

さらに、自分の突きが先に相手に届くようになってきた。痛い思いをすることで、ようやく不必要な恐怖感を克服できた。

英治郎は、左の刻み突きと右の逆突きのワンツー攻撃だけで試合に勝てることを知った。大切なのはタイミングだけだ。そして、そのタイミングを取るためには、自分から前に出ていく気迫が必要だった。

それからさらに、半年、組み手の稽古ばかり続けた。この一年間は、型の練習も型の分解組み手もやらなかった。型の分解組み手というのは、型の中にある技を二人組で行う練習だ。型を正しく理解するための練習だ。

そして、次の年の大会がやってきた。

初戦の相手は、茶帯だった。

英治郎は、緊張していた。だが、恐怖感はなかった。一年間、組み手の試合をみっちりやった。その自信があった。

審判の始めのコールで、構える。一歩前へ出て、力強い気合いを発した。じりっと相手がさがった。英治郎はさらに前へ出る。つま先に体重をかけて、小刻みなフットワークを使った。

次第に相手は追いつめられる。

苦し紛れに相手が出てこようとした。その瞬間に、英治郎は飛び込んだ。左の刻み突きと逆突きのワンツー。刻み突きはさばかれたが、中段への逆突きが決まっていた。

副審の笛が鳴り、主審は技ありを宣告した。

技ありを一つ取られた相手の茶帯は、あせりを感じたようだ。今度は、向こうから攻撃を仕掛けてくる。だが、どれも不充分な攻撃だ。英治郎は、それを危なげなくさばき、相手の攻撃が尽きた瞬間に、上段へ左の刻み突きを放った。

再び副審の笛が鳴り、技ありを取った。合わせて一本。英治郎の勝ちだった。

勝利の味というのはいいものだ。

二回戦の相手は、長身の黒帯で蹴り技が得意だった。

英治郎は、相手がどう動こうと自分のスタイルを変えるつもりはなかった。相手は遠間で構えて、蹴りのタイミングを図っている。英治郎は、その間を詰めていった。

相手は、前にある足でいきなり上段に回し蹴りを放ってきた。

その瞬間に飛び込む。相手が蹴りを出そうが突きを出そうがかまわなかった。上段への刻み突きと中段への逆突きのワンツー攻撃だ。

相手の蹴りが不発に終わった瞬間に、英治郎の攻撃が二つとも決まっていた。相手は、バランスを崩して倒れてしまった。

副審の笛が鳴る。旗が横にではなく、真上に振り上げられた。主審はそれを認め、一本勝ちを宣した。

相手は、消え入りそうな表情をしている。一瞬にして負けてしまったことを恥じているのだ。去年までの英治郎は、常にそういう気分を味わっていたのだ。

二回戦を順調に勝ち抜いた英治郎は、気分が高揚してきた。

三回戦も、まったく同じパターンで勝ち抜いた。自分から間合いを詰めていって、相手が出てきたところにすばやくワンツー攻撃を決める。

それで技あり二つを取り、準々決勝に進んだ。ベストエイトに残ったことになる。英治郎にとって初めての体験だった。

ある地方の師範が英治郎に声を掛けてきた。

「やるじゃないか。いい戦いっぷりだ」

「オス。みっちり組み手の稽古、やりましたから……」

「今が伸び盛りだからな。稽古するだけ伸びていく。がんばれよ」

これまで、地方の師範から声をかけられたことなどなかった。試合の勝者というのはそれだけ注目されるということだ。

つまり、試合に勝たない限り、同じ流派で空手を続けていても、決して日の目を見ることがないということなのかもしれない。

準々決勝の相手は、小柄でスピードがある選手だった。見るからにバネがある。飛び込まれたら面倒な相手だ。

英治郎は、今までどおり自分から間合いを詰めていった。相手は、巧みに左右にフットワークを使ってその間合いを外してくる。さすがに、ベストエイトに残った選手だけあって、試合運びが慣れていた。

英治郎は、相手によって攻撃のパターンを変えられるほど試合慣れしているわけではない。同じ戦い方をするだけだ。

軽快なフットワークを使って、こちらを翻弄しようとする相手に向かい、落ち着いて間を詰めていった。

相手が、飛び込んできた。同時に、英治郎もワンツー攻撃を出す。

相手はジャンプ力があり、思ったより拳が伸びてきた。その拳を顔面に食らった。

だが、同時に、こちらの左拳も相手の顔面を捉えていた。

副審の笛が鳴り、一人が赤の旗を、一人が白の旗を横に上げた。片方の副審は英治郎の技ありを取り、もう片方が相手の技ありを取ったのだ。

主審は、副審を呼び集め協議した。短いやり取りの後、審判たちが再び持ち場に散った。主審は、相打ちを宣告し、試合を再開した。

英治郎は、またじりじりと詰めていった。相手が何度飛び込んできても、同じ攻撃を繰り返すだけだ。

突然、相手は飛び上がり、上段に拳を見舞ってきた。捨て身の攻撃だ。英治郎は、咄嗟に逆突きを出していた。

英治郎の逆突きが先に決まる。その後で、上段を打たれた。

副審の笛が鳴る。白旗が二本。相手のポイントだ。

一瞬だが、絶対に自分の中段のほうが早かった。そういう自信があった。しかし、主審は副審の判定を受け容れ、相手に技ありを与えた。

英治郎は、納得できなかったが、選手に抗議権はない。そのまま試合は続行した。

相手は、審判に対するアピールがうまい。先に中段を決めていたにもかかわらず、相手の上段がポイントとなったのは、そのせいもある。それが、試合だ。

英治郎は、再び同じパターンを続けた。じりじりと詰め寄っていく。相手がフェイントをかけた。

その瞬間に、ワンツー攻撃を仕掛けた。相手はそれを待っていた。カウンターの上段突きが飛んでくる。

英治郎は、反射的にそれをかわし、相手の左側にステップした。そこに相手の左脚があった。無意識のうちに自分の左足を掛けた。

不意をつかれた相手は仰向けに倒れた。英治郎はあわてて、その腹部に上から突きを見舞った。

笛が鳴る。今度は、赤の旗が上がった。真上に向いている。

英治郎の一本勝ちだった。相手を反撃不能の状態にしてからの攻撃には一本が与えられる。

相手は、よほど自信があったらしい。試合開始線に戻って礼をするとき、悔し涙を浮かべていた。

ベストフォーに進出だ。英治郎は、文字通り天にも昇る気分だった。準決勝と決勝の試合は、休憩をはさんで行われる。

選手控え席に戻ると、さっそく高校生の石巻が声を掛けてきた。

「先輩、ついに出ましたね。崩しからの一本勝ち」

去年の試合で歯を折られた高島もうれしそうに言った。

「ぜったいやってくれると思ってましたよ」

二人とも、運悪くすでに敗退していた。

英治郎は言った。

「たまたまだよ。たまたま決まったんだ」

石巻が言った。

「優勝、狙えますね」

「プレッシャーかけんなよ」

初戦に勝ってから、気分が乗っていた。勢いがついたのだ。だが、この先はそうはいかないと英治郎は思った。

準決勝と決勝戦は、これまでの戦いとは次元が違う。雰囲気も違えば、勝利の重みも違う。

試合が始まった当初は、ベストエイトまで行ければ御の字と思っていた。だが、ベストフォーに残った今、さすがに欲が湧いてくる。

準決勝の相手は、去年戦って負けた相手だ。今年も彼が優勝候補だった。

コートに立った相手は、自信に満ちていた。この一年、彼もみっちりと練習してきたに違いない。

だが、練習ならこちらも負けてはいない。去年とは違うところを見せてやろう。英治郎は思った。

試合が開始された。

英治郎は、気合いを発して前に出た。相手も前に出る。気迫と気迫がぶつかる。気持ちで負けたら、試合にも負ける。英治郎は、さらにじりっと前に出た。

いきなり相手が仕掛けてきた。英治郎も、ワンツー攻撃に出た。

互いに突きが中段に決まる。主審は相打ちを宣告して、試合を続行させた。

蹴りが飛んできた。それはフェイントで、本命は次の上段突きだ。英治郎は、蹴りをさばくとすぐに上段・中段のワンツー攻撃を出した。相手は、さっと後方にさがりそれをかわした。英治郎は畳みかけるように、さらにワンツー攻撃を繰り出す。

相手も上段突きを出してきたが、英治郎の中段突きが決まった。

スピーディーな攻防だった。

副審の旗が上がり、英治郎の技ありが宣言された。

相手の顔色が変わった。自信が揺らいだのがわかる。

試合が再開された。英治郎は、ただこれまでの戦い方を繰り返すだけだ。自分から詰めていって、ここだと思うところでワンツー攻撃を出す。

相手も必死にポイントを返そうとする。

それからは、両者一歩も引かない攻防が続いた。やがて、三分の試合時間が尽きた。

技ありを先取していた英治郎の勝ちだった。

英治郎は、勝利に酔っていた。去年は、手も足も出せなかった相手に勝ったのだ。

英治郎にとってもっとも意味があったのが、この試合だった。

続く決勝戦では、三十歳のベテランが相手だった。

誰が相手でも、前に出ていくつもりだった。ついに、決勝戦が始まった。

英治郎は、気合いを発して前へ出る。相手は全身の力を抜いて、のらりくらりと間合いを外す。

相手は決して自分から攻撃しようとはしない。両者手を出さぬまま、時間だけが過ぎていく。

英治郎は、さらに詰めていく。

英治郎は、あせりを感じた。

それが相手の思うつぼだと思ったときにはすでに遅かった。

英治郎が先手を取ろうと前へ出た瞬間、腹に強烈な衝撃を感じた。カウンターの前蹴りだった。

一瞬、英治郎の動きが止まった。相手の体が流れるように近づいてくる。きれいに中段に突きを決められた。

ベテランだけあって、試合巧者《こうしゃ》だった。

そのあとも、とらえどころがないまま技ありを取られ、英治郎は負けてしまった。

しかし、悔しさは感じなかった。試合の勝ち負けは紙一重《かみひとえ》だ。今日英治郎が、決勝まで来られたのは、運がよかったせいかもしれない。たしかに、運が試合を左右することがある。

一年間の練習の成果に加え、運が味方してくれたのだと、英治郎は思った。

決勝の相手は、コートで握手を求めてきた。英治郎は、それに応じてコートを去った。表彰式で準優勝のトロフィーと賞状をもらい、英治郎は素直にうれしいと感じていた。選手と観客の拍手。それは、やはり試合に勝つ選手だけが脚光を浴びることを物語っている。

しばらくは、準優勝の余韻《よいん》に浸っていた。しかし、それは長くは続かなかった。試合で勝つ喜びはつかの間のものだ。また、次の試合に向けての準備が始まる。

準優勝したことで、英治郎は本部から強化選手の指名を受けた。流派の試合だけでなく、全日本空手連盟などの対外試合に出るための強化練習に参加することになった。

断るわけにはいかなかった。流派の決定であり、選手としては名誉なことなのだ。

それから、英治郎は翻弄されるような気持ちで練習に参加した。本部での練習に加えて、強化合宿がある。

徹底的な基礎体力作りをやらされ、組み手漬けの毎日だった。

自分から進んでやる稽古と、やらされる稽古は違う。ただ、辛い練習だった。英治郎はいつも、早く練習が終わらないかと、道場にある時計ばかり眺めていた。

英治郎は、前回の試合でなんとか結果を出したいと考えていた。その先には、組み手ではない、空手の姿を思い描いていたのだ。

本部で指導している型の解釈の講習会に興味があった。組み手である程度の評価を得られれば、組み手の試合だけが空手ではないという、英治郎の言い分も通るのではないかと考えていたに過ぎない。

だが、結果を出したら、次のステップが用意されていた。対外試合に強い選手を送り出すことが、流派の名誉であり、有効なPRだった。

その練習には、今年の試合で優勝したベテラン選手も参加していた。三塚《みつか》という名だ。彼は、三十歳だが、定職には就いておらず、空手中心の生活を送っていた。アルバイトでなんとか生活をしのいでいるという。いずれは、流派の指導員になりたいと言っている。大会で優勝したことで、それに一歩近づいたはずだ。

稽古が終わり、雑談をしているときに、英治郎は、本当は本部の型の解釈の講習を受けたいのだと語った。

すると、三塚は、顔をしかめて言った。

「あんなものは、組み手の役に立たない」

英治郎は驚いた。

「でも、本部の指導ですよ」

「試合に勝てないやつのための、救済措置だよ」

「救済措置？」

「そうだよ。誰もが、試合で勝てるわけじゃない。だが、流派を存続させるためには会員数を維持していかなけりゃならん。そのために、弱いやつや年よりにも空手をやっているという名目を与えなけりゃならないんだ」

　英治郎は言葉を失った。

　三塚のことは尊敬していた。試合ではたしかにめざましい成績を残し続けている。だからこそ、その先にあるものを見据えているものと思っていたのだ。

　しかし、彼の頭には組み手試合しかないようだ。英治郎は、不安になった。強化練習に参加している者は、みな三塚のような考え方をしているのだろうか。僕のような考え方はおかしいのだろうか。

「でも、型って大切じゃないですか」

「型試合の強化選手もいる。型の分解組み手をやったところで、型の試合に勝てるわけじゃない。いいか？　見せるための型は、古流の型とは別ものなんだ。試合で勝てる型は強化練習でみっちり練習するんだ」

　試合で勝つことがすべて。強化選手はみなそう考えている。当たり前だ。そのために選ばれたのだ。

だが、英治郎は、疑問を抱かざるを得なかった。

こんな自分はおかしいのだろうか。

迷いながら、練習に参加した。そして、全日本空手連盟主催の試合の選考会で、英治郎は落選した。

強化練習は終わり、英治郎には何も残らなかった。少なくとも、英治郎にはそう感じられた。

試合が空手のすべてではない。その主張に耳を傾けてもらいたくて、試合でそれなりの成果を出した。だが、試合の先にはまた試合があり、選手たちは戦い続けなければならなかった。

それが、今の空手団体のシステムだ。

組み手の練習をして、自分は強くなったのだろうか。

英治郎は考えてみた。

今年の優勝者も、来年は一回戦で敗退するかもしれない。また、ある流派の優勝者も、別の流派の大会では敗退するかもしれない。それが試合だ。

試合で勝ち続ける者はたしかに強い。だが、英治郎の求める強さとは、どこか違うような気がした。

強くなりたい。英治郎は切実にそう感じる。だが、その強さとはどういうものだろう。

それがはっきりとしない。

強化練習を終えた英治郎は、さっそく本部の型講習に参加してみた。指導をしているのは、六十過ぎの師範だった。

だが、それも英治郎が期待していたものとは違っていた。型の分解組み手を教えるのだが、馴《な》れ合《あ》いのムードがあった。三塚は、こうした講習会の雰囲気のことを批判していたのかもしれない。

たしかに、厳しい強化練習をこなしている三塚から見れば、遊びのように思えただろう。英治郎も、この講習に出て強くなれるとは思えなかった。

それから、英治郎の独自の研究が始まった。武道雑誌を漁《あさ》り、さまざまな空手のスタイルを研究した。ビデオを買ってきては、他流派の型を見た。空手に関する書物を買い求め、夢中で読んだ。

本当の強さとは何か。英治郎は、そのこたえを求めて、研究を続けた。大学四年になる年のことだった。

3

一攫千金を夢見て、ソ連まで行った南雲凱だったが、結局ほぼ無一文の状態で東京に戻っていた。アレクセイからもらったルーブルは、ほぼ日本までの旅費で消えてしまった。その年に、ソ連は崩壊した。凱は、二十三歳になっていた。

日本ではバブル経済が終焉《しゅうえん》を迎えており、以前のように簡単に仕事が見つからなくなっていた。

凱は、自分をアレクセイに売った二人を見つけて金を取り返してやろうと思ったが、二人の行方はどうしてもわからなかった。

街を行く人々がコートを脱ぎ、桜の花がほころぶ季節だ。都会のど真ん中にいても、空気のにおいが和らぐのがわかる。だが、凱にとっては、春の気分を味わうどころではなかった。

金が底をつき、路上生活をするしかなくなった。凱は、新宿の駅で、大勢の路上生活者に交じって寝泊まりしていた。路上で寝てみると、人のプライドというものがいかに簡単に崩れ去るかがわかる。

忙しげに行き交う人々の靴音を、駅に寝ころんで聞いていると、このまま生きていければいいという気がしてくる。凱は、身も心も朽ち果てようとしていた。

ある朝のこと、新宿西口広場で小さな騒ぎが持ち上がった。警備員と路上生活者が揉《も》めているらしい。

凱のねぐらからは遠くはなれている。柱の陰になっていて、争いの様子はよくわからなかった。だが、次第に騒ぎはエスカレートしていくようだった。

凱は、寝ころんで遠くから響いてくる、怒号やわめき声を聞いていた。誰かが駆けてくる足音が聞こえた。

「おい、警備員が追い出しにかかっているぞ」

周囲が、さっと緊張する気配を感じた。

「どういうことだ？」

誰かが尋ねた。それにこたえる声が聞こえた。

「都のやつらが、強硬手段に出ることにしたようだ」

「冗談じゃねえ。ここを追い出されたら、どこに行きゃいいんだ」

そうしているうちにも、騒ぎの声はどんどん大きくなる。凱はついに、起きあがり、そちらを見た。

背広を着た連中が三人、それに制服を着た警備員が五人いた。それと対峙《たいじ》しているのは、西口広場に段ボールの家を築いている路上生活者たちだ。

路上生活者たちは、口々にわめいている。背広を着た連中は、ある者は困り果てた顔で、ある者は冷淡に彼らを眺めている。

一触即発の雰囲気だ。背広を着た連中が、紙を掲げて何事かを説明している。それに対して路上生活者の集団が、怒りの声を上げる。集団の数がどんどん増えていた。

ついに、集団の後方から何かが投げつけられた。ペットボトルのようだ。

それをきっかけに、警備員が動いた。強制的に段ボールの家を排除しようとする。それに路上生活者がつかみかかった。

揮発油に火を付けたようなものだ。騒ぎは一気に燃え上がった。通行人が遠巻きにそれを眺めている。

野次馬の数も増えつつあった。

「やべえな……」

近くにいた路上生活者が言った。「こりゃ、怪我人が出るぞ」

凱はその様子をぼんやりと眺めていた。やがて、彼は立ち上がった。騒ぎに近づく。

歩きながら、凱は思っていた。

俺は何をやっているんだ?

直接、俺の身に降りかかった火の粉ではない。放っておけばいい。なのに、俺は……。

凱は、騒ぎに向かっていかずにいられなかった。正義感や義憤のせいではない。

妙に血が騒いだのだ。

現場はすでに混乱しはじめていた。警備員と路上生活者たちのつかみ合いも始まっている。警備員の一人が恐怖に駆られたのか、特殊警棒を抜いた。

凱は、人をかき分けて進んだ。片手で押しのけるだけで、野次馬が吹っ飛んだ。さらに、警備員につかみかかっている老人を引《ひ》き剝《は》がした。凱は、その老人を軽々と持ち上げ、床にそっと降ろした。

興奮した路上生活者たちは、警備員だけでなく、仲間同士で喧嘩《けんか》を始めていた。野次馬に食ってかかるやつもいる。日頃積もり積もった鬱屈《うっくつ》を晴らしたいのだ。

凱は、その騒ぎの中にゆっくりと分け入った。拳が、蹴《け》りが、肘《ひじ》が体のあちらこちらに当たる。だが、痛いとは思わなかった。

つかみ合っている者たちを両手で引き離し、殴り合っている者たちの間に入る。やがて、凱目がけてかかってくる者たちが出はじめた。興奮した集団にとっては、相手は誰でもいいのだ。

凱は、飛びかかってくる相手を片手で払いのけた。それだけで相手は吹っ飛んだ。つかみかかってくる相手は、持ち上げて放り投げた。

やがて、交番から警察官が駆けつけた。いきなり、警察官が凱に飛びかかった。凱は、それをもはねのけた。

警備員が特殊警棒で殴りかかる。凱はそれを後頭部に受けた。頭皮が裂けて血が流れ出した。だが、それでも痛さは感じない。

周囲の連中の息が上がってくるのがわかる。だが、凱は汗もかいていなかった。

凱は、両手を大きく広げた。足を踏ん張り、暴徒と化しつつある路上生活者の集団をぐいと広げた両手で押しはじめた。

最前列の連中がもがいた。押し返してくる。激しい手応えだ。凱は、それに耐えさらに踏ん張った。最前列が崩れた。急に手応えが軽くなる。

路上生活者たちは、将棋倒しになった。

それから凱は振り向いた。警備員や警察官は臨戦態勢を解いていない。

「おとなしくしろ」

年かさで太った警察官が言った。「抵抗すると、逮捕するぞ」

凱は、路上生活者たちを押し止《とど》めたのだ。それなのに、警察官は凱を犯罪者扱いだ。凱は腹を立てた。警備員が手にしている特殊警棒を指差して言った。

「そんなものを振り回すほうが悪いんだ」

だが、警察官は、おとなしくしろ、抵抗するなを繰り返すだけだ。

二人の警察官が歩み出て、凱を取り押さえようとした。凱は、かっと頭に血が上った。反射的に、その二人をはねのけていた。軽くてのひらで払っただけだった。だが、二人はもんどり打って床に転がった。

それを見た年かさの警察官が叫んだ。

「検挙だ。逮捕しろ」

床に転がった警察官が、さっと起きあがり再びつかみかかってくる。さらに、三人が加勢した。

それをはねのけることはできた。だが、凱は面倒くさかった。これ以上抵抗しても事がこじれるばかりだ。

凱は手錠をはめられ、西口交番に連行された。警察官たちは、敵意のこもった眼で凱を見ている。すでに犯罪者扱いだ。

やがて、パトカーがやってきて、凱は新宿署に連れて行かれた。警察署の中は、汗のにおいがした。手錠をはめたまま大部屋で刑事に話を聞かれた。頭の傷はまだほったらかしだ。タオルを渡され、床に血を落とすなと言われた。

刑事は、三十代後半で、まだ午前中だというのに疲れ果てているように見えた。いかにもけだるそうに調書を取った。

凱は一貫して、騒ぎを抑えようとしただけだと主張した。刑事は、言った。

「交番の警察官と言っていることが違うな」

「警察官は来たときから興奮していた」

「おまえは興奮していなかったというのか？」

「俺は冷静だった」

刑事は、じっと凱を見た。それから、机上の書類を押しやった。

彼は凱の手錠を外した。

「病院へ行け。たぶん、縫《ぬ》わなきゃならん」

「自由の身というわけか？」

「おまえのようなやつを泊めていたら、たちまち留置場は満員だ」

「なら、病院へ行く金などない。殴ったのは、警備員だ」

「病院で区にでも請求しろと言え。警察はそこまで面倒は見きれんよ」

刑事は、書類に向かって別の仕事を始めた。

凱は、頭をタオルで押えたまましばらく椅子に座って刑事を見ていた。刑事は、凱のほうを見て言った。

「まだいたのか？　行けよ」

凱は立ち上がり、出口に向かった。腹が立ったがどうしようもなかった。傷など縫わなくてもそのうちふさがるだろう。そう思うしかなかった。警察署を出るまで、誰も凱に詫《わ》びを言わなかった。

ねぐらへ戻ろうとしていると、後ろから声を掛けられた。

「あんた、ちょっと……」

振り返ると、見知らぬ男が立っていた。背の低い中年男だ。グレーの背広を着ているが、ズボンの線は消え、皺《しわ》が寄っていた。風采の上がらない男だ。臙脂《えんじ》のネクタイが妙に派手で全体の印象から浮いている。

「話があるんだ。ちょっといいか？」

凱は、不審に思ってその男を無言で見つめていた。

男はそそくさと名刺を取り出した。

名前は、佐久間良介《さくまりょうすけ》。「沼田《ぬまた》道場・マネージャー」という肩書きだった。

凱が、相変わらず無言で名刺を見つめていると、佐久間は表情を曇らせて言った。

「頭の怪我、なんとかせにゃな……。うちの道場のリングドクターやってる医者に見てもらおう」

「リングドクター？」

「沼田道場って知らないのか？　元プロレスラーの沼田伸之《のぶゆき》が作った新格闘技の団体だ」

「それが俺に何の用だ？」

「とにかく、頭の治療だ。話はタクシーの中でしよう。さ、早く」

「治療する金がない」

「それくらいは、私が何とかする」

凱は、佐久間とともにタクシーに乗った。追っ払うのは簡単だったが、今はそれも面倒くさかった。

タクシーに乗ると、佐久間は言った。

「駅での乱闘、見てたんだ」

凱は言った。

「乱闘じゃない。騒ぎを止めようとしただけだ」

佐久間は笑った。

「そうは見えなかった。まさにちぎっては投げ、ちぎっては投げだったな。あんた、活《い》き活《い》きして見えたよ」

「腹を立ててたんだ。警備員や警察のやり方にな」

「だが、戦っているあんたは楽しそうだった」

凱は、佐久間の顔を見た。

佐久間は、薄笑いを浮かべて正面を見ている。

楽しそうだった？　凱は自問した。本当はどうだったろう。俺は楽しかったのだろうか。

たしかに、あのとき、騒ぎに巻き込まれたわけではない。騒ぎは凱のねぐらからずいぶんと離れたところで起きた。

傍観していようと思えばできたのだ。だが、凱は騒ぎに参加した。そうせずにいられなかったのは確かだ。体が熱くなった感じがした。だからといって、騒ぎを楽しんでいたわけではない。少なくとも、そのとき凱はそう思った。

「仕事、ないんだろう？」

佐久間が言った。

「ない」

「だったら、俺についてきな」

凱はタクシーがどこを走ったのかさっぱりわからなかった。やがて、住宅街の中で停まった。

「こっちだ」

佐久間は、タクシーを降りると小さな個人病院に連れて行った。凱はそこで頭の傷を治療してもらった。

太った医者は言った。

「たいした傷じゃない」

凱はこたえた。

「わかっている」

治療費は佐久間が払った。病院を出ると、佐久間は、凱を近くの新築マンションに連れて行った。何の変哲もないマンションに思えたが、一階には、沼田道場という漢字とアルファベットで書かれた大きな看板が出ており、入ると、オフィスになっていた。

「社長はいるか？」

佐久間が、オフィスの従業員に声をかけた。

「今、来客中です」

佐久間はオフィスを横切り、奥の部屋のドアをノックした。返事を待たずにドアを開ける。

オフィスには、女性を含めて四名がいたが、誰もが不安げに眉《まゆ》をひそめるのがわかった。

開けはなったドアから、声が聞こえてきた。

「佐久間。打ち合わせ中だ」

「掘り出しモンなんだよ、社長」

「いいから、外で待っていろ」

「五分だけ待つ。五分過ぎたら、よそに売りに行くぜ」

「おまえはうちのマネージャーだろう」

「契約社員だ。あれだけのタマを持っていきゃ、いっしょに雇ってくれる団体はいくらでもある」

凱は佐久間の言葉が気に入らなかった。アレクセイに奴隷のように売られた屈辱がよみがえる。

佐久間がドアの外に出てきた。凱を来客用のソファに座らせると、自分もその向かい側に腰を降ろした。

凱は、佐久間に言った。

「これは、どういうことなんだ？」

「だから、おまえに仕事をやろうというんだ」

「俺は、けちな仕事はやらない。儲けたいんだ」

佐久間はにやりと笑った。

「誰だって儲けたい。だが、その能力もなく、方法を知らないやつが大半だ。おまえだってそうだ。だからホームレスをやっていたんだろう？　だがな、おまえには能力がある。一目でそれがわかった。ただ方法を知らないだけだ。そして、俺がその方法を知っている」

「俺はあんたを信用していない。ここのこともよくわからない」

「悪い話じゃないさ」

「俺は、一度売られたことがある」

「売られた？」

「シベリアの材木業者にこき使われるために、売られたんだ」

「材木業者？」

「そこで、毎日木を切っていた。気の遠くなるほどの数だ」

「なるほど……」

佐久間は少し体を引いて、凱の全身を見回した。「体を鍛えるには木こりが一番いいと聞いたことがある」

やがて、奥の部屋から背広を着た男が出てきた。手にテレビ局のロゴの入った紙袋を持っている。

その戸口から、たくましい男が現れ、佐久間に言った。

「いいぞ。入ってくれ」

佐久間は凱に目配せをして立ち上がった。凱は、仕方なく佐久間に付いていった。

沼田伸之は、ワイシャツにネクタイという姿だった。ワイシャツの肩や胸が筋肉ではちきれそうだった。

身長は百八十センチほどで、凱よりもやや低い。だが、迫力のある体格をしている。体格のいい男は、アレクセイのところでいやというほど見ていた。ロシア人の木こりは、日本人とはまるで違う体格をしている。骨格自体が違う。

だが、沼田伸之には、彼らにはない肉体の華やかさがあった。まだ若い。年齢は三十歳前後だろうか。背中はぴんと伸び、胸は誇らしげに盛り上がっている。肩の三角筋や上腕の二頭筋、三頭筋がワイシャツにくっきりと浮き出ていた。首が頭よりも太い。

沼田は、机の向こうで立ったまま、凱を眺めていた。

「ほう……」

やがて、沼田は言った。それから、佐久間のほうを見た。凱も思わず佐久間を振り返っていた。

佐久間は、したり顔でほくそえんでいる。

沼田伸之が佐久間に尋ねた。

「どこで見つけてきた？」

「新宿駅でホームレスと、それを排除しようとした役人の間で小競《こぜ》り合《あ》いがあってね。そこで暴れていた」

「暴れていた？」

沼田伸之が、凱の頭の包帯を見た。

凱は、ただ騒ぎを止めようとしていただけだと言おうとした。だが、面倒くさくて、黙っていた。自然と仏頂面《ぶっちょうづら》になっていた。

なんだか、この状況がおもしろくない。沼田は凱に何も質問しようとせず、佐久間とだけ話をしている。値踏みされているような気がした。

「金がほしいそうだ」

沼田が言った。

「仕事がないのか？」

「見たとおりのホームレスだよ」

「若いんだから、いくらでも仕事はあるだろう」

「シベリアで木こりをやらされていたそうだ。売られたんだよ。昔で言えばタコ部屋みたいなもんだな」

「シベリアで……？」

「聞いたことがある。借金のカタに売られるやつもいるそうだ。女も男も終《しま》いには体を売る。臓器を売るやつだっているんだ。別に驚くほどのことじゃねえ」

凱は次第に腹が立ってきた。二人は、凱の話をしている。だが、沼田は凱に質問しようとしない。まるで、犬猫のやり取りをしているようだ。

「犯罪歴はないんだな？」

「ないさ」

佐久間が言った。「新宿駅の騒ぎで警察にしょっ引かれたが、すぐに釈放されてきたからな」

沼田はうなずいた。

「必要な書類に記入させて、道場に案内してやれ。ホームレスだと言ったな？」

「そうだ」

「寮に住まわせるといい。手続きしてやれ」

佐久間が凱に言った。

「いっしょに来い」

凱は、佐久間に言った。

「待てよ」

凱はついに口を開いた。

「何だ？」

佐久間が尋ねる。

「勝手に俺のことを決めるな。俺のことは、俺が決める」

沼田は、怪訝《けげん》そうな顔で凱を見、それから佐久間を見た。佐久間が言った。

「でかいことを言える立場か？　いいから、来い」

「俺のことは、俺が決める」

凱はもう一度言った。

「大儲けしたいんだろう？　そのチャンスをやろうと言ってるんだ」

沼田は、椅子に腰を降ろした。二人のやり取りを無言で見つめている。凱は、沼田を一瞥《いちべつ》すると、戸口に向かおうとした。

「待ちなさい」

沼田が言った。凱は、かまわず歩きだした。「おい、佐久間」

沼田に言われて佐久間が舌を鳴らした。凱の肩に佐久間が手を掛けた。

「社長が待てと言ってるんだ」

凱は戸口で立ち止まり、佐久間に言った。

「あんたにとっては社長かもしれないが、俺にとっては関係ない」

「ここでそういう口のきき方をするやつはおまえが初めてだ」

「それも俺には関係ない」

そのとき、また沼田の声が聞こえてきた。

「君は、強くなりたいんじゃないのか？」

凱は振り返って、沼田を見た。沼田が言った。

「戦って自分の強さを証明したい。そう思ってここに来たんじゃないのか？」

凱はこたえた。

「興味ない」

「興味ない？」

「俺は金が欲しい。大儲けがしたいんだ。格闘技だかなんだか知らないが、道楽《どうらく》に時間を費やす気はない」

沼田は佐久間を見た。佐久間がまた舌を鳴らすのが聞こえた。

「どうやら、どこかで行き違いがあったようだ。私は、君が望んでここに来たのだと思っていた」

「望んで来たわけじゃない。この人に連れて来られたんだ」

佐久間が言った。

「頭の治療をしてやった。その恩てものがあるだろう」

「近いうちに金は返す」

沼田がゆっくりと体を前に出し、机に肘をついて指を組んだ。

「金を稼ぎたい？　いいだろう。それは今の君には夢物語だが、ここに来れば夢ではなくなる。昔、相撲《すもう》の世界には、土俵の中に金が埋まっているという言葉があったそうだが、これからはリングに金が埋まっている。そういう時代になる」

凱は、戸口に突っ立ったまま、沼田を見ていた。沼田は、凱に言った。

「まあ、こっちへ来て話を聞け。名前は何という？」

「ようやく名前を訊《き》いたな」

「何だって？」

「彼もあんたも、一度も俺に名前を尋ねなかった。彼はただ付いてこいと言うだけだ。あんたも、ここに俺がいるのに、名前も尋ねず、彼と話をするだけだ。ここに来るまでに、俺に名前を尋ねたのは、医者がカルテに記入するときだけだった」

「そいつは済まなかった。当然、佐久間がちゃんとやっているものと思っていたんでな。それで、名前は？」

「南雲凱だ」

「南雲君か。とにかくこっちへ来て、そこにかけてくれ」

沼田は、来客用のソファを指差した。凱が佐久間を見ると、ようやく佐久間は凱の肩にかけていた手を放した。

凱がソファに腰を降ろすと、佐久間も腰かけた。沼田は、身を乗り出すようにして話しはじめた。

「誰が一番強いのか。これは、単純にしてたいへん複雑な問題だ。誰もがそれを知りたがる。だが、誰もそのこたえを出せない」

「俺はそんなことは知りたいとは思わない」

沼田は、まあ待てというふうに片手を上げて見せた。

「私は格闘技界にいるので、格闘技界の話をさせてもらう。格闘技にはいろいろな種類がある。空手もあれば、キックボクシングもある。レスリングや柔道、サンボ、拳法……。そして、空手にもいくつかの種類があり、レスリングにもさまざまなスタイルがある。これまでは、それぞれに棲《す》み分けができていた。そう。棲み分けだ。それぞれの分野にファンがいて、垣根の中で満足してきた。だが、その垣根が破られた……」

沼田の話に熱がこもってきた。凱は、制止するタイミングを失い、黙って聞くしかなくなっていた。

沼田の話によると、彼の言う格闘技の垣根が崩れる原因の一つに、大きなプロレス団体の分裂が上げられるという。長い間、プロレスの世界は二つの大きな団体が支配していた。しかし、ここ数年、その片方の団体の影響力が薄れ、選手が次々と独立していったのだそうだ。

そして、それらの小さな団体が独自の色を打ち出した。共通して言えるのは、それまでのプロレスのルールに飽き足らなくなり、より実戦に近い形で試合をやろうと考えたという点だ。

ある団体は、寝技と関節技を徹底的に突き詰め、ある団体はキックボクシングと関節技を組み合わせた。凱には詳しいことはわからない。だが、沼田の言いたいことは理解できた。

また、別な要素として、ファンの成熟ということが上げられると、沼田は言う。格闘技ジャーナリズムも成熟し、ファンの眼が肥えてきたのだという。

極真会館《きょくしんかいかん》という空手の流派が大きな試合を催し、人気を博してきた。格闘技ファンは、その試合で繰り広げられる真剣な戦いに魅了されたのだと、沼田は言う。

そして、決定的だったのは、アルティメット大会だったと沼田は語った。アメリカで催された、目突き金的攻撃以外は何でもありというルールで行われた大会だそうだ。その大会が、格闘技ファンだけでなく、現役の格闘家たちにも大きな影響を与えることになった。

本当に強いのは誰だ？

格闘技ファンたちは、誰もがそう言いはじめた。だが、それを証明することは難しいと沼田は言う。すべての試合にはルールがあり、勝ち負けはルールに縛られる。

立ち技だけに限定すれば、空手家やヘビー級のキックボクサーが強いだろう。だが、グランドを認めれば、がぜんレスラーが有利になる。今は、その両方の要素を兼ね備えた格闘家が必要だ。現実に、そういう格闘技家がブラジルにいる。沼田はそう語った。

そこで、沼田道場では、キックボクシングや空手といった道場とも提携して、選手たちの技を磨いているという。

凱は、そうした話に興味はなかった。沼田が熱っぽく語れば語るほど、気分は冷めていった。だが、そこからの話題は無視できなかった。

「これまで、多くの格闘家たちは、孤独であり、ハングリーだった。ある者は、コンビニでアルバイトをしながらリングに上がっている。ある者はコックをやりながら、ある者は水道の検針のバイトをしながら格闘技のプロとして生きている。だが、もうそういう時代は終わりにしなければならない。強い者にはそれ相応の収入が約束されてしかるべきなんだ。これからは、多額の賞金をかけた、誰でも参加できるトーナメントが増える。各団体が垣根を取っ払って、本当の勝者を選ぶ時代なんだ。その勝者には、巨額の富が約束される」

巨額の富という言葉に引かれた。

「試合に出て勝てば、大儲けできるというのか？」

「そうだ」

「どのくらいの金がもらえる？」

「私は、優勝賞金が十万ドルを想定している」

十万ドルといえば、約一千万円。

「どこにそんな金がある？」

「スポンサーを付ける。今、プロ野球を除いて、企業にとって宣伝効果がある魅力的なスポーツはない。Jリーグの人気も落ちてきている。これからは、格闘技が魅力的なプロスポーツとして脚光を浴びる。テレビ局も放映権を得るために、多額の金を出す。格闘家として人気が出たら、コマーシャルの話もやってくるかもしれない。そうなれば、年間五千万円の契約金も夢ではない」

一攫千金も夢ではないということだ。佐久間は、凱にはその能力があると言った。そして、先ほどここから出ていった背広姿の男がテレビ局のロゴが入った紙袋を持っていたのを思い出した。

凱が無言で考えていると、沼田の力強い声が聞こえてきた。

「どうだ。いっしょにやってみないか？」

凱は顔を上げた。

「本当にそれだけの金が入ってくるのなら、悪くない話だ」

その言い方が気に入った。ここに来て初めて実感の湧く言葉を聞いた。

「それは、君次第だよ」

凱は無言でうなずいた。

佐久間が言った。

「そういうときは、よろしくお願いしますと言うんだ」

凱は佐久間を睨《にら》み付けた。別にお願いするような筋ではない。凱はそう感じた。

沼田が言った。

「おい、もとはと言えば、おまえがしっかり説明しなかったのがいけなかったんだぞ」

佐久間は、一瞬鼻白《はなじろ》んだ様子を見せた。

「おいおい説明しようと思っていたんだ」

「じゃあ、地下の道場に案内してやってくれ。それから、必要な書類に記入して、入寮の手続きをするんだ」

沼田は、傍らにかけてあった背広の袖《そで》に手を通した。

「お出かけですか?」

「これから、代理店と打ち合わせだ。今日はこのまま戻らん」

佐久間がうなずき、凱に言った。

「こっちだ」

凱は黙って部屋を出た。


地下の道場は、汗の臭いが満ちていた。

マットが敷いてあり、その上で若い男が二人、上になったり下になったりして汗をかいていた。

うんざりするような光景だ。

壁際には、短いサンドバッグが二本、長いサンドバッグが一本ぶらさがっている。黒い革製だが、すでに表面がすり切れていた。

そのサンドバッグに向かって、パンチを繰り出している若者がいた。いずれの若者も体格がいい。しかし、沼田ほどの威圧感は感じない。

サンドバッグの前には、ベンチプレスや腹筋台、その他の筋肉トレーニング用のマシンが置いてあった。

「ちょっと、服脱いでみろ」

佐久間が言った。

「何のために」

「確かめてみたいんだよ、おまえが本物かどうか」

凱は、上半身裸になった。

佐久間は、凱の周囲を歩き回り、肩や二の腕に触れた。筋肉を確かめているようだ。

凱は視線を感じて、周囲を見た。稽古をしていた若者たちが、凱を見ていた。誰もが手を止めている。驚きの表情だった。

「たまげたな……」

佐久間がうめくように言った。「本物の体格は着やせするというが、これほどとはな……」

凱は周囲の視線がうっとうしかった。

「もういいか？」

「ああ」

凱は服を着た。

佐久間は顔をしかめた。

「しかし、その服は臭うな」

「これしか持っていない」

「まあいい。俺が何とかしよう。身長は？」

「最後に測ったときは、百九十センチだった」

「体重は？」

「百二キロ」

「体格は社長並みだな。どうだ、道場は気に入ったか？」

「こういうところは初めてだからよくわからない」

佐久間は、にやりと笑った。

「上へ行こう。必要な手続きを済ませるんだ」

凱が出口に向かう姿を、道場生たちが見守っていた。凱は、わざと彼らと眼を合わせないようにしていた。

4

祖父が死んだ。

麻生英治郎は、就職活動に追われていたが、祖父の死で状況が一変した。祖父は、東京の世田谷区三宿《みしゅく》三丁目に広大な土地を所有していた。

このあたりは、かつては何もない一帯だったが、三軒茶屋《さんげんぢゃや》の商店街が発展し、その周辺の開発が進んだ。今では準一等地だ。

先祖がもともと、このあたりの豪農だったという。昔は周りは畑だったそうだ。土地を切り売りし、今では屋敷を含む一帯だけになったが、それでもその敷地はちょっとしたものだ。

その土地と屋敷が両親に相続された。祖父は、その他に三軒茶屋にビルを二つ持っており、父親はその管理会社を経営していた。

バブルがはじけて、土地の価格やビルの価値が落ちたが、堅実な経営を続けていた父の会社は大きな損害を被《こうむ》らずに済んだ。

英治郎は、祖父が好きだった。そして、祖父が残した家が好きだった。生まれ育った家だ。古い日本家屋で、冬は寒く夏は暑い。だが、幼い頃から近代的なマンションなどにはない良さを感じていた。

磨かれて黒光りする廊下。染みの浮いた天井。立て付けの悪くなった縁側のガラス戸。みしみしいう階段。それらすべてに愛着があった。

祖父との別れは、その家との別れも意味していた。相続税が問題だった。

父は、その対策のために、家を取り壊してマンションを建てることにした。

マンションに特別の階を作り、一家はそこに住むことにした。父は別会社を作りマンションの経営を行うことにし、その会社を英治郎に任せることに決めた。

英治郎は、家を取り壊すことに反対だった。相続税については、土地をまた切り売りすればいい。だが、父は、土地は切り売りすると結局は損をするのだと言い張った。

英治郎は、マンションを建てるに当たって、一つだけ贅沢《ぜいたく》を言った。一階か地下に空手の道場を作ってくれと、父に言ったのだ。

もともと、空手を始めさせたのは父だった。父はそれを承知した。

大学四年の年の九月に工事が始まった。

英治郎の一家は、三軒茶屋のマンションで仮住まいの生活を始めた。

生まれ育った家が壊されていく。それは、英治郎にとって辛い光景だった。英治郎は、とりわけ、愛着のあるものとの別れに感傷的になるタイプだ。

だが、それと引き替えに自分の道場ができる。それでよしとしなければならない。今時、都内に道場を持つなど、きわめて贅沢なことだ。英治郎が所属している流派でも、各支部は公営の体育館や区立の学校の体育館を借りて稽古している。

大学を卒業すると、父は修行と称して英治郎を自分の会社で働かせた。だが、ビルを所有しているだけの会社だ。やることはそれほどなく、英治郎には時間があった。

それを幸いに、英治郎は、空手の研究に打ち込んだ。今までの流派の支部に通いつつ、書物やビデオで研究を続ける。型の講習会にも出席を続けていた。

試合に出るのはやめた。組み手試合のルールやスタイルは、英治郎が思い描いている空手のイメージとはかけ離れていた。若いうちは試合に出るというのが常識だが、英治郎はあえてその常識に逆らった。準優勝という結果を出したことで、踏ん切りがついた。

だが、明確にこれが空手だといえるイメージを持っていたわけではない。それを模索している段階だった。

フルコンタクト・スタイルの空手の人気がすっかり定着している。英治郎はそれも無視できなかった。フルコンタクトを批判する流派の仲間は多い。彼らの批判は、あれは空手ではない、というものだ。キックボクシングかテコンドーに空手の道着を着せたに過ぎないというのだ。

では、空手とは何なのか。

その問いにはっきりとこたえられる者はいなかった。しかも、世間一般には、空手といえば極真会というイメージができあがっている。それを打ち破るくらいに明確で説得力のある空手観に出会ったことはない。

フルコンタクトを否定するからには、それが必要なのだと、英治郎は思った。それにはまず体験してみることだ。

英治郎は、一つ年下の高島勝信を誘って、渋谷にあるフルコンタクト系空手の道場に見学に行った。稽古を見て、何を感じるか。高島の感想も聞いて参考にしたかった。だが、本音は、一人では少しばかり不安だったのだ。

我ながら情けないとは思うが、英治郎は生来気の弱いところがある。試合が苦手だったのはそのせいもある。

受付も何もなく、階段を昇って引き戸を開けると、いきなり板敷きの道場だった。夕刻にでかけたので、一般部の練習が始まるところだった。

黒帯の道場生が近づいてきて応対してくれた。見学をしたいのだというと、パイプ椅子を二脚用意してくれた。

道場生は、全部で十一人いた。黒帯が二人、茶帯が四人。あとは緑帯やブルー、オレンジといった色帯と白帯だ。英治郎の流派は、まず紫帯が五、六級、緑帯が四、三級、茶帯が二級、一級、初段以上が黒帯というふうに分かれている。だが、この流派では、級がもっと細かく分かれているようだ。

いずれにしろ、ブルーやオレンジといった色の帯を締めている者は初心者クラスと見ていいだろう。

それぞれが、準備体操や柔軟体操をしている。おしなべて、体が柔らかい。柔軟体操に力を入れているのがわかる。フルコンタクト空手といえば、派手な上段の回し蹴りを連想するが、ああいう技はこうした体の柔軟性が前提となっているのだ。

基本練習が始まった。黒帯の二人が前に出て、突き、蹴り、受けを練習する。立ちは三戦《サンチン》立ちだ。左足をやや前に出し、足先を内側に向けた立ち方で、那覇手《なはて》と呼ばれる空手の立ち方だ。

空手の源流には、那覇手、首里手《しゅりて》、泊手《とまりて》の三種類がある。地域による区別だが、それぞれに特徴がある。首里手というのは、首里城を中心に行われていた空手で、親方《オエカタ》、親雲上《ペーチン》などと呼ばれた殿上人、つまり武士階級中心に行われた。自然に歩くような足運びが特徴で、手足を伸ばして技をのびのびと使う。

一方、那覇手は、那覇港の商人の間で行われた空手だ。中国と盛んに交易していた時代に発展した。南派の中国拳法の流れをくんでいるといわれ、足をしっかりと踏ん張り、力強い技を特徴とする。

泊手《ぬて》というのは、その両者のちょうど中間あたりに位置するといわれている。受けながら貫き手を使うなどの、特殊な手技に特徴がある。

このところの研究の成果で、すでにその程度のことは、英治郎の中では常識になっている。

つまり、この道場では、那覇手系の空手を基本としていることがわかる。フルコンタクト系の空手に、伝統的な空手の基本があることに、英治郎は少々驚いた。

突きも、伝統的な流派と変わらず、腰から突いている。受けも、内受け、外受け、下段払い、上げ受け、手刀《しゅとう》受けと、古来の技だった。

蹴りには迫力があった。とにかく、高く足を上げる。これだけは、古来の空手には見られない特徴だ。

むしろ、最近は、フルコンタクト空手の影響を受けて、全国空手道連盟など伝統流派の試合でも、上段の回し蹴りなどを頻繁に見るようになった。

一種の流行だ。

それにしても、基本の突き蹴り、そして受けの本数の多さには驚いた。延々と突き、そして蹴る。基本だけでもかなり体力を必要とすることがわかる。

英治郎たちの基本練習の本数は十本単位だが、突き蹴り、それぞれ百本単位だろう。それだけではない。すべての動作に気合いを入れるので、活気にあふれて見える。黒帯、茶帯の体格の良さにも目を見張る。大胸筋が発達している。伝統派の空手着よりも、ズボンがゆったりとしているため、よくわからないが、おそらく、大腿部の筋肉も発達しているに違いないと思った。

歩を進めながら突き、蹴り、受けを行う移動稽古の後、指導員が稽古に参加して、コンビネーションの練習を始めた。ここから、伝統的な動きが一切見られなくなる。スタンスを肩幅程度に取り、両方の拳を顔面の脇《わき》に構える。突きというよりボクシングのパンチのように見えた。

すばやく、ジャブ、フック、アッパーを打ち込み、回し蹴りにつなぐ。そうした動きを、休みなく続けた。

いずれの道場生の道着も汗でびっしょりになる。運動量の多さがよくわかる。

その後、ミットを使った打撃と蹴りの練習を行い、茶帯以上が自由組み手を始めた。彼らは、それをスパーリングと呼んだ。

指導員は、厳しくアドバイスを送る。

拳で肉を打つ音が響く。胴着の合わせ目からのぞく胸がたちまち真っ赤になった。

最後は黒帯同士のスパーリングだった。彼らは、グローブを付けて顔面をも殴り合った。近い間合いでの打ち合いだ。

ボクシングスタイルの、スウェーやダッキング、スリッピングといった頭を振るディフェンスを使っている。

以上で稽古が終わりだった。型の稽古はなかった。指導員が正面に座り、礼をする。

道場生たちが着替えを始めると、指導員が英治郎たちに近づいてきた。

「オス。いかがです？　いっしょにやってみませんか？」

髪を短く刈り、いかつい顔をした指導員だ。年齢は三十代半ばといったところか。道着の上からでも体格のよさがはっきりとわかる。肩幅が広く、胸が張り出している。首が太い。

英治郎は尋ねた。

「いつも、だいたいこういう練習ですか？」

「基本とコンビネーションの練習はいつも同じです。でも、そのあとは日によってまちまちですね。試合が近づけば、当然スパーリングが多くなるし、審査が近づけば型の練習もしなければなりません」

「型も練習するんですか？」

「ええ。審査項目には、型があります」

「どんな型をやるんですか？」

それまで柔和だった指導員の表情が、ふと険しくなった。

「空手をやったことがあるんですか？」

英治郎は、余計なことを訊いてしまったと後悔した。

「ええ。大学時代に……」

「どこの流派です？」

英治郎は、正直に今の流派名を名乗った。

指導員は、相変わらず不審げに英治郎を見ている。道場破りとでも思っているのだろうか。

「知らんな」

指導員は言った。「寸止め空手には詳しくなくてな」

英治郎は迷った。入会希望の見学と言って誤魔化《ごまか》すか、正直に目論見《もくろみ》を話すか。

相手にとってみれば、覗《のぞ》き見《み》されて、勝手に参考にされるのだ。腹を立てて当然だ。英治郎はすっかりすくみ上がっていた。正直に話すしかない。ここで嘘《うそ》をつきとおすほどの度胸はなかった。

とばっちりを受けるかもしれない高島には悪いが、正直に話すことにした。

「実は……」

英治郎は話し出した。

伝統派と呼ばれている空手の現在の試合のあり方に疑問を感じていること。試合と型を中心とした空手の練習に断絶があると感じていること。伝統派の空手を見直すためにも、フルコンタクト系空手を見学してみたかったこと。

一気にそれだけをまくし立てた。

指導員は、黙ってそれを聞いていた。相づちも打たなければ、うなずきもしない。

英治郎は、話し終わると頭を下げた。

「最初に、こちらの趣旨をお話ししてからうかがうべきでした。申し訳ありません」

指導員の眼に、今までと違った光が見て取れた。英治郎にはそれが何を意味するかわからない。おそらく、不愉快に思っているのだろうと思った。

「空手ってのは、口でいくら説明してもわからないよ。体で体験するものだ。そうだろう？　ちょっと、いっしょに稽古やる？」

来たな。英治郎は思った。

稽古をつけてやると言って、痛めつけるのは、武道の世界ではよくあることだ。

英治郎は恐ろしかった。フルコンタクト系空手の試合はテレビやビデオで見ている。直接打ち合うことに慣れている彼らのほうが、組み手の力は上だという思いが、どこかにある。

だが、ここで逃げ出すわけにはいかない。英治郎は、事情を話しはじめたときから覚悟は決めていた。

「お願いします」

指導員は、まだ道場に残っていた黒帯に命じた。

「おい、道着を二着持ってこい」

英治郎と高島は、道着に着替えた。使い古しの道着を貸し与えられるのかと思ったが、そうではなく、会派の名前が入った真新しい道着だった。道場生に販売するためのストックだろう。英治郎たちが白帯を締め終わると、指導員が言った。

「さあ、ちょっとやってみようか」

英治郎が行こうとすると、高島が英治郎を制した。

「先輩。まず、自分が行きますよ」

高島の顔も若干青ざめて見える。だが、彼は気合い充分だった。なにせ、歯を折られても次の試合に出たがる男だ。

指導員と高島は向かい合った。

指導員がフルコンタクト独特の構えをとった。スタンスは肩幅程度。やや膝を曲げているが、腰は高い。両手を開いて顔面の両側に掲げている。

一方、高島は伝統派の試合の構えだ。前屈立ちで両手の拳を胸の前で構える。

「すりゃあ！」

高島が吼《ほ》えた。

じりっと指導員が前に出てくる。

その瞬間、高島が床を蹴った。スピードの乗った左の刻み突きが飛ぶ。そしてすぐさま右の逆突きにつなぐ。伝統派独特のワンツー攻撃だ。

左の刻みが指導員の胸に、右の逆突きが腹に決まった。

よろっと指導員が後退する。畳みかけるように、高島はさらに前蹴りからワンツー攻撃を仕掛ける。

指導員は、その攻撃をやわらかく払う。基本の受け技のようにがっしりと受けるのではない。両手の力を抜いて、相手の力を吸収するように受ける。

さらに、高島は上段に左の拳を飛ばす。指導員は、はっと身を引いて、片手を上げた。

「ちょっと待て。この道場では正拳での顔面攻撃はなしだ」

狡猾《こうかつ》な……。

英治郎は腹を立てた。顔面攻撃を封じられたら、伝統派が圧倒的に不利になる。

「膻中《だんちゅう》だ」

英治郎は言った。「上段は膻中を狙っていけ」

「オッス」

高島は、指導員を睨みながら返事をした。

指導員がさらに近づこうとする。高島は、再び、遠間から飛び込んでワンツーを決める。

その瞬間、指導員は、上段回し蹴りを放った。お互いにつかめるくらいに近い間合いからの上段回し蹴りだ。英治郎は、その体の柔軟さに驚いた。

蹴りが高島の後頭部に当たる形になる。もろに食らったら、その場でノックアウトだ。

だが、高島は倒れなかった。ぽかんとした顔で指導員を見ている。

指導員は、にやりと笑い、さらに後ろ回し蹴りにつないだ。これも踵《かかと》が当たれば、ノックアウトのタイミングと距離だ。だが、指導員は、足先で高島の顔を軽く叩いただけだった。

なめているのか……。

英治郎は、指導員のやり方に腹を立てた。いつでもノックアウトできるが、それでは面白くない。そう言っているように思えた。

指導員が、後ろ回し蹴りの蹴り足を着地させた瞬間に、また高島が飛び込んだ。膝を深く折った、伸びのある中段逆突きだ。それが腹に決まる。

指導員は、またわずかに後退した。高島のほうが一方的に攻めているように見える。だが、指導員はそれを自信まんまんに体で受け止めているように見える。

攻め続けるのは、スタミナを消耗する。おそらく、高島の息が上がったところで、反撃に出るのだろうと英治郎は思った。

高島の手数が減ったところで、フルコンタクト系独特の重い突きのラッシュを見舞い、あばらでもへし折るつもりなのだろう。あるいは、先ほどの見事な上段回し蹴りを、今度は容赦なく叩き込むのかもしれない。

高島は果敢に攻め続ける。しかし、さすがに息が上がってきた。

まずいな……。

英治郎は思った。だが、稽古をつけてもらう立場では、守勢に立つことはできない。苦しくても攻撃を続けなければならない。高島もそれを心得ている。

高島の手数が減ってきた。

そろそろ、相手が反撃に出てくるか……。

英治郎がそう思ったとき、指導員が構えを解いて片手を上げた。

「こんなところでいいだろう。次はあんた、どうだ？」

英治郎に言った。

英治郎は、おやと思いながら高島と交替した。高島は、息こそ上がっているが、打撃のダメージはまったく受けていない。

英治郎は、高島と同じように構えた。

やることは、高島と同じだ。

相手の間合いが近いことは知っている。自分の間合いに入った瞬間に、飛び込んでワンツー攻撃を仕掛けるだけだ。伝統派がフルコンタクトに勝るとしたら、そのスピードだけだと英治郎は思っていた。

指導員が近づいてきた。

英治郎は床を蹴って刻み突きと逆突きを連続して放つ。

指導員がさっと右側に回り込んだ。そこから中段にアッパー気味のパンチを打ち込んでくる。彼らが下突きと呼ぶ攻撃だ。

ちょうどレバーの位置だ。これを食らうと、著しくスタミナを消耗する。

だが、思ったほどの衝撃はなかった。

軽く小突かれた程度にしか思えない。

そのとき、ちょうど両者の体が密着するほど近づいていた。英治郎は、咄嗟に相手の左足の後ろに自分の右足を差し出した。四股立《しこだ》ちになると同時に相手の首の辺りに前腕を差し出す。

投げ技だ。

これが面白いくらいに決まった。指導員は虚を衝《つ》かれたように床に転がった。英治郎は、正拳を突き降ろした。だが、その拳を指導員の顔面の直前で止めていた。

道場破りをするつもりはない。

指導員が立ち上がり、仕切直した。

今度は、指導員が近づくのに任せようと思った。相手の攻撃がどの程度のものか、体で確かめるつもりだった。

指導員は、左の縦拳をまずこちらの胸に飛ばしてきた。ずしりと重い突きだ。それから、下突きを連続して三発、脇腹に打ち込んできた。

どれも耐えられないような突きではない。それから、体をくるりと回転させて、後ろ回し蹴りを飛ばしてきた。その蹴りは、英治郎の頭上を通過していた。

どうして、蹴りを外したのだろう。

英治郎が怪訝に思っていると、指導員は、中段にワンツーを打ち込んできた。さらに下段蹴りへとつなぐ。

腿を外側から蹴られたら、脚が動かなくなるほどのダメージを受ける。実際、フルコンタクト系の試合でのノックアウトの多くは、ローキックによるものだということを、英治郎は知っていた。

英治郎は、思わず膝を上げていた。相手の脛《すね》が膝に当たった。衝撃はそれほどない。相手にもダメージはなさそうだった。脛をいやというほど鍛えているのだろうと思った。

英治郎は、攻めることにした。中段前蹴りで相手を蹴り離し、間合いを取ると、再びワンツー攻撃を仕掛けた。左の刻み突きは防がれたが、右の逆突きが決まった。水月の急所だった。

指導員は、しゃにむに左右の下突きを繰り出してくる。それが、脇腹をえぐる。しかし、やはりそれほどの衝撃はない。

英治郎は、気づいた。指導員は本気で戦ってはいない。こちらを痛めつけるつもりはないのではないかと思った。

その瞬間、風圧を感じた。上段の回し蹴りだった。ごく近間からの上段回し蹴りは、視界の外から襲ってくる。気づいたときにはノックアウトだ。

だが、やはりその上段回し蹴りは、英治郎の頭上を通過していた。

それが、最後の攻撃だった。指導員は、構えを解き、言った。

「このへんにしよう」

今度は、残っている黒帯に相手をさせるつもりだろうかと思った。

だが、そうではなかった。指導員はタオルを取ると汗を拭いた。

「どうだい、実際に組み合ってみて」

英治郎は、どういうことなのかわからずその場に立ち尽くしていた。

指導員は言った。

「あんたたちのスタイルは、直線の動きが早いな。まるで剣道みたいだ。あれで、顔面を攻められたら、ちょっと面倒だな。こちらの動きはどうだった？」

英治郎は、あっと思った。

この指導員は、こちらの意図を理解して協力してくれたのだ。英治郎はうろたえてこたえた。

「あ、いや、とてもしなやかな動きだと思いました。フルコンタクトというと、もっとガツガツ攻めてくるのかと思いましたが、動きがとても柔軟で……」

指導員が笑顔を見せた。

「ガツガツやるときはやるさ。でも、それだけじゃ空手の技にならない。自分はそう思っている」

「はあ……」

「時間、あるかい？」

「は？」

「メシでも食わないか？　うまくて安い焼き肉屋があるんだ」

意外な展開に英治郎は戸惑っていた。てっきり、骨の一本も折られて叩き出されるものと思っていたのだ。

高島も同じように感じているようだ。

着替えを済ませると、指導員は、道場の黒帯を一人伴い、英治郎たちを並木橋《なみきばし》のそばの飲食街にある焼き肉屋に案内した。代官山《だいかんやま》に抜ける通りの近くだ。

「空手家ってのは、みんな貧乏暮らしでな。安くてうまい店を見つけるのが得意なんだ」

座敷に上がり、ガス台のついた卓を囲むと、指導員は言った。彼は、黒沢輝義《くろさわてるよし》という名だった。

同行した黒帯は、寺脇洋司《てらわきようじ》と名乗った。

英治郎と高島もあらためて、自己紹介をした。

「まずはビールだ。練習後のビールほどうまいものはない。あとは任せてくれるか?」

黒沢は、道場にいるときとは別人のように人なつこい笑顔を見せている。英治郎は狐《きつね》につままれたような思いでうなずいた。

黒沢は、四人で食いきれるのかと英治郎が訝《いぶか》るほどの量の肉を注文した。

ビールで乾杯すると、黒沢は言った。

「あんた、基本練習や型と試合のテクニックの間にギャップがあるような気がして悩んでいると言ったな?」

「はい」

「実は俺もそんな気がしていたんだ。うちの会館から独立した者は多い。その連中の中には、古流の型を一切やらない者もいる。俺も型は必要ないような気がしたことがある。型をやっても、試合には勝てないからな。弟子を試合で勝たせたいと思うのは、指導員として当然のことだ。そうだろう」

「そうですね」

「だがな、一方でうちから独立した先輩の中には、夢中で型をやり始めた人もいる。そこで俺はわからなくなったんだ。俺も悩んでいたというわけだ。そこに、伝統派のあんたがやってきて、似たようなことを言った。これはぜひ、話をしなくちゃならんなと……」

「僕はてっきり、ぼこぼこにされると思っていました」

黒沢は、苦笑してビールをぐいと飲んだ。

「フルコンやってるやつが、みんな野蛮《やばん》なやつとは限らんよ」

それはそうだ、と英治郎は思った。

英治郎の流派にも血の気の多いのとそうでないのがいる。伝統派にもどうしようもない乱暴者はたくさんいる。やはり、イメージの問題なのだ。

フルコンは勇ましく、伝統派は軟弱。いつの頃からか、格闘技ジャーナリズムや劇画などによってそういうイメージが作られてしまったようだ。

英治郎もその影響を受けていた。フルコンの道場というと、どうしても血なまぐさいものを感じてしまう。

皿に山盛りのロースやカルビがやってきて、黒沢は豪快に焼きはじめた。鉄板の上に肉を並べるなどという上品な焼き方ではない。ごっそりと、肉を鉄板の上に乗せた。

「さあ、食おう」

肉の食べ方も豪快だった。鉄板の上の肉の山が瞬く間に消えていく。

英治郎も高島も負けじと食った。いくらでも食える年齢だった。

「俺は怖かったぜ」

黒沢が肉を頰張《ほおば》りながら言った。「俺の攻撃が届かない間合いから、それこそ眼にもとまらないワンツー攻撃が飛んできた。しかも、俺たちのやるワンツーとは違う。前に移動しながらのワンツーだ。本当に剣道の小手・面の攻撃のようだ」

英治郎はうなずいた。

「足を継ぎながら、刻み突きと逆突きを出します。僕たちはこれを徹底的に練習します。ポイント制の試合だと、このテクニックがとても有効なのです。僕たちの試合のスタイルだと、両者、フットワークを使って激しく動きます。相手が逃げるスピードも早い。それに突きを決めなければいけないので、自然と追い込むような攻撃が発達したんです」

「だが、そういう動きは、型の中にはない。そういうことだな？」

「そうです。突き一つをとってもそうです。試合式の組み手だと、突いた後、拳を引かなければポイントになりません。しかし、型では突きっぱなしです」

「その点は、フルコンのほうが古流の型に近いということだ」

「おそらく、間合いもそうではないかと思います」

「間合い？」

「空手の古い文献に、当時の写真が載っていたりするんですが、間合いがものすごく近いんです。ほとんど組み合えるほどの間合いです」

「そこで投げ技も使えるというわけか。見事に投げられた。あのときも驚いた。俺たちも投げは使う。だが、どちらかというと柔道のような投げだ。だが、あんたのは違った。あっという間に崩された。一瞬、何をされたのかわからなかった」

「うちの師範で、ああいう崩し技が得意な人がいて、僕は興味を持ってそれを練習していたんです。でも、それは、うちの流派でも少数派です。試合を重視する連中は、突きと蹴りのスピードを優先します。全空連の試合なんかでは、崩し技は滅多に見られません」

「ゼンクウレン？」

「全日本空手道連盟です。伝統派の流派が集まって作っている団体で、伝統派の中ではいちばん権威ある組織ということになっています」

「その団体が、今の試合のスタイルを作っているわけか？」

「そういうことになりますね。流派の独自性よりも、共通ルールを作ることに力を入れているように見えます。おそらく、オリンピックとかを睨んでいるのでしょう。柔術は柔道という一つのスポーツに統合されました。そうでなければ、オリンピック種目にはなり得なかったでしょう」

「俺はスポーツをやっているわけじゃない。武道をやっているんだ」

「僕もそのつもりです」

「空手をスポーツ化するのは、どこか間違っている。柔術が柔道に統合されたと言ったが、古流の柔術はまだ生きている。大東流《だいとうりゅう》だってそうだし、ブラジルには、グレーシー柔術というのがあるらしい。最近、格闘家の間では、そのグレーシー柔術がちょっとした話題になっている。どんなものか、俺もまだよく知らんのだがな……」

「僕は迷っているんですよ。今やっているのが、ほんとうにやりたい空手だったのかどうか……」

「俺も似たような迷いがある。指導員としては、試合で活躍できる選手を育てたいと思う。だが、一方で、試合に出られないような年齢の人たちのことも考えなければならない。全日本や国際大会に出場する選手というのは、ほんの一握りだ。あとの道場生にどうやったらやり甲斐《がい》を与えられるのか、いまだにわからない」

英治郎は、黒沢の言葉が少々意外だった。フルコンタクトの流派というのは、ボクシングと同じで、すべての練習が試合と直結していると思っていたのだ。

誰もが、全日本大会や世界大会に出場する選手に憧れて空手をやっている。その選手と同じ空手をやっているというだけで満足している。そんな幻想があった。

だが、すでに試合に出られないような年齢の人も道場に通っているはずだ。黒沢は、そういう道場生のことも考えなければならないのだ。

「型を練習すると言ってましたね?」

「ああ。審査のためには型を覚えなければならない」

「どんな型をやるんですか?」

「太極《たいきょく》初段、二段、三段。それに平安《ピンアン》の初段から五段まで。それからは、三戦《サンチン》や、転掌《テンショウ》、撃砕《ゲキサイ》、砕破《サイファ》なんかをやる」

やはり、那覇手系の型だ。

太極という型は、おそらく沖縄にはない。富名腰義珍《ふなこしぎちん》という空手家が、本土に空手を普及させた際に、沖縄にある基本十二型から考案したものだろうと、英治郎は考えていた。

平安《ピンアン》の型というのは、さらに時代をさかのぼり、糸洲安恒《いとすあんこう》という空手家が、沖縄において空手普及のために考案した初心者向けの型だ。

「太極や平安の型は、伝統派各派でも初心者のときに教わります」

「黒帯を取ってからも、型の練習はするんだろう?」

「もちろんです。太極や平安はあくまで、初心者のための型です。黒帯を取ってはじめて、その流派に伝わる型を教わるんです」

「どういう型をやるんだ?」

「阿南君《アーナンクー》、汪楫《ワンシュウ》、抜砦《バッサイ》、鎮闘《チントウ》、五十四歩《ゴジュッシホ》、十三《セーサン》、公相君《クーサンクー》の七つをやります」

「それは、何のためにやるんだ?」

「それがわからなくなったんです」

英治郎は苦笑した。

「わからなくなった?」

「空手を始めたときから、型は大切だ。空手のエッセンスはすべて型にあると教わりました。でも、結局、僕らの年代の練習は試合と審査のための練習に終始しています」

「いずこも同じだな……」

「でも、それは型のことをよく知らないからだと思います。たまに、宗家《そうけ》の講習などを受けると、ああ、型の中の技はこういうふうに使うんだなと納得できるのです。そして、そういう空手をやりたいと思うわけです」

「宗家？」

「あなたのところでいう館長ですね」

「じゃあ、おたくの流派では、どうしてそういう空手を教えないんだ？」

「一つには、時間がないこと。どこの支部でも週に一回か二回の稽古しかしていません。結局、試合や審査のための稽古で終わってしまうのです。もう一つは、まだ早いと思っている人が大勢いるということです。若いうちは、試合に出る。型の分解組み手などは、試合に出られなくなってからでも遅くはないと……」

「実際にやっているのか？」

「ある師範が中心になって、講習会をやっています。でも、それほど人数も多くないし、流派内の同好会といった位置づけですね」

「型の分解というのは、どういうものなんだ？」

「型の中に隠されている技を約束組み手の形で練習します。型は、外から見ただけではわからないように技が隠されています」

「何でそんなややっこしいことになっているんだろう」

「昔、沖縄では、稽古をしているところをこっそり見られても、技を盗まれないようにそういう工夫をしたのだと言われています」

「単なる突きや蹴りだけじゃないのか？」

「基本の分解があり、その応用があります。応用では関節技もあるし、さっき僕がやったような崩し技、投げ技もあります」

「あの投げ技は、型の応用だというのか？」

「僕は、そう教わりました」

「型をやるだけで強くなるのか？」

「そこんところが、わからないのです」

「わからない？」

「はい。それで、フルコンタクト系の道場を見学してみたかったのです。地上最強の空手と言われているじゃないですか。強さというのは何なのか、考えてみたかったのです」

「少なくとも、あんたの崩し技は俺には見事に決まった。倒れたあと、顔面に正拳を叩き込まれていたら、俺は立ち上がれなかっただろう」

「でも、そちらも本気で打たなかったでしょう？　蹴りもわざと外しました。本気で打たれたら、僕も立っていられなかったかもしれません」

「俺たちだって、いつも本気で打ち合っているわけじゃない。普段のスパーはあんな感じだよ。俺には、あの投げ技は脅威だと思うがな……」

「でも、僕たちの試合じゃあまり使えません」

「使えない試合のほうがおかしいんじゃないのか？」

「え……？」

「せっかく、型を習って、その中の技を身につけているんだろう？　俺たちから言えば贅沢な話さ。俺たちは、型の中の技なんて教わったことはない。……で、その型の中の技が空手の本質だと教わっているんだろう？　じゃあ、その本質の技を使えない試合のほうが間違っているということになるじゃないか」

「ええ。それはそうなんですが……」

英治郎は、まだそこまで割り切って考えられなかった。全空連という組織があり、全国の伝統空手流派がそこに統合され、統一ルールで戦う。それが趨勢《すうせい》なのだ。

英治郎のいる流派もそれに従っている。多くの会員もそれでいいと考えているようだ。そうなると、つい、英治郎は自分の考えが間違っているのではないかと思ってしまう。

「自分は……」

それまで、じっと二人のやり取りを聞いていた高島が言った。「麻生先輩は、何かやってくれると期待しているんです」

英治郎は、驚いて高島を見た。

黒沢は興味深げな顔を高島に向けた。

「自分は学生なので、疑いもなく試合に向けての練習をやっていました。いずれは、全空連の試合に出て、世界大会にも出たい、そういう思いで空手をやっていました。でも、もうじき卒業です。そうなると、空手に対する関わり方も、自然と変わってくるんです。大学を卒業したとたんに空手をやめてしまう者もいます。麻生先輩は、大会で準優勝されてから、試合に出るのをやめてしまいました。何か考えがおありなんだろうと、期待していたんです。自分だけじゃありません。石巻や、他の若いやつらも、麻生先輩はちょっと違うといつも思っていたんです」

英治郎はあわててしまった。

後輩たちが、自分をそんな眼で見ているとは思ってもいなかった。当然、彼らは試合に連覇するような一流選手に憧れており、英治郎のことは、情けない先輩だと思っているに違いない。そう考えていたのだ。

「いや、実は自分も……」

黒沢の道場の寺脇という黒帯も言った。「黒沢先生は、試合だけじゃない、何かを考えておられる。そう思っていました。それがこの道場の魅力なんです」

英治郎と黒沢は思わず顔を見合っていた。黒沢のほうが切実なはずだ。英治郎はそう思った。黒沢は、支部を預かる指導員だ。道場に対する責任がある。だが、英治郎には、今のところ何の責任もない。

黒沢は、寺脇を見て言った。

「そりゃあ、いろいろ考えているよ。だが、会派の一指導員である限りは、会派のために尽くさなけりゃならん」

英治郎はうなずいた。

「伝統派の指導者の多くは、プロではありません。何か別の職業を持っていて、いわばボランティアで空手を教えています。役員たちもそうです。試合や合宿といったイベントは、ボランティアに支えられているのです。それを当然と考える風潮にも疑問を感じます。みんな忙しい中、時間を割いて空手をやっているのです。でも、それが何のためなのか……」

「どうしたいんだ？」

黒沢にそう質問されて、英治郎はこたえに窮した。明確なビジョンなどないのだ。ただ、今の伝統派空手界のあり方に不満を感じているだけだ。

「おそらく、僕が試合だけを目指している選手なら、こんな疑問や不満は感じなかったでしょう。試合で勝てないからこんなことを言っているのかもしれません。負け惜しみと思われても仕方がありません」

「そりゃねえだろう」

黒沢の表情が険しくなった。どきりとした。気分を害したようだ。英治郎は、自分の言葉が黒沢の機嫌を損ねた理由がわからなかった。

「俺はあんたの負け惜しみに付き合わされたってのかい？」

「あ、いや、そういうわけじゃ……」

「不満がある。疑問がある。ならば、それをどうしたらいいのか。俺はそういう考え方をする人間が好きだ。愚痴を聞かされるために誘ったんじゃない。それに、他人にそのこたえを求めようとする人間も好きじゃない。こたえは自分で見つけるしかない。そうだろう。俺は、お互いに自分自身のこたえを見つけるために、あんたと話がしたかった」

英治郎は衝撃を受け、そして恥ずかしくなった。

やはり、黒沢とは背負っているものが違う。英治郎は、自分が甘えていると感じた。

「おっしゃる通りです」

英治郎は、言った。「僕は、自分では何もせずに、誰かが助けてくれるんじゃないかと思っていたようです」

「俺も偉そうなことは言えない。だが、何とかしようと思っている」

「はい」

「強くなりたいんだろう。そのための空手だ」

「強くなりたいです」

そのとき、英治郎ははっきりとそう思った。強くなりたい。それが単純にして明快なこたえだ。

「だがな、強さというのは一つじゃない。俺たちは試合のために体を鍛える。だが、試合での強さというのは、年を取れば衰えるものだ。俺が六十歳になったとき試合に出ても、二十代のやつにはとうていかなわないだろう。あんたのところの試合もそうなんだろう？そういう強さに、あんたは疑問を持っているわけだ」

「そうです」

「なら、あんたが思う方法で強くなればいい。あんたは、それをすでに見つけている。だが、それに気づいていないか、自分自身で眼をそらしているだけだ」

僕が強くなる方法をすでに知っている。それは意外な指摘だった。たしかに、英治郎は、フルコンタクトのような強さに憧れているわけではない。合気道や、古流柔術の世界では、年を取っても技が衰えないどころか、ますます強くなる人がいるという話を聞いたことがある。

昔、沖縄の空手家たちもそうだった。英治郎は、それが本当の強さだと感じている。だが確信は持てずにいる。

フルコンタクト系に代表される物理的な強さに脅威と恐怖を感じていた。

フルコンタクト系空手の指導者である黒沢が、英治郎の求めるものも強さであると言明してくれた。

英治郎は、ようやく自分の姿勢が中途半端だったことに気づいた。

「さて、今度は、俺の番だ」

黒沢は、わずかに身を乗り出して言った。「俺は、フルコンタクト以外のテクニックを知らない。だが、興味はある。あんたの崩しテクニックだとか、型の分解だとかを学んでみたい。そこでだ。俺の道場で研究会をやらないか？　もちろん、お互いの都合のつくときで構わない。稽古を終えた後、小一時間、お互いのテクニックを交換するというのはどうだ？」

「願ってもないことです」

幸い、英治郎は経済的にも恵まれているし、かなり時間の自由が利いた。空手の研究や練習に費やす時間はいくらでも取れる。

英治郎は、黒沢の稽古のスケジュールを聞き、さっそく来週も訪ねることにした。そのときには、寺脇と高島も参加することになった。

英治郎は、たしかにこのとき、自分の進むべき道がかいま見えたような気がしていた。

5

凱は沼田道場で、新弟子の試験を受けていた。これが、沼田道場の通常のやり方なのだそうだ。本来ならば、決まった期日に希望者を集めて試験をするのだが、凱は特別に一人で試験を受けていた。

試験官は、沼田社長とトレーナーだ。佐久間が立ち会っていた。

スクワットをやれといわれ、それは何のことだと尋ねた。沼田社長は、怪訝そうな顔をした。

「格闘技をやろうというのに、スクワットも知らんのか?」

トレーナーが言った。

「知らない」

凱は平然とこたえた。

トレーナーと沼田社長が顔を見合わせる。沼田社長が言った。

「教えてやれ」

トレーナーが進み出て、しゃがんでは立ち上がる動作を繰り返した。

「こうやってやるんだ」

「何のために？」

「いいから、やるんだよ」

トレーナーに怒鳴られ、凱は仕方なく、動作を真似た。

「俺がいいと言うまでやめるな」

凱は面倒くさかったが、それを断るのもまた面倒くさかった。しゃがんで立ち上がることなど、どうということはない。黙ってスクワットとトレーナーたちが呼んだ動作を始めた。

トレーナーが数を数えはじめる。この動作に何の意味があるかわからなかった。とにかく、ひたすら同じことを繰り返した。

どれくらい時間がたったかわからない。トレーナーは、二百を数えたところで、眉《まゆ》をひそめて沼田社長を見た。

さらに百を数えた。そこで、沼田社長が手を挙げた。

「止め」

トレーナーが言う。

トレーナーと沼田社長は、少しばかり驚いた様子だった。凱がけろりとしていたからだろう。おそらく、こうした運動は、普通の若者にはかなり辛いのだろう。だが、凱にとってはどうということはなかった。北海道の製材所や、シベリアではもっとずっと辛い思いを毎日していたのだ。

「次は腕立て伏せだ」

トレーナーが命じる。腕立て伏せはさすがに知っている。

凱が始めると、またトレーナーが数を数え始めた。これも、三百を超えたところでストップがかかった。凱にしてみれば、腕立て伏せなど、いつまでも続けられる。

それから腹筋をやらされた。これも三百までやらされた。

それらが終わる頃には、沼田社長が完全に驚きの表情を浮かべていた。佐久間は得意げだった。

「本物だろう?」

佐久間が沼田とトレーナーに言った。

トレーナーは、信じられないものを見るような顔でこたえた。

「この体はプロ並みだよ。新弟子のレベルをはるかに超えている。どこで見つけてきたって?」

「新宿駅だ。ホームレスだったのさ」

沼田は何事か考え込んでいたが、やがてトレーナーに言った。

「藤岡《ふじおか》を呼んできてくれ」

トレーナーはうなずき、いったん道場を出ると、若い道場生を伴って戻ってきた。藤岡というその道場生は、社長を見ると、直立不動になった。

沼田が言った。

「そこにいる南雲君とスパーをやってみてくれ」

「はい、社長」

藤岡は大きくはっきりとした声でこたえると、着ていたトレーニングウエアを脱いだ。スパッツとTシャツ姿になり、マットの中央に歩み出た。

沼田が凱に言った。

「彼と好きに戦ってみろ」

「戦う？　何をやってもいいのか？」

「金的攻撃、顔面を拳で殴ること、眼を突くことは禁止だ」

凱は、藤岡を見た。凱より一回り小さい。だが、すべての筋肉がまんべんなく発達していた。髪は坊主刈りだ。おそらく、凱より若い。

凱は、無造作にマットに進み、藤岡と向かい合った。藤岡は、余裕の表情だ。自信があるのだ。おそらく、沼田道場の試合でリングに上がったことがあるのだろう。

だが、凱はまったく恐れていなかった。相手に対する恐怖心などない。あれこれやらされることが不愉快なだけだ。

こっちから頼んでここに来たわけじゃない。

凱は思った。なのに、あれこれテストされる。おもしろくないな……。

トレーナーがゴングを鳴らした。

藤岡は、両手を顔面の脇に掲げ、凱の様子を見ていた。凱はほとんど棒立ちだ。

藤岡は、自信たっぷりに体を揺すり、突然、歯の間から、シッという音を洩らした。

いきなり、左腿の外側に痛みが走った。蹴られたのだ。

「痛えな……」

さらにもう一発、同じ蹴りが来た。派手な音がする。

凱は腹が立った。やりたくもないことをやらされ、しかも痛い思いをさせられている。

凱は、ずいと前に出た。藤岡は、ひるまずさらに凱の腿を蹴る。さらに近づくと、腹に左のパンチを飛ばしてきた。

凱は、その拳を無造作につかんだ。藤岡はすぐさま右を出そうとする。凱は、相手の顔面を横から張った。

パンという大きな音が道場内に響いた。とりあえず、拳で顔面を殴るなという沼田の言葉には従っておいた。

藤岡の膝から力が抜けた。足をもつれさせ、くにゃりとその場に崩れ落ちた。尻餅をついた藤岡は、ぽかんとした顔で凱を見上げている。

次の瞬間、藤岡の顔面と首が赤く染まった。怒りのためか、羞恥心《しゅうちしん》のためかわからない。

たぶん、その両方だろうと思った。だが、凱には関係のないことだった。

藤岡は、激しく首を横に振ると、闘志をかき立てるように一声吼えた。彼は立ち上がらずに、そのまま凱の両足にしがみついてきた。凱は不意をつかれ、仰向けに倒れた。

藤岡は、するすると凱の上半身に自分の体を預けてくると、やがて、足を開いて凱にまたがった。馬乗りだ。そこから凱の顔面に平手を飛ばしてくる。

その手が耳に当たり、ひどくうっとうしかった。耳の中をかき回されているような不快感だ。

凱は、頭に来て大きく右手を振った。それが藤岡の肩に当たる。それだけで、藤岡は転げ落ちた。

凱は、立ち上がり沼田を見た。

「蹴ってもいいのか？」

「ああ。キックは認められている」

藤岡が再び、両手を顔面の脇に構えて近づいてきた。

凱は、無造作にその腹を蹴った。

藤岡は、よろよろと後方に後ずさる。凱は構えもせず歩み寄り、藤岡の顔面を先ほどと同じく右手で張った。次に左手で張る。さらに、右、左。

藤岡は必死にそれを防ごうとしたが、再び凱の張り手が顔面を捉えた。

一発、さらに二発と張り手が叩き込まれる。藤岡の手がさがり、棒立ちになった。その眼が光りを失う。薄い膜が張ってしまったような感じだ。

藤岡はすとんと両膝をマットについた。そして、うつぶせに倒れてしまった。

凱はそのあばらを蹴った。

トレーナーが、ゴングを鳴らした。

それでも凱は蹴るのをやめなかった。

沼田が大きな声を出した。

「やめろ！　どういうつもりだ」

凱は沼田を見た。

「蹴りはいいって言っただろう？」

「相手はもうノックアウトだ。倒れた相手を攻撃してはいけない」

「そんなことは聞いてない。好きに戦えって言ったじゃないか」

沼田は、厳しい表情だった。

「もういい。試験は終了だ」

「……で、俺はどうなったんだ？」

沼田は、大きく溜《た》め息《いき》をついてから言った。

「合格だよ。明日から稽古に加わるんだ。彼は、風見《かざみ》という。彼の指導に従ってトレーニングするんだ」

沼田は、トレーナーを示して凱に言った。

それから、風見に藤岡の面倒を見ろと言い残し、道場を出ていった。

風見は、洗面所に行き絞ったタオルを持ってきた。藤岡が朦朧《もうろう》とした表情で上半身を起こした。

それを見て、佐久間がそっと凱に言った。

「みんなたまげてるんだ。あの藤岡は、若手の中では一番の実力者なんだ」

風見というトレーナーは、髪を角刈りにしており、たくましい体つきをしていた。若い頃はさぞかし精悍《せいかん》だったろう。今は、髪にかなり白髪《しらが》がまじり、少しばかり腹も出ていた。大きな目が特徴だった。風見はその大きな目で凱を睨み付けるようにして言った。

「おまえは、佐久間にスカウトされてきたそうだが、特別扱いはしない。テストを受けて入門した新弟子と同じ扱いをする」

凱は、無言で風見を見返していた。

特別扱いされようが、されまいが、どうでもよかった。金が儲かればいいのだ。

沼田社長は、これからは格闘技家がプロとして金を稼ぐ時代だと言った。その言葉に乗ってみようと思っただけだ。

「返事はどうした？」

「返事？」

「俺や社長、先輩らが、何か質問や命令したら、大きな声で返事をするんだ。わかったか？」

「どうしてだ？」

風見は、むっとした顔で凱を見た。

「どうして？　そういう質問はするな」

「なぜだ？」

「だから、そういうことを訊くなと言ってるんだ。それが、道場のしきたりだからだ」

アレクセイのところでも、そんなことを強要されたことはない。凱は、おもしろくなかったが、反抗するのはかえって面倒だった。言うことをきいたほうが楽だ。

風見が言った。

「わかったら、大きな声で、はいと返事をしろ」

ばかばかしい。

そう思いながら、凱は言われたとおり返事をした。

「それから、社長の話を聞くときは、気をつけをしろ。俺とか僕とか言わずに、自称するときは、自分と言え」

「約束事が多いんだな」

「それから、目上の者と話をするときには、敬語を使え」

「そうすれば、稼がせてくれるのか?」

「敬語を使えと言ったろう」

「そうすれば、稼がせてくれるんですか?」

風見は、不愉快そうな顔になった。

「社長が何を言ったか知らんが、俺は金のことばかり言うやつは好きじゃない。格闘技の世界は、甘いところじゃないぜ。みんな、生活のことなど考えずに戦っているんだ」

あんたに好かれようが好かれまいが、関係ない。俺は金が稼ぎたいだけだ。それも、半端な金じゃなく、大金を。

凱はそう思ったが、口には出さなかった。

「まず、ここでスクワットを二百回やれ」

凱は、言われたとおりに運動を始めた。本当にこんなことで金がもらえるなら楽なものだ。

風見は他の練習生のところに行った。凱はスクワットをやりながら、その様子を見ていた。ある練習生には、グローブを付けさせてサンドバッグを打たせた。また他の練習生には、寝技を教えはじめた。

練習生は、五人いた。その中に、藤岡もいる。藤岡は、長いサンドバッグを蹴っている。蹴るたびにサンドバッグが派手な音を立てる。

凱は退屈してきた。スクワットは楽な運動ではないが、凱にとってはどうということはない。これならば、木を切っていたほうがいい。木を切るのは単調な作業に見えるが、実は変化に満ちている。一つとして同じ手応えの木はない。そして、斧の一打一打に変化がある。力の加減、打ち込む角度で木への食い込み方がまるで違うのだ。

二百回のスクワットを終えると、凱は、手持ち無沙汰《ぶさた》な気分で立ち尽くしていた。それに気づいた風見が近づいてきた。

「休んでいいと誰が言った？」

ビンタが飛んできた。頬で派手な音がして、じんとしびれた。

「二百回、終わった」

凱は、突然のことで、びっくりした。

道場内に響き渡るビンタの音で、一瞬練習生たちの動きが止まった。凱と風見に注目している。

「敬語を使えと言っただろう。言うことをきかなければ、ぶん殴る。いいか？」

凱は腹が立った。だが、ここで癇癪《かんしゃく》を起こしてもいいことは何もない。我慢して黙っていた。

「わかったか?」

「はい」

「返事は大きな声でしろ」

「はい」

「今度はプッシュアップを二百回だ」

「プッシュアップ?」

「腕立て伏せだよ。ちゃんと顎を床に着くまで腕を曲げろ」

風見はまた、凱のもとを離れていった。

腕立て伏せ二百回も、凱にとっては簡単なことだ。

練習生たちは、皆真剣な表情で汗を流している。凱はその動きをじっと見つめながら、プッシュアップを続けた。サンドバッグを打ったり蹴ったりしている連中に興味を覚えた。あれはなかなか面白そうだと凱は思った。

腕立て伏せ二百回が終わった。すると、また風見がやってきて言った。

「今度はシットアップを二百回だ。シットアップってのは腹筋のことだ。いいか、休むな」

腹筋運動をやりながら、また練習生たちの動きを観察していた。やがて、練習生たちは、二人組になって、実際に打ち合ったり、組み合ったりという練習をはじめた。彼らはそれをスパーリングと呼んでいた。

「うっす」

出入り口で声がした。

練習生たちは手を止めて、出入り口のほうを見て、一礼した。

見たことのない男が立っていた。沼田社長よりも身長がある。鍛え上げられた体格だ。髪を短く刈っていた。

その男は、凱に気づくと近づいてきた。凱は、シットアップを続けていた。しばらく、凱を見下ろしていたその男が言った。

「新弟子って、あんた？」

凱はシットアップを続けながらこたえた。

「はい」

「名前は？」

「南雲凱」

「ふうん……」

それだけ言うと、その男は、また黙って凱を見下ろしていた。妙なやつだなと凱は思った。

凱より年上のようだが、それほど年は違わないように見える。だが、他の練習生とは雰囲気が違っていた。どこかぼうっとした印象があるが、同時に沼田社長に通じる華やかさがあった。

「あんたとは、当たりたくないなあ」

その男は独り言のようにつぶやいた。

また風見が近づいてきた。凱は、言われたとおりシットアップを続けている。

「ばかやろう」

風見が言った。「先輩が話しかけてるんだ。ちゃんと立って返事をしろ」

凱は、腹立ちを抑えきれなくなりつつあった。休むなと言われたからシットアップを続けていたのだ。

凱は立ち上がって、風見を睨み付けた。

風見が先輩だと言った男が言った。

「いいよ。別に。練習の邪魔するつもりはないんだからさ」

風見は言った。

「いいか？　同じ道場生でもこの樫葉弘樹《かしばひろき》はな、おまえのような新弟子とは違うんだ。すでにデビューして人気もうなぎ上りだ。相撲でいえば、幕内力士だ。態度に気をつけろ」

樫葉弘樹が顔をしかめた。

「古いなあ、風見さんは……。俺、そういうのあんまり好きじゃないよ」

華やかさの理由は、デビューして金を稼いでいるからか。凱はそう思った。樫葉弘樹というのが、どういう格闘技家なのかは、知らない。とらえどころがないという印象だった。

「じゃあ、またな」

樫葉弘樹は、凱にそう言うとロッカールームに消えた。これから着替えて練習を始めるのだろう。

風見が凱に言った。

「シットアップは終わったか?」

「まだ途中です」

「まあいい。今度はスクワットだ」

「スクワットはさっきやりました」

「いいからやれ。二百だ」

風見はそう言うと、背を向けて歩き去った。凱は、仕方なくまたスクワットを始めた。さすがに、大腿部が熱を持ち始めた。ふくらはぎが張ってくる。

汗が出はじめた。

樫葉がロッカールームから出てきて、体をほぐしている。その間も、凱のほうを見ていた。じっくり時間をかけて、準備体操をすると、樫葉は、藤岡に声をかけてスパーリングを始めた。

二人は、指の出た独特のグローブを付けている。スパーリングの最中も、樫葉は凱のほうを気にしているようだった。

凱は、ようやくスクワット二百回を終えた。先ほどと合わせて四百回をこなしたことになる。さすがに、筋肉の疲労を感じた。腿とふくらはぎが張りはじめている。

汗が流れてきた。

風見が、凱に声を掛けた。

「プッシュアップ、二百回」

凱は、むかっときた。

だが、逆らうわけにもいかない。黙ってプッシュアップを始める。

こちらも今度はなかなかきつかった。

ようやく、それを終えると、今度はシットアップ二百回を命じられた。

これも二度目は辛い。

終わったときには、全身の筋肉が疲労していた。汗が全身を濡《ぬ》らし、髪からしずくとなって落ちた。

風見の声が聞こえた。

「スクワット二百回」

凱は、切れた。

「こんな練習が何になるんだ？」

風見の顔色が変わった。つかつかと近づいてきて、手を振り上げた。また、ビンタを見舞うつもりだ。

凱は、その手をつかんだ。風見は振りほどこうとしたが、びくともしない。

「放せ、ばかやろう。こんな真似をしてただで済むと思うな」

「俺は、スクワットや腕立てをするためにここに連れてこられたのか？」

「新弟子なら誰でもやらされることだ。特別扱いはしないと言ったはずだ。いいから放せ」

凱は、突き飛ばすように手を放した。風見はよろよろと後ずさった。

「ばかばかしい……」

凱は言って道場を出ようとした。

「待て」

風見が言った。「勝手な真似は許さんぞ。言われたとおりに、スクワットをやれ。二百回だ」

「あんたがやれよ」

風見は、顔を真っ赤に染めた。

「それが新弟子の態度か？」

風見は、拳を握り、それを顔面に飛ばしてきた。凱は、それを左の肘で受けると、右の拳を風見の顔面に叩き込んだ。

風見は、のけぞりそのまま仰向けに倒れた。さらに勢いがついて、後転して仰向けになった。二メートルは吹っ飛んでいた。

凱は軽く殴ったつもりだった。

風見の顔面はつぶれていた。鼻梁《びりょう》が折れて鼻が曲がっている。鼻の穴から血が噴き出していた。

風見は、頭を振ってから起きあがり、血まみれの自分の両手を見た。鼻血で汚れたのだ。それから凱を見た。その大きな目に危険な光が宿った。

着ていたトレーニングウエアの袖でぐいと鼻血をぬぐうと、風見は両方の拳を顔面の脇に構え、やや背を丸めて凱に近づいてきた。

「ようやくスパーリングとかいうのをやらせてくれるのか？」

凱が言った。

風見はこたえない。睨み付けてくる。その眼には怒りと憎しみがはっきりと見て取れた。

いきなり、凱の太腿を蹴ってきた。先ほど、サンドバッグに向かっていた藤岡がやっていた蹴りと同じだ。

派手な音が響く。

四百回ものスクワットをやった後なので、その蹴りはきいた。

「痛え……」

凱はつぶやいた。

風見は蹴りに続いて、すぐさま左、右と拳を打ち込んできた。左は短く弾《はじ》くようなパンチで、顔面へ、右は下からえぐるように腹へ打ち込まれた。

「痛えな……」

再び凱は言った。

風見は、さらに蹴りを飛ばしてきた。凱の脇腹を狙っていた。

凱は無造作に抱え込んだ。そして、しっかりと足首を捕まえると、そのまま体を回転させた。風見は振り回された。

凱が手を放すと、面白いように風見は吹っ飛んだ。ベンチプレスの台に激突して転がった。

派手な音が響く。

風見は、大きな目を怒りにぎらぎらと光らせて、床に手を突き、のろのろと起きあがった。

凱は風見に歩み寄った。

「たしか、蹴りはありだったよな。こう蹴るのか？」

凱は、見よう見まねで横から蹴ってみた。藤岡がサンドバッグを相手に蹴っていたのをじっと観察していた。体の使い方はだいたいわかっていた。

膝を抱え込んで、足先で空中に弧を描くように蹴る。脛《すね》を風見の脇腹に叩き込んだ。

風見がぐえっという不気味な声を漏らした。そのまま脇腹を押さえ、信じられないものを見るような顔つきになった。すうっと顔色が悪くなっていく。

そのまま風見は崩れ落ちた。立ち上がろうとしなかった。

風見は、脇腹を押さえたまま苦しげにうめいている。ダメージが収まり、声が出せるようになると、風見は言った。

「おい、樫葉。こいつを何とかしろ」

樫葉がこたえた。

「嫌だね。俺、怪我したくないもん」

「何だと？」

「あんたが、その人に教えること、何もないんじゃない？」

風見が、口をあんぐりとあけて樫葉を見ていた。

そのとき、樫葉を除いた練習生たちがさっと気をつけをした。出入り口を見ている。

凱もそちらを見た。

トレーニングウエアを着た沼田が立っていた。沼田が眉をひそめ、言った。

「何事だ？」

「社長……」

風見が救いを求めるように言った。「この新弟子が言うことをきかないもんで……」

沼田は凱を見た。その眼からは何の感情も見て取れなかった。

「言うことをきかないだって？」

「俺はちゃんとした練習がしたいだけだ」

風見がわめいた。

「道場のやり方に従わないのなら、練習などさせない」

そのとき、樫葉がのんびりとした口調で言った。

「道場のやり方って、あんたが勝手に決めてるだけだろう？」

沼田が樫葉に言った。

「どういうことだ？」

「自分より弱い者の言うことなどきくことはない。俺たち、そういう世界で生きてるんじゃないですか？　プロなんですよ」

沼田は、風見を見、それから凱を見た。しばらく、凱を見ていたがやがて言った。

「なるほど。風見さんの手には負えないというわけか。わかった。南雲は私が直接指導する」

「社長、それじゃ特別扱いだ」

風見が言った。「俺は誰も特別扱いしたくはない。新弟子には新弟子のやることがある。社長が直接指導するってのは、樫葉や藤岡クラスってことじゃないですか」

沼田は冷ややかに言った。

「プロのトレーナーのくせにわからないのか？　南雲の体はもう出来上がっている。そして、強い。テクニックの問題じゃない。本質的に強いんだ。稀《まれ》にそういう人間がいる。特別扱いしたくないと言ったが、こいつは特別なんだよ。特別なやつには特別な育て方が必要だ」

「他の道場生が納得しませんよ」

「どうかな？」

沼田は言った。「みんなはもう納得しているように見えるがな」

風見は周囲を見回した。

沼田に眼を戻すと言った。

「俺は納得しない」

「なら、全員とスパーリングをやらせてみればいい」

沼田の言葉に、樫葉がのんびりした口調で言った。

「自分は遠慮しますよ」

その一言で、風見の不利は決定的になった。凱は、風見の指導を受けずに済むことになり、今後は、沼田から直接指導されることになった。


その日、稽古が終わり、ちゃんこを食って寮に戻ろうとすると、佐久間が一階のオフィスから現れ、凱に言った。

「おい。風見と喧嘩したんだって？」

「喧嘩じゃない。スパーリングだ」

「風見のやつは、おまえのミドルキック一発で沈んだそうじゃないか」

「藤岡がサンドバッグに向かってやっているのを見て真似してみた」

「たまげたな。あいつは、元キックボクサーでタイのチャンピオンを倒したこともあるんだぜ」

「今は、ただの中年男だ」

佐久間は笑った。

「俺もあいつが気に入らなかった。やたらと威張り散らすからな。道場生は体育会系だから、あんなもんだと思っているらしいが、俺はああいう体質は嫌だね」

凱はそんなことはどうでもよかった。

「樫葉というのは、金を稼いでいるのか？」

なぜだかわからないが、樫葉が気になっていた。

「デビューしている。稼ぎは今んところはそこそこじゃないか。あいつもこれからだよ。

樫葉はこれからがんがん稼ぐ」

「強いのか？」

「強くなければ稼げないのが、この世界だ」

なるほどな、と凱は思った。

6

英治郎は、自分の流派での練習よりも、黒沢道場へ行く日のほうが楽しみになっていた。目新しさのせいもあるかもしれない。だが、黒沢との練習はたしかに楽しかった。

黒沢の道場の正規の練習が終わるのを待って、一時間くらいの研究会をやるのだ。

今日も黒沢道場の練習日だった。

英治郎は、稽古着と帯を持って渋谷の道場に向かう。

当初は、白帯を締めて行った。他流派の道場に行くときは、それが礼儀だ。だが、黒沢は、黒帯を締めて来いと言った。

英治郎は、黒沢の道場に入門したわけではない。これは有段者同士の研究会なのだというのが、黒沢の言い分だ。

英治郎はその言葉に従うことにし、このところは、黒帯を締めていた。

黒沢の道場に初めて行ったときに、道着を借りて、伝統派とフルコンタクト系では道着にも違いがあることを知った。

フルコンタクト系の道着は、伝統派のものよりも、ズボンがゆったりとしており、脚が上げやすいように股の作りが工夫されている。また、伝統派が使う道着は、襟が開かぬように、脇に作務衣《さむえ》のような紐《ひも》がついていて、それを縛るようになっている。だが、フルコンタクト系の道着にはそれがない。柔道の道着のようだ。

着てみると、非常に動きやすい。

なるほど、道着も日々進歩しているのだなと、感心した。フルコンタクト系の道着に慣れると、伝統派の道着はどうも窮屈な感じがする。

英治郎は、黒沢の道場に置いてある道着を一着売ってもらった。彼らの会派の名前が左胸に入っている。

英治郎は、そういうことは気にしなかった。伝統派にもフルコンタクト系にも、異常に自分の流派へのロイヤリティーを問題にする者はいる。

流派に対して愛着や誇りはある。だが、忠誠心などない。それでいいのだと思う。

この日も、英治郎は、黒沢たちの会派の文字が入ったフルコンタクト系の道着を着ていた。

準備運動を終えると、まず黒沢がフルコンタクト系の基本テクニックを教えてくれる。それがいつもの流れだ。

「立ち幅は、あくまでも肩幅。前後左右とも同じくらいがいい。膝をやや曲げてタメを作る」

毎回、同じようなことを注意される。やってみると、伝統派の前屈立ちよりずっと楽だ。

それだけ、動きやすいということだ。英治郎たちは、初心者の頃から、うるさく立ち方を直される。スタンスを広く取り、腰を低く落とすように言われるのだ。それが体に染みついているから、組み手のときも、どうしても深く膝を曲げ、腰を落とす。

その状態で、激しくフットワークを使うから、高齢者にはきつい。もしかしたら、フルコンタクト系の空手のほうが高齢者に向いているのではないかとさえ思った。

拳は顔面の脇に構えて、突きはそこから出す。突いたとき、腰を充分に捻《ひね》って伸びを出す。このとき、やや前傾気味になったほうが威力が増すという。もう片方の拳は顎に引きつけて防御に使う。

伝統派とも違うし、ボクシングとも違う。

実際にその突きを腹に食らうと、ずしりと重い。

英治郎と高島は、それらのテクニックをすぐにものにしていった。伝統派とフルコンタクト系は違うといっても、拳を突き出すことに変わりはない。すぐにコツをつかむことができた。

黒沢は、直突き、下突きなどの突きのバリエーションを教えてくれた。下突きというのは、フックとアッパーの中間で、ボクシングでいえば、ショベルフックのような突きだ。

それから、コンビネーションを教わった。黒沢の動きは、実にしなやかだ。体の柔軟性をうまく活かしている。そして、彼らの防御は実に柔らかだ。相手の攻撃を弾くのではなく、衝撃を吸収するように受ける。

その代わり、攻撃は厳しい。特に、伝統派では禁止されることが多いローキックを食らうと、脚が本当に動かなくなる。黒沢の脛は丸太のように固く感じられる。

英治郎は、黒沢や寺脇とスパーを繰り返した。それによって、フルコンタクト系への幻想が取り除かれていった。

彼らの突きや蹴りはたしかに痛い。だが、耐えられないほどのものではない。伝統派が軟弱で、フルコンタクト系が実戦的だというのは、やはり幻想でしかないような気がしてきた。

フルコンタクト系のテクニックを教わる代わりに、英治郎は、型の分解組み手を教えた。

英治郎は、すべての型の分解組み手を知っているわけではない。また、型の中の技の解釈は一つではない。

だから、英治郎は、知っている限りのことを教えるしかない。不思議なもので、教えていると、ぴんとくることがある。

ああ、こうやれば、この技は投げに使えるとか、こっちへさばけば、関節技になるとか、ひらめくのだ。受けであると同時に、同じ動作が攻撃にも使える。また、その動作は投げに使えたり、関節技に使えたりもするのだ。

やってみると、たいていはうまくいく。

黒沢の道場にやってきて、英治郎の型の解釈が一段と広がった。

この日、英治郎が教えたのは、ナイファンチという型の分解だった。横一直線に動くだけの単純な型だが、含まれている技は多い。しかも実戦的な技だ。

「昔、本部朝基《もとぶちょうき》という空手家がいました。本部ザールと呼ばれた実戦派だったそうです。ザールというのは、沖縄弁で猿のことだそうです。猿のようにすばしっこかったんでしょうね。その本部朝基は、空手はナイファンチだけで事足りると言って、晩年はこの型だけを稽古したそうです」

英治郎は、まずその型を黒沢と寺脇に教えた。伝統派の型に見られる、鋭い決めは苦手のようだ。

「腰を鋭く小さく振るのがコツです。そういう腰使いを覚えると、短い突きでも威力が出るようになります」

「寸勁《すんけい》とかいうやつか?」

「そうですね。たぶん、似たようなものだと思います」

「ブルース・リーがワンインチ・パンチと呼んでいたやつだな。そんなのは、伝説に過ぎないと思っていたが……」

「やってみましょうか?」

「できるのか?」

黒沢は半信半疑の表情で尋ねる。

「ある程度は……」

英治郎は、黒沢と向かい合った。腹の手前五センチほどのところに拳を構える。黒沢は、腹に力を入れた。直接拳で打ち合っているのだから、打撃に対して自信を持っているはずだ。

英治郎は、肩の力を抜いた。無駄な力みをなくすように気をつけなければならない。

それからナイファンチでやるように、腰を鋭く小さく振った。その振動をそのまま拳に伝えるように突く。

黒沢はおっという顔をした。

英治郎をしげしげと見つめる。

「驚いた」

黒沢は言った。「きくもんだな……」

「力任せに勢いで突いたときと、衝撃の質が違うと思います」

「ああ。吹っ飛ぶような突きじゃない。だが、なんかこう、体の奥のほうに浸透していくような感じだ」

「空手の突きは、こういうのが本物だと聞いたことがあります。伝統派でもこういう突きを練習するところはなくなりつつあるようです」

「なぜだ」

黒沢は真顔で言った。「もったいないじゃないか」

「試合のせいだと思います。組み手では、大きなモーションで審判にアピールしなければ、技を取ってもらえません。こんな技術は邪魔になるだけなんです」

「でも、型の試合があるんだろう？」

「型の試合で、このような突きをやると、逆に突きがぶれているといって、点数が落とされるのです。見た目の美しさが重要なんです」

「ばかげている」

黒沢はあきれたように言った。「俺たちの会派以上に、おたくらの試合というのは問題がありそうだな」

「僕はそう思っているのですが、そんなことを言うと、試合に出ないやつのひがみだと思われるのがオチですね」

「だって、試合で準優勝したんだろう？」

「ええ。負け惜しみだと思われたくなくて、必死で組み手の練習をしました」

「その練習はあんたの役には立たなかったのか？」

「プラスの面とマイナスの面がありました」

「プラスの面は何だ？」

「当たり負けしなくなりました。相手が出てきても咄嗟に下がるようなことはなくなったのです。これは大きなプラスでした。それから、体力が付きましたね」

「マイナス面は？」

「それ以外のことがすべてマイナスだったと、今は思っています」

黒沢はにやりと笑った。

「発言に自信が出てきたな」

「ここに通うようになったおかげです。空手は一つではない。そして、それぞれに求める強さがある。そういうことがわかってきたのです」

黒沢と寺脇がナイファンチの型を覚えたので、今度はその分解を何手かやった。

相手が正拳で突いてきたとき、真半身で入り身になるのがナイファンチの分解組み手の特徴だ。つまり、相手に対して完全に横向きになるのだ。

そのポジションを取れば、何でもできる。しかも相手からは、こちらの正中線が死角になっている。急所のほとんどが正中線に沿って並んでいるのだ。

基本的な分解組み手で、真半身の入り身から肘打ち、鉤突《かぎつ》きなどを練習した。鉤突きというのは、肘を鉤のように曲げて突くフックのような突きだ。

そのあと、同じ入り身から関節技に持っていったり、投げ技につないだりというテクニックを教えた。

これは、流派の講習会で習ったことに、英治郎が研究を重ねた結果だった。

「受けてから反撃という一、二、というリズムでは、相手によけられたり受けられたりしてしまいます。相手の攻撃と同時に、一のリズムで反撃しなければなりません。カウンターの突き、肘打ち、投げ、すべてそうです」

英治郎は、黒沢が突いてくるところに、真半身で入り身し、手首を左手で決め、右の肘を相手の肘の内側に打ち込んだ。

黒沢は、巻き込まれるように投げ出された。黒沢はぽかんとしている。突いた瞬間に投げられたので、何をされたのかわからないらしい。

立ち上がると、黒沢は言った。

「フルコンタクト系でも、サバキを売り物にしている会派がある。だが、そこの崩しとは全然違うな」

「完璧《かんぺき》なカウンターのタイミングで崩します。そうでなければ、技は決まりません。逆に反撃を食らってしまうのです」

「俺たちは、外からさばくことが多い。そのほうが安全だと教わる。だが、このテクニックは、内側にインファイトするんだな」

「外に転身することもあります。でも、ある空手家が言っていました。外はたしかに安全だ。しかし、それは相手にとっても安全なのだ、と。内側に入り身されたほうが、攻撃する側は嫌なものです」

「俺たちの試合では、しばしば、額をくっつけあったような状態で、中段の打ち合いをする。そういう場合は、インファイトもできない」

英治郎はうなずいた。

「こういう技は、試合を前提としていないのです。お互いに構えた状態からは、なかなか使えません。自然体で待っているところに、相手が突っ込んでくる場合のほうが使いやすいのです」

「それは重要なポイントかもしれない」

黒沢が思案顔で言った。

「重要？」

「実戦とは何かという問題さ」

「どういうことです？」

「どういう場合に空手の技が役に立つかということだ。実戦というのは、例えば喧嘩だろう？　喧嘩は、お互いに構えた状態から始まるわけじゃない。どちらかが、一方的に、なんだ、このやろうってな具合で殴りかかるんだ。もう一方はそのとき、おそらく棒立ちだ。自然体なんだよ」

英治郎は、あっと思った。

今まで、そういうふうに考えたことはなかった。自然体で相手の攻撃を待つというのは、単に「空手に先手なし」というような言葉を、具現化しているだけなのではないかと思っていた。

「いいか？」

黒沢は続けた。「構えというのは、ディフェンスの姿勢だ。そこから攻撃に転ずるには、エネルギーが必要で、タイムラグが生じる。どうしても、受けてから突くという動作になってしまうからだ。だが、自然体は、瞬時に防御にも攻撃にも移行できる」

「なるほど……」

よく、師範演武などを見ると、必ず自然体で立ち、相手に攻撃の姿勢を取らせる。あれはデモンストレーションのためだと思っていたが、実は理に適《かな》っているというわけだ。

空手の型に含まれる本当の技は、自然体からでないと使いにくいということになる。それを、組み手のようにお互いに構えた状態から使おうとするから、無理が生じるのだ。

黒沢は、いろいろなことを考えている。だからこそ、発見も多い。彼は、体が柔軟なだけではなく、頭も柔軟なのだということが、付き合えば付き合うほどわかってくる。

黒沢との稽古は、英治郎にとっても新しい発見の宝庫だった。

稽古後の食事も楽しい。たいていは、最初の日に行った焼き肉屋に行く。黒沢は、よく飲み、よく食い、よくしゃべる。

話題はいつも武道談義だ。

寺脇も高島も話に参加した。

食事の席で、黒沢は英治郎に言った。「その若さで、いろいろなことをマスターしている」

「あんた、すごいよ」

英治郎はかぶりを振った。

「そうじゃないんです。思いついたことや、研究したことを、試してみているだけです。まだまだ、知識も足りないし、経験も足りません」

「でも、いろいろな投げ技や関節技を使える。それに、ワンインチ・パンチまでできるんだ」

「ああいうことは、真面目にナイファンチをやれば、誰でもできるようになります」

「だが、俺の知っている伝統派の連中は、そういうことを知らなかった」

「僕は試合に出るのをやめました。だから、試合のことを考えずに済むのです。その分、他のことを考える余裕があるんです」

「もっと自信を持ったほうがいい。あんたのテクニックは、役に立つ」

「なかなか自信は持てません。僕の流派では、古流の型を七つ習いますが、そのすべての分解組み手を知っているわけじゃありません」

黒沢は、顎をなでながら英治郎を見た。それが、何かを考えている仕草だということが最近わかってきた。

「正解はあるのか？」

「正解？」

「そうだ。型にはいろいろな技が含まれている。だが、使えてナンボだろう。誰かがそれを誰かに伝える。だが、忘れちまうことだってある。苦手だからと省いてしまうこともあったかもしれない。逆に弟子が思いついて、その弟子に伝えたこともあるだろう。だから、もともとその型をどういうふうに使ったかは、今となっては正確に知ることはできない。そうじゃないのか？」

英治郎は考えた。

たしかに、同じ型の解説を書物で調べてみても、流派や著者によって差がある。それだけではない。時代を経るに従い、型も変わっていく。同じ先生から習った弟子の型が、もう変わっているということが実際にある。そして、それらは、変わったままの形で伝えられていくのだ。その次の代になると、またどこかが変化していくかもしれない。

もともとがどういう型だったかを知るのは難しい。

「そのとおりかもしれません。時代により、また人により、型も型の解釈も変化していくかもしれない」

「なら、使えれば、すべて正解ということになる。あんたは、おそらく教科書が欲しいと思っているんだろう。マニュアルといってもいいかもしれない。型を使うためのマニュアルだ。しかし、そんなものは存在しないのかもしれない」

黒沢は、わずかに身を乗り出した。「そんなとき、俺なら、自分で考えるんだ。頭だけで考えるんじゃないぜ。道場で試してみて、体でも考えてみるんだ。そして、それがしっくりくれば、それも正解だ。そうだろう」

「型には、伝えるという側面もあるはずです。多少形は変わっても、その理念というようなものは変わらずに伝えねばなりません」

「だけど、すでに過去にずいぶんと変わっちまっているんだろう?」

「僕は、なるべく古い型を掘り起こそうと考えています。今、自分の流派で習っている型にも疑問を持っています。新しい解釈で変化している部分があるはずです。原型はどういう型だったのか。まず、それを研究しなければならないと思っています。そうすることで、初めて、正確な型の解釈が可能なんだと思います」

「伝統派ってのは、面倒くさいんだな」

黒沢は笑った。

「はい。だから伝統派なんです」

「しかし、たしかに面白い」

黒沢は真顔になって言った。「正直言って、伝統派の空手がこれほど変化に富んでいるとは思わなかった。投げ技や関節技が豊富に含まれていて、しかもそれを完全なカウンターのタイミングで使う。正直に言うとな、型なんて練習していて、何が面白いんだろうと思っていた。それならば、自分でコンビネーションを工夫したほうがいいってな。だが、ようやくそうじゃないことがわかってきたよ。あんた、その線でどんどん進むべきだ」

「黒沢さんにそう言ってもらうと、なんだか自信が湧いてきますね」

黒沢は、真剣な表情のままだった。

「俺は、本気だ。あんた、きっとものになる。そのときには、俺はあんたの弟子になるよ」

「そんな……。とんでもありません」

「いや」

黒沢はさらに言った。「俺は本気だ」

英治郎は、ただうろたえるだけだった。

7

凱は、沼田の指導を受けるようになり、基本的なレスリングの動きとともに、キックやパンチを習った。

どちらかといえば、レスリングのグランド技よりも、キックやパンチのほうが性に合っているようだった。

スクワットや、腕立て伏せといった単純な筋力トレーニングと違い、サンドバッグを打つのは、なかなか面白かった。やはり、木を切るように、一発として同じ手応えはない。指が出る独特のグローブを付けて、サンドバッグを打ったり蹴ったりするのだが、凱はやれと言われれば、何時間でも続けることができた。

木を切り続けるよりはずっと楽だし、木を切るより面白い。ずっしりと重いサンドバッグの手応えはたしかに心地よかった。

稽古は辛くはない。むしろ体を動かす爽快感《そうかいかん》がある。しかし、凱は少々苛立《いらだ》っていた。稽古をするためにここに来たわけではない。その思いが去らない。

佐久間がたまに、練習をのぞきに来る。凱に話しかけるのは、佐久間と沼田の二人だけだった。

他の道場生は、凱を無視しているように見える。特に、藤岡は凱を避けているようですらあった。また、風見は露骨に凱を憎んでいる様子だ。

凱にとっては、そんなことはどうでもよかった。金が儲かればいいのだ。興味があるのは、沼田と樫葉の二人だけだ。彼らがどれだけ稼いでいるのかという関心だ。

道場生たちは、まだ、金をもらっているわけではない。どういうシステムで金をもらえるのか、凱にはまだよくわかっていない。

試合をすれば金をもらえるのだろう。凱は漠然とそう考えていた。

沼田の指導で練習を始めて一ヶ月ほど経ったころ、その日も練習をのぞきに来た佐久間が凱に話しかけた。

「おまえ、やっぱり才能があるな」

「才能？」

「社長に教わること、すぐにマスターしちゃうじゃないか。戦う才能があるんだ。もともと格闘技のセンスがあるんだよ」

「教わったことを覚えなきゃリングには上がれない。リングに上がらなきゃ、金をもらえない」

「だからって、誰でもできることじゃない。この一ヶ月見ていると、まるで、砂が水を吸うように、技を覚えている」

「早く金を稼ぎたい」

「デビュー戦はまだ先の話だよ」

凱は、佐久間の襟首を捕まえた。

「あんたは、金が儲かる方法を知っていると言って俺をここに連れてきたんだ」

佐久間は、余裕の表情だった。どこか狡猾な感じがする笑いを浮かべた。

「あせるなって。物事には段取りってものがあるんだ。おまえには、格闘技の才能があるんだ。稽古がつまらんわけじゃないだろう？」

「つまらなくはない。だが、稽古していても金が儲かるわけじゃない」

「将来の稼ぎにつながるんだよ」

凱はどうも納得できなかった。

ここでやっていることは、凱にとっては遊びと同じだった。遊んでいて金が儲かるはずがない。

どうも、ここの連中とは考え方がずれている。

凱はそう感じていた。

風見だけではない。道場生も、金ももらわずもくもくと稽古をしている。凱は、いつになったら、金を儲けさせてもらえるのか、その保証が欲しかった。

「俺はすぐにでも試合がしたい」

凱は佐久間の襟首から手を放し、そう言った。佐久間はまた、狡猾そうな笑いを浮かべた。

「たしかにおまえは強いかもしれない。だが、プロの世界はそんなに甘いもんじゃないよ」

「約束が違う。俺は、金を儲けさせてやると言われたからここに来たんだ」

「すぐに稼げると言ったわけじゃないよ」

　凱は、佐久間と話しているのがばかばかしくなった。

　凱がパンチを打ち込み、キックを放つたびに重い革製のサンドバッグが大きく揺れる。天井に埋め込んだフックからサンドバッグをぶら下げるための鎖がきしんだ。

　凱は苛立ちを叩きつけるように、さらにパンチとキックを続ける。

　サンドバッグが揺れ続け、鎖がきしむ。

　不意に手応えがなくなった。凱は何事かと思った。人の体重より重いサンドバッグが壁まで吹っ飛んでいた。

　鎖が衝撃に耐えきれずに切れてしまったのだ。

　大きな音がしたので、その場にいた道場生たちが何事かとそちらを見た。そして、その出来事を信じがたい表情で見つめていた。

その中には、風見もいた。同じく、驚きの表情だった。それからふと気づいたように、風見は、憎々しげな表情に戻り、言った。

「ふん。道場の備品を壊しやがって……」

凱は、風見の言葉も、道場生たちの驚きの表情も、サンドバッグの鎖を切ってしまったことも気にしなかった。

隣のサンドバッグに移り、また打ちはじめた。体を動かしていないと、苛立ちとはやる気持ちを抑え切れそうもない。

そこに樫葉がやってきた。

いつものように、うっすという気の抜けた挨拶《あいさつ》をしたあと、あれえと声を上げた。

「サンドバッグ、どうしたんだ?」

佐久間がこたえた。

「南雲だよ。鎖を切っちまったんだ。パンチで壁まで吹っ飛ばしちまった」

「うへえ」

樫葉は、奇妙な驚きの声を上げた。「マジかよ……。おっかねえな」

それだけ言うと、ロッカールームに向かった。着替えて出てきたら、彼はもうサンドバッグのことなど忘れてしまったようだった。入念にウォームアップを済ませると、樫葉はまた藤岡を相手にスパーリングを始めた。

凱は、またサンドバッグに向かい、パンチとキックを炸裂《さくれつ》させた。凱とスパーリングをやろうと言う者はいない。孤立しているのかもしれない。だが、平気だった。

凱は練習がしたいわけではない。試合に出て金を稼ぎたいのだ。

やがて、沼田が道場にやってきた。道場生たちが立ち上がり、出入り口に向かって礼をする。凱も、一応それにならって、ぺこりと軽く頭を下げた。

佐久間が沼田に言った。

「あれ、見てくれよ」

沼田は佐久間が指差した壁際のサンドバッグを見た。

「何だ？」

「南雲が、鎖を切っちまった。パンチでだ」

沼田は平然と言った。

「鎖が弱っていたのかもしれん。金属疲労ってやつかな。業者を呼んで、すぐに付け替えさせろ」

「金属疲労だって？　そういうことじゃねえだろう」

沼田は、佐久間を無視して、凱に言った。

「人間はサンドバッグのようにはいかんぞ。ディフェンスもすれば、こちらを攻めてもくる」

凱にとってはどうでもいいことだ。気乗りのしない返事をした。

「はい」

「グランドの稽古をしよう。おい、樫葉、相手をしてやれ」

「えー、俺っすか？」

「ウエイトが違うのはわかっている。だが、おまえならそんなこと、気にしないだろう」

「いや、充分気にするんすけどね」

そのとき、凱は思い切って沼田に言った。

「いつになったら、試合、やらせてくれるんすか？」

沼田は、無表情のまま凱を見た。

「おまえは、ここに来てまだ一ヶ月だ。それまで格闘技の経験はないんだろう？」

「ないっす」

「試合はまだ無理だ」

「なら、俺、ここ出ていきます」

「出ていく？」

「俺は金を儲けたいだけなんです」

「金は儲かる。そういう時代が来ると言っただろう」

「それはいつのことなんです？」

「もうじきだ。プロレスの世界だけでなく、すべての格闘技を巻き込んだブームがやってくる」

「それまで、俺は、金をもらえないいんですか？」

「いいか。よそのプロレス団体に行ったらこんなもんじゃないぞ。俺が入門したときなんて、毎日反吐《へど》吐くほど稽古させられた。先輩にグランドで毎日毎日くしゃくしゃにされたもんだ。毎日、泣いてもう勘弁してくださいって言いたくなったもんだ。みんな、リングに上がるために、血を吐くような努力をしているんだ」

「血を吐くような努力？　俺が、アレクセイのところで味わった苦労を教えてやりたいよ……。もっと手っ取り早く儲ける方法があるはずです。俺、別に強くなりたいなんて思わないし……」

沼田は唸った。しばらく考えていたが、やがて、おもむろに言った。

「いいだろう。テストしてやろう」

「テスト？」

「これから、私がスパーリングの相手をしてやる。それでもし音《ね》を上げなければ、考えてやってもいい」

「音を上げるって……」

「やってみればわかるさ」

沼田は、トレーニングウエアを脱いで、スパッツとTシャツ姿になった。

道場生たちが、練習を中断してマットの周囲に集まってきた。風見もやってきた。彼は、にやにやと笑っている。凱はその笑いを見て、風見が何を考えているかすぐにわかった。

これから、リンチが始まる。そう思っているに違いない。

佐久間も、笑いを浮かべている。だが、こちらの笑いは、何か別のことを期待しているように見えた。

「ラッキー」

樫葉が言った。「自分は、こいつの相手をしなくていいんですね」

誰もが、凱のぶざまな姿を期待している。凱にはそれが痛いくらいにわかった。おそらく、沼田も凱を徹底的に痛めつけるつもりだろう。ひいひいと泣き出すまで、いたぶるつもりだ。

だが、凱は別に恐れてはいなかった。もともとそういう感覚が欠落しているのかもしれない。アレクセイのところでもそうだった。地獄のような生活を一年以上続けたのだが、別に絶望はしなかった。どうせ、なるようにしかならない。そう思っていたのだ。

あるいは、アレクセイのところで、さらに恐怖心や不安というものがなくなってしまったのかもしれない。そんなものが心に残っていたら、今頃は死んでいたはずだ。実際に、パニックを起こしたり、絶望のあまり死んでいった者は少なくなかった。

社長がやりたいんなら、やってもいい。

凱は、そのとき、本当にそう思っていた。これに耐えさえすれば、試合に出してもらえるのだ。

沼田は、時間をかけてウォーミングアップをした。すべての関節を充分にもみほぐしている。

それから、凱が着けているのと同じ、指の出たグローブを着けた。

「ゴングはいらない」

沼田が言った。「さあ、いいぞ。かかって来い」

凱はマットの中央に歩み寄った。だが、自分から攻めていくつもりはなかった。そんなことをすれば、疲れるだけだということが、本能的にわかっていた。

「どうした。来ないなら、こっちから行くぞ」

沼田はそういうと、じりっと間合いを詰めてきた。

いきなりハイキックを見舞ってきた。太い脚が唸りを上げて飛んでくる。

凱は、まったく危なげなくそれをよけた。

周囲の道場生たちが、ほうっと息を吐くのがわかった。沼田のハイキックを賞賛しているのだ。

ばかばかしい。

凱は思った。

どんな攻撃だって、当たらなきゃしょうがないだろう。

沼田は続けざまにキックを放ってきた。

最初は右のハイキック。続いて、左のロー。さらに右のミドル。

左のローが凱の右足に炸裂する。百キロ近いウエイトのある沼田のローは威力があった。

しかし、凱は、踏みこたえていた。続くミドルは、左腕をたたんで受けた。

「いってえ……」

凱は顔をしかめた。

それを見て、沼田の表情が変わるのがわかった。

なんだ？

蹴りだけで、俺を倒すつもりだったのか？

そう思うと、凱は腹が立った。甘く見られたような気がしたのだ。

シベリアの野犬のほうが、よっぽど恐ろしかったな。

沼田は、またハイキックを出そうとした。すでに、凱は、そのモーションを盗んでいた。

一度相手の攻撃を食らうと、もうその癖がわかった。

沼田は、ハイキックを出そうとするときに必ず、両手を開いて勢いをつけようとする。

その瞬間に、凱は飛び込んだ。

細かなテクニックなど必要ない。頭から突っ込んだ。頭と肩口にしたたかな手応えがあった。

しかし、沼田の反応も敏捷《びんしょう》だった。凱の首に腕を回した。そのまま締め上げてくる。

凱は、慌てなかった。

沼田のボディーが、がら空きだった。そこにまず右のアッパーを見舞う。さらに左、もう一度右のアッパー。あばら骨の下をえぐった。

沼田の締めが緩んだ。

凱は頭を沼田の腕から引っこ抜くと同時に沼田を両手で突き飛ばした。ウエイトはおそらく凱のほうがわずかに勝っている。それが功を奏した。凱のもろ手突きで、沼田は後ろに下がった。

その瞬間に、凱は再びタックルにいった。肩口から思い切りぶつかる。

沼田は、体を投げ出すことで、それを避けた。次の瞬間、凱は自分の体が前方に泳ぐのを感じた。

両足を取られたのだ。沼田はグランドに持ち込もうとしていた。巧みにマットの上で位置をずらすと、凱の脚を捉えて関節技に持っていこうとした。

凱は、まったく慌てていなかった。右の足首を捉えられそうになる。思い切り左足を突き出した。それが、沼田の顎に当たった。

　それでも沼田は右足を決めようとしている。もう一度、左足で蹴った。さらにもう一発。沼田はそれを嫌がり、体勢を変えようとした。凱は、力ずくで右足を引っこ抜いた。

　すかさず、沼田は凱の上体を決めにくる。慣れた動きだった。だが、凱は体を捻ると同時に、沼田の首を右腕で捉えた。

　沼田は、うつぶせになって固め技を避けようとした。

　たしか、こうやるんだったよな。

　凱は、沼田の脚を自分の足で払った。亀になろうとしていた沼田が体勢を崩す。凱は上になり、沼田の頸動脈《けいどうみゃく》を決めた。

　スリーパーホールドとかいうんだっけな。

　凱は左手を添えて、右手をぐいと締め上げた。山犬と戦ったときのことを思い出す。あのときは、もっとつらかった。すべてが凍《い》てつく林の中で、雪に足を取られながら野生の大型犬と戦ったのだ。

　しかも、あのとき、凱は一日中木を切り倒した後で、疲れ切っていた。飢えてもいた。コンディションは、今のほうがずっといい。

　沼田は、左右に激しく動いた。凱はゆすぶられて、思わず声を出していた。

「おっとっと……」

凱は、左手を外された。沼田はすかさずその腕を決めようとする。どんな体勢からも関節技をかけようとする。すでに凱にはそれがわかっていた。

この一ヶ月、だてに練習していたわけではない。

凱はうっとうしくなって、膝で沼田の脇腹を蹴った。一回、二回、そして三回。

沼田があえいだ。左手の決めが緩んだので、無理やり引っこ抜き、再びスリーパーホールドを決める。

沼田の息が上がってくるのがわかる。凱は、まったく興奮していなかった。人と人が理由もないのにどうして戦わなくてはならないのだろう。

そんなことすら考えていた。

いきなり、沼田の体が回転した。凱はその回転に巻き込まれた。不思議なことに、凱には、次に沼田が何をするかわかっていた。

回転に巻き込み、首に回された凱の右腕を何とか外して、関節技をかけようとしているのだ。

凱は、グランドに付き合っているのが嫌になってきた。沼田の体は汗で濡れていた。汗にまみれた肌と肌を擦り合わせているのにうんざりしてきたのだ。

凱は、首に回していた右腕を解いた。その瞬間に、沼田はその腕を捉えようとする。凱は、沼田の胴体を蹴り放し、立ち上がった。

沼田は横たわったままだ。凱は、それを見下ろしていた。どうやら立ち上がる気はないらしい。なんとか、グランドに持ち込みたい様子だ。

凱は、動かなかった。

「来い」

沼田が言った。「来いよ」

凱は距離を取ってこたえた。

「やだね」

「行けよ。ばかやろう」

風見の声が聞こえた。「格下がかかっていくもんだろう」

「そうだ。攻めろ、攻めろ。てめえ、何様だと思ってるんだ」

道場生の誰かが言った。

ばかはおまえらだろう。やられるとわかっていてかかっていく必要がどこにある。

沼田は、マットに仰向けのまま、凱を睨み付けていた。凱は、立って沼田を見下ろしている。

凱には、かかっていく理由がない。音を上げさせると言ったのは沼田のほうだ。しばらくその状態が続いた。

沼田は凱の態度に腹を立てたようだ。ようやくマットから立ち上がった。二人は再び対峙した。

沼田の右肩が上がった。右の蹴りを出すモーションだ。凱は、よけなかった。よけるのが面倒だった。ミドルキックが凱の脇腹に炸裂する。

したたかな衝撃だ。思わず息が止まる。だが、凱は立っていた。マットに沈むほどのダメージではない。沼田はさらにもう一発同じところにミドルキックを見舞ってきた。凱は、それを両手で払った。沼田がバランスを崩す。

一瞬、沼田の顔面ががらあきになる。グローブを着けているものの、そこにパンチを打ち込んでいいものかどうか迷った。やめておいた。

すると、次の瞬間、沼田が凱の顔面にパンチを打ち込んだ。ストレートだった。目の前でストロボを焚《た》かれたように、視界がまばゆく光る。鼻の奥がきな臭くなり、マットがせり上がってくるような感覚があった。

さらにもう一発、顔面に衝撃があった。

凱は、二歩、三歩と下がった。だが、それでも倒れなかった。視界に星が飛んでいる。それを振り払うように頭を振った。

そうかい。顔面を殴るの、ありかい。

凱は、初めて両方の拳を顔面の脇に構えた。ここ一ヶ月で覚えた構えだ。

沼田の肩が再び上がる。ハイキックが来る。凱は渾身《こんしん》の力を込めて沼田の顔面にストレートを放った。

沼田の足が上がった瞬間に、凱のグローブは沼田の顔面を捉えた。沼田がのけぞる。凱は追い込み、左のフックを飛ばした。それも沼田の顔面を捉えた。

沼田の鼻から血がしたたっていた。

ゴングの音が聞こえる。誰かが何度もゴングを叩きならしているのだ。

凱は、攻撃をやめた。

その瞬間に、沼田が凱の右手を巻き込み床に引き倒した。肩関節を決めている。

痛かった。このやろうと思った。

「汚ねえな」

凱は言った。「ゴングの後に攻めるのが、あんたのやり方か?」

その言葉で、急に肩の痛みが和らいだ。決めが解かれる。

凱は起きあがり、沼田の顔を見た。

沼田は、放心したような表情で凱を見つめていた。

「音を上げるって?」

凱が言った。「そりゃ、どういうことをいうんだ?」

沼田は、はっと我に返ったようだった。何も言わず、マットから出て、トレーニングウエアをひったくると、道場を出ていった。

たかった。

道場の中はしんと静まりかえっている。誰も何も言おうとしない。

凱もマットから出て、タオルでゆっくりと汗を拭いた。自分の汗より、沼田の汗を拭いたかった。

社長室に呼ばれたのは、その三日後だった。凱が部屋に入ると、佐久間がソファーに腰掛けていた。

沼田は、机の向こうに座っている。

「何すか?」

凱が机の前に立つと、沼田は凱に言った。

「アメリカへ行け」

「アメリカ?」

「そうだ。昔は、よく国内デビューの前にアメリカで修行させられたもんだ。アメリカには、大都市ごとに小さな団体がいくつもあって、経験を積むにはもってこいだ」

佐久間が後ろから言った。

「要するに、武者修行してこいってことだ」

凱は振り返った。

「武者修行だって? それは金になるのか?」

「ファイトマネーはもらえる」

「稼げるのか？」

　沼田が言った。

「それはおまえ次第だ」

　凱は向き直った。

「俺次第？」

「試合をこなせば、それだけ金が入る。人気が出れば地元のプロモーターが試合を組んでくれる。アメリカは実力の世界だ」

「俺はまた売られるんじゃないでしょうね？」

「何だって？」

「シベリアに売られたことがあるんすよ」

「ああ。そうだったな」

「俺は二度と騙されるのはごめんっす」

「そんなことはしない。サンディエゴで二つの団体が合同で試合をする。そこに枠をもらった。とりあえず、その試合に出ろ。そのあとのことは、おまえが自分でやるんだ」

「俺は英語を話せない」

　また佐久間が後ろから言った。

「俺が付いていく。心配すんな」

沼田が言った。

「昔は、武者修行に単身乗り込んだもんだが、おまえはうちの大切な選手だ。昔の若手のような扱いをするわけにもいかない」

「大切な選手？」

「そうだ。うちも発足したばかりで、一人でも多くの選手を早く育てたい。アメリカからの帰りを待っている」

凱はこの言葉を額面通り受け止めることはできなかった。

「じゃあ、詳しいことは佐久間から聞いてくれ」

沼田は言った。話は終わりという意味だ。後ろで佐久間が立ち上がる気配がした。佐久間の声がする。

「行こう。打ち合わせをしよう」

凱は、佐久間に続いて沼田の部屋を出た。

「みんな、すっかりたまげているのさ」

凱は、ラーメンを食おうと佐久間に誘われて外に出た。近くの小さな中華料理屋でカウンターに腰を降ろすと、佐久間が言った。「まさか、おまえがあそこまでやるとは、誰も思わなかったんだ。社長だってそうだ。社長は、生意気なおまえの根性を入れ直すつもりだった。だが、そうはならなかった」

「だから俺を追っ払うというのか？」

佐久間はかぶりを振った。

「そうじゃない。武者修行というのは本当のことだ。沼田道場は、全日本や新日のように定期的に興行を打つことができない。試合数が少なく、リング経験を積むことが難しい。昔のプロレスラーは、一年に二百試合くらいこなしたもんなんだがな。今はそういう時代じゃない。だが、アメリカへ行けば、毎日どこかで興行が行われている。それで経験を積ませようというわけだ」

「その必要があるのか？」

「社長はあると考えたんじゃないのか？」

「樫葉もそうしたのか？」

「樫葉は違う。やつは、学生時代にみっちりレスリングをやっている。そして、社長が独立する前に、いっしょに試合に出ていた実績がある」

「じゃあ、俺も国内で何とかなるはずだ」

「風見のこともあるしな……」

「風見……？」

「風見はすべての選手を自分の管理下に置きたいんだ。だが、おまえに関してはそれができない。道場生の連中もおまえとどう接していいのかわからない様子だ。つまり、おまえは沼田道場のはみ出し者だ」

「やはり、俺を追い払うんじゃないか」

ラーメンがやってきた。佐久間は、レンゲでスープを一口すると言った。

「違うんだ。社長の計画には、まだ少し時間がかかる。だが、必ず実現する。そのときにおまえが必要になるんだ。それまで、実績を積んで欲しいというわけだ」

凱は、勢いよくラーメンをかきこんでいたが、ふと気になって手を止め、尋ねた。

「社長の計画って、何だ？」

「一つは、さまざまな団体の垣根をさらになくすことだ。今は小さな団体が乱立して、それぞれのスタイルを模索している。だが、それでは独自の興行がなかなか打てない。社長は、いずれ、それぞれの団体の選手がどこの団体の試合にでも出られるような流れを作ろうとしている。スタイルの違うプロレス同士、プロレス対シュート。プロレス対キック。プロレス対サンボ。プロレス対空手。そして、いずれはアメリカで行われたアルティメット大会のような興行を日本でも開きたいと考えているんだ」

「そういう時代が来ると、格闘技家が稼げるというわけだな」

「大会にテレビ局やスポンサーが付けば、社長が言っていたとおり、優勝賞金の十万ドルというのは、決して夢じゃないんだ」

凱は、説明を聞きながら、あっという間にラーメンを平らげていた。格闘技界のことなど興味はない。賞金額にだけ興味があった。「十万ドルという金額は魅力的だ」

凱は言った。

「だが、優勝しないことには、その金は手に入らない。優勝するためには、強くなることが必要だ。いいか？　試合で強いというのは、駆け引きも含めてのことだ。社長の計画が実現すれば、いろいろな選手が参加してくる。それぞれの分野での一流選手だ。みんな試合慣れしている海千山千ばかりだ。そういうやつらと戦わなきゃならんのだ」

凱はぴんとこなかった。

戦うということに、意義が見いだせない。格闘技家という存在が信じがたい。なぜ、みんな戦いたがるのだろう。凱は、本当に不思議に思っていた。

「本当に金をくれるんだろうな？」

「え？」

「アメリカで試合をすれば、金をくれるんだろうな、と訊いているんだ」

「ああ。最初のうちは、たいした金にならんだろうが、人気が出ればファイトマネーは跳ね上がる」

「わかった」

「心配するな。俺が手筈《てはず》を整える」

別に何も心配していなかった。そのとき、凱は、もう一杯ラーメンを食おうかどうか迷っていただけだ。

佐久間が言った。

「おまえ、パスポート持っているな」

「シベリアに渡るときに作った」

「わかった。それを俺に預けろ。旅行の手続きをする」

アメリカか……。

凱はぼんやりと思った。

どんなところか知らないが、シベリアよりひどいということはないだろう。

8

英治郎の部屋には、空手のさまざまなビデオが並んでいる。その数はすでに五十本を超えていた。いろいろな流派の型のビデオがあった。

さらに本棚には、空手に関する書物がずらりと並んでいる。中には、すでに手に入らない古い沖縄の書物もある。古老が型を演じている写真が載っているものもあり、英治郎は特にそれらを大切にしていた。

英治郎は、ビデオを何度も見返し、本を読み返した。夜中に何かを思いついては、じっとしていられず、部屋の中で型の分解などをやってみる日が続いた。

空手に関するメモをしたためたノートがすでに三冊になっていた。

ただ一人で、空手を研究していてもこれほどの高揚感はなかっただろう。次に、黒沢と稽古するときは、これを試してみよう、この話をしてやろう。そう思うと、自然とやる気が出てくる。

仕事の面では、恵まれすぎるほど恵まれている。マンションが完成すれば、じっとしていても、家賃が入ってくる。父が任せてくれたのはそういう会社だ。

一人息子なので、いずれ父が経営する本社を継がなければならないかもしれないが、それはずいぶんと先のことだ。

今は、空手の研究に没頭できる。それが何よりうれしかった。何もかもがうまくいきすぎて、かえっておそろしくなる。

このままで済むはずはない。仕事のことも、空手のことも。英治郎は、そう思っている。だが、今のところ、何の障害もないのだ。

今度、まとまった休みが取れたら、沖縄に行ってみよう。英治郎は思った。空手発祥の地だ。おそらく、今でも、古い型を守り伝えている人々がいるに違いない。

一度、そう思い立つと、英治郎はじっとしていられなくなる。黒沢の道場の稽古日に、さっそくそのことを黒沢に話した。

「沖縄か……」

黒沢は言った。「空手をやっていながら、考えたこともなかったな」

「僕も時間に限りがあるので、一ヶ月も二ヶ月も滞在というわけにはいかないのですが、何とか本物の空手を掘り起こして来ようと思うのですが……」

「空手は進化すると、フルコン系の連中はよく言うんだ。だから、彼らは沖縄の古い空手にはまったく興味を示さない。俺も、知らず知らずのうちにその影響を受けていたようだ」

「沖縄に行って観光旅行で終わったんでは意味がありません。出発前にできるだけ、ってを見つけておきたいと思います」

「いつ行くつもりだ？」

「有力なつてが見つかり次第、すぐにでも……」

「待て待て。一人で行く気か？」

「そのつもりですが……」

「俺もいっしょに行きたい」

それは願ってもないことだ。

「でも、この道場は……？」

「そいつを考えていたところだ。俺がいない間、本部から別の指導員を派遣してもらうか、あるいは、寺脇に指導させるか……」

「何とかなるのなら、ぜひ行きましょう」

「もう一つ、問題がある」

「何ですか？」

「金をかき集めなきゃならん。言っただろう。空手の指導員なんて、みんな貧乏暮らしなんだ」

「もし、よろしければ、旅費は、僕が何とかします」

「なんだって？」

黒沢の表情が曇った。英治郎は、彼のプライドを傷つけてしまったかもしれないと思った。たいていの武道家は、人一倍プライドが高い。

「気を悪くしないでください。会社の出張扱いにできるかもしれません」

黒沢が驚いた顔になった。

「俺は会社勤めをしたことがないんだが、今時、そんないい加減な会社があるのか？」

「いい加減ですよ。僕が社長なんですから……」

黒沢は、言葉を呑み込んだ。しげしげと英治郎を見つめている。

「社長だって？　初耳だぞ。年齢からして、てっきりどっかの新入社員か何かだと思っていた」

「ほとんど名目だけの会社なのです。今まで住んでいた家を壊してマンションを建てているのですが、その経営管理をする会社なのです。父がビルを二つ持っていまして、その子会社という形にして、僕を社長に据えたというわけです。税金対策ですね」

「金持ちってのは、何でもできるんだな。あんた、お坊ちゃんというわけか……」

「そう。お坊ちゃんなんです。それが負い目でもありますが……」

「まあ、人にはいろいろな負い目がある」

黒沢は複雑な表情で言った。

「僕は何の苦労もなく育ちました。金に不自由したことはないし、家庭には何の問題もありません。悩むことが贅沢だという人もいます」

「まあ、そうだろうな」

黒沢は、顎をさすっている。

「よくいるんです。僕が温室育ちだとわかると、付き合いを変えちゃう人が。黒沢さんもそうですか？」

黒沢は、しばらく考えていたが、やがて言った。

「ちょっと驚いただけだ。いや、俺は付き合い方は変えない。あんたの空手が面白い。それがまず第一だからな」

それから声を落とした。「本当に、俺の旅費も何とかなるのか？」

「だいじょうぶだと思います。経費にしますよ」

「本当はそれって、悪いことなんだろう？」

「方便ってやつだと、僕は思っています」

黒沢の決断は早かった。

「よし。俺は何とか道場を休ませてもらう。いっしょに行くぞ」

英治郎はうなずいた。

「一人の眼より、二人の眼のほうがより多くのことを見ることができます。僕はさっそく、つてを探してみます」

「心当たりがあるのか？」

「流派の中に、全空連の役員をやっている人がいます。沖縄の道場に知り合いがいるかもしれません」

「俺のほうも当たってみる。会派をやめた先輩で、そういうことに詳しい人がいるから……」

英治郎は、全空連で役員をやっている流派の指導士の一人に電話をして、沖縄の空手家に知り合いはいないかと尋ねた。一人知り合いがいるという。

その人物は、学校の先生で、今は沖縄の高校で体育を教えながら、空手部の顧問をやっているという。全空連の公認指導員であり、沖縄県空手道連盟の理事もやっているという。

その人に会いに行きたいと言うと、なぜだと訊かれた。

「沖縄の空手がどういうものだったか、興味があるんです」

「なんだ？　うちの流派に疑いを持っているということか？」

本心はそうだった。

どこか、沖縄古流の空手とは違うような気がしていた。全空連の影響が強すぎるのかもしれない。また、空手が本土に入ったときに、変質してしまったのかもしれないと考えていた。中国拳法が沖縄に入ったときに、唐手になったように。

空手は古くは唐手、つまり、唐の手と言われていた。沖縄弁で、トゥーディーと発音されていたらしい。

だが、そんなことを指導士に言うわけにはいかない。適当にごまかさなければならなかった。

「そうじゃありません。源流を知りたいだけです。温故知新。古きをたずね、新しきを知る、ですよ」

「何だか知らんが、まあ、熱心なのはけっこうなことだ」

どうやら、うまく煙《けむ》に巻けたようだ。その指導士は、先方の氏名と住所、電話番号を教えてくれた上にこう言ってくれた。

「私が手紙を書いておくよ。しばらくしてから、連絡してみるといい」

英治郎は丁寧に礼を言って電話を切った。それから、すぐに黒沢に電話をした。

「つてが見つかりました。来週には立とうと思うのですが」

「あんたの会社は、そんなに自由が利くのか？」

「まだ、マンションは完成していませんからね。仕事がないんです。マンションが建つまでは父が取り仕切ってますし」

「まったく、いい身分だな。うらやましくなるよ」

「いつまでこれが続くかわかりません。人生、いいことばかりじゃないと思ってます」

「こっちも本部からのオーケーが出た。来週だな？」

「では、詳しいことが決まったら連絡します」

英治郎は、電話を切った。

先ほどの指導士に対しては、少々後ろめたい気がしていた。利用したようなものだ。だが、英治郎はもう前に進むしかなかった。僕は僕の方法で強くなりたい。そのこたえが沖縄にあるかもしれない。

今はただ、その思いがあまりに強かった。


六月初旬の沖縄は、すでに真夏だった。英治郎と黒沢の二人は、梅雨入り前の、穏やかな本州から一気に真夏に飛び込んでいた。

空はおそろしく青く、太陽の光は凶暴なくらいだ。緑の色が濃く明るい。その濃い緑に赤い花が咲いている。原色の世界。まさに熱帯を思わせる色だ。

那覇空港でタクシーを拾い、流派の指導士から教えてもらった住所を見せた。

運転手が何かつぶやいたが、理解できなかった。異国の言葉に聞こえる。

タクシーが走り出してほどなくすると、奇妙な形の屋根をした大きな建物が見えてきた。赤い塗装が目を引く。

タクシーの運転手に、あれはなんだと尋ねると、武道館だというこたえが返ってきた。

「さすがに、空手の本場だけありますね」

英治郎が、黒沢に言うと、運転手が言った。

「あそこでやるのは、空手だけじゃないよ。柔道もやれば、剣道もやる」

なるほどと英治郎は思った。沖縄にだって剣道や柔道の愛好家はいるはずだ。

タクシーは市街地を走り抜け、郊外の一軒家の前で止まった。赤い瓦《かわら》をふいた沖縄らしい民家だった。屋根のシーサーが空を睨んでいる。

そこが、紹介された空手家の家だ。佐久川継善《さくかわつぐよし》という名だ。高校の教師をやりながら、空手部の部長や県の空手連盟の理事をやっているのだから、さぞかし空手に熱心なのだろうと思った。

英治郎は、タクシーを待たせたまま佐久川継善を訪ねた。奥さんらしい四十代後半の女性が出て、佐久川はまだ仕事から戻らないと言った。

まだ、三時を過ぎたばかりだ。それも当然だと思い、出直すことにした。午後六時過ぎなら自宅にいるはずだと、奥さんが言った。

那覇市街地の国際通りまで戻り、タクシーを降りた。遅めの昼飯を食おうということになったのだ。国際通りは、あまり沖縄のにおいがしないと感じた。

東京でも見かけるコンビニエンス・ストアやＣＤショップが眼に付く。お土産屋が並んでいるのだが、温泉地の土産屋と雰囲気は変わらない。

軽めの食事にしようと、英治郎と黒沢は、そば屋に入った。立ち食いそばのように食券を買わなければならなかった。英治郎も黒沢もソーキそばを頼んだ。肉の塊が入ったそばだ。紅生姜《べにしょうが》が添えられている独特のそばを食うと、ようやく沖縄にやってきたのだという実感がわいてきた。

食事の後、ホテルにチェックインをし、夕刻にまたタクシーで佐久川の自宅を訪れた。

玄関先に出てきた男を見て、一瞬ぎょっとした。完全なスキンヘッドだ。

「やあ、手紙、読んだよ。遠いところ、ようこそ」

柔和な佐久川の顔を見て、ほっと安堵した。英治郎は、黒沢を紹介し、ぜひ本場沖縄の空手を拝見したかったと言った。

「まあ、玄関先ではなんだから、どうぞお上がりなさい」

英治郎は、待たせていたタクシーを返し、佐久川の自宅に上がった。エアコンがきいておりほっとした。

居間には、ソファがあり、そこに案内された。脇の棚には、トロフィーがところ狭しと並んでいる。鴨居《かもい》の上には賞状が額に入れて飾ってある。これも半端な枚数ではなかった。部屋をぐるりと一回りしている。

世界空手道選手権大会優勝。

ワールドカップ選手権大会優勝。

アジア太平洋選手権大会優勝。

そういった文字が躍っている。

違うな。

英治郎は、思った。彼は、英治郎が求めている空手家ではない。そのトロフィーや賞状に記されている実績は華々しい。それだけのことをやってのけたことについては、素直に尊敬する。

だが、世界が違う。そう感じた。だが、話を聞いて損はないはずだ。

「すごい賞状ですね」

英治郎が言うと、佐久川は、満足げにうなずいた。

「若い頃から空手漬けだったからね。それだけのことだよ」

冷たい麦茶が出された。すると、佐久川は奥さんに言った。

「おい、同じ麦でもこれは違う。ビールにしよう」

佐久川は英治郎に言った。「ね、そのほうがいいでしょう」

「はい。いただきます」

缶入りのオリオンビールが出てきた。コップに注がれ、乾杯を交わす。飲むと、よく冷えており、信じがたいほどうまく感じた。

意識はしていなかったが、暑さにそうとう参っていたようだ。

「空手はどれくらいやられていますか？」

佐久川が尋ねた。

「私は、小学生の頃からですから、かれこれ十七、八年になります」

「それは立派だ。今でも稽古されているのですね？」

「はい」

「そちらの方は？」

「自分は、二十年ほどです」

黒沢がこたえた。

英治郎は補足した。

「彼は、指導員として一つの支部を任されています」

「ほう。指導員というと、全空連の公認指導員のことかね？　私も公認指導員の資格を得たのは三十代のときだった」

「いえ、自分は……」

黒沢は、会派の名前を言った。

すると、佐久川が苦笑するような顔つきになった。

「ああ、そう。沖縄にもずいぶん支部ができているようだね」

言いたいことは明らかだった。フルコンタクト空手を空手として認めていない。

英治郎は、険悪な雰囲気にしたくなかった。

「黒沢さんは、伝統的な空手にも興味を持ち、研究してみたいと考えて、沖縄にいっしょに来たのです」

　佐久川の表情がやわらいだ。

「なるほど。空手の何たるかを知りたくなったというわけだね。いいだろう。私も、沖縄の空手界がどうなっているのか、本土の人に正しく知ってもらいたい。沖縄の空手の歴史は、教育の歴史と言っていい」

「教育の歴史？」

「体育教育だ。かつて沖縄はね、全空連では後発部隊だった。だが、今では違う。多くの先輩がそのために苦労された。そして、私もそのために戦った。沖縄県空手道連盟は、全空連の中でも大きな位置を占めるまでになった。今では沖縄の高校生、大学生は県大会を経て、全国大会に進むことを当然のことと思っているが、それまでの道のりは険しかったんだ。県高体連に空手道専門部を作り、統一ルールでの競技化を押し進めた」

「統一ルールでの競技化？」

「そうだ。全空連ルールを普及させるまでには時間がかかったよ。全空連のルールも、少しずつ変化する。それをすぐに県連に反映させなければならない」

「組み手は、全空連ルールでやるんですね？」

「当然だよ。どこの県連でもそうしている」

当然なのだろうか?

英治郎は思った。

だが、佐久川にしてみれば当然のことなのだろう。彼は競技空手の世界で精一杯生きてきたのだ。そして、全空連における沖縄県連の立場を押し上げたに違いない。

おびただしいトロフィーや楯《たて》、賞状がその苦労を物語っている。それは、スポーツという観点からは、正しいやり方だ。

しかし、どうも話が逆のような気がした。全空連は本土の組織だ。そして、空手はもともと沖縄のものだ。

「型はどうなんですか?」

英治郎は言った。

「型でも、沖縄県からは優秀な選手が輩出している」

「どんな型をやるんですか?」

佐久川は、不思議そうな顔で英治郎を見た。何を言ってるんだと言いたげな表情だ。

「全空連の指定型だよ。慈恩《ジオン》、抜砦大《バッサイダイ》、征遠鎮《セイエンチン》……」

「高校や大学の空手部では、そういう型だけをやるんですか?」

「私はそう指導している。もちろん、初心者は平安《ピンアン》をやる」

「どういう平安《ピンアン》ですか?」

佐久川はまたしても不思議そうな顔をした。

「どういう平安《ピンアン》？　それはどういう意味だ？」

「平安の型も、系統によっていろいろあるでしょう」

「平安は平安だよ」

英治郎は、だいたい想像がついた。おそらく、松濤館《しょうとうかん》スタイルの平安に違いない。最も試合で高得点が上がる型だ。

「体育教育という側面でのお話はよくわかりました。では、文化的な側面はどうお考えですか？」

英治郎は、すがるような思いで尋ねた。仕事は仕事。だが、本音では沖縄の伝統的な技術を伝えたい。佐久川がそう考えていることを期待したのだ。

佐久川は、満足げにうなずいた。

「ＷＵＫＯという国際組織がある。世界空手道連盟だ。今、このＷＵＫＯによって世界大会が運営され、世界の統一ルールも作られている。これは、過去の先達《せんだつ》の努力のたまものだと思う。沖縄という小さな島で生まれた空手という武術が、今では、柔道と肩を並べて国際的なスポーツとなった。オリンピックの正式種目としても取《と》り沙汰《ざた》されるまでになったのだ。沖縄の文化が世界に根付いたということだ」

それは、沖縄の文化が世界に理解されたということなのだろうか。英治郎にはそうは思えなかった。空手というものを、世界のスポーツの基準に当てはめただけなのではないだろうか。

だが、それを佐久川に言うのはあまりにも失礼な気がした。彼は、沖縄の空手の地位向上に多大な努力をしてきたのだ。

それは、英治郎とは考え方が違うにしろ、尊敬すべきことに違いないのだ。

英治郎は言った。

「沖縄においても、統一ルールとか、統一の型が必要だったのですね」

佐久川はうなずいた。

「空手の普及については、沖縄の空手家たちはずっと努力をしてきた。古くは糸洲安恒先生が平安《ピンアン》の型を創始された。これも、空手普及のための工夫だ」

「たしか、公相君《クーサンクー》、鎮闘《チントウ》、ナイファンチの型から平安の初段から五段までを作られたのでしたね」

「そうだ。そして、平安は今では日本中で初心者が学ぶ型となった。さらには、昭和十二年に、当時の沖縄県空手道振興協会が、基本型十二段を作った。この型を制定する会議には、屋部憲通《やべけんつう》先生、花城長茂《はなしろちょうも》先生、喜屋武朝徳《きやんちょうとく》先生、知花朝信《ちばなちょうしん》先生、宮城長順《みやぎちょうじゅん》先生などが参加された」

英治郎もそのことは知っていた。一九三八年に出版され、一九九一年に復刻された「空手道大観」という書物にその事実が記されている。もちろん、英治郎が持っているのは復刻版だ。

屋部憲通、花城長茂の二人は、拳聖糸洲安恒の初期の愛弟子だ。喜屋武朝徳、知花朝信はその後輩に当たる。喜屋武は後に少林流の祖となり、知花は小林流を創始した。宮城長順は、剛柔《ごうじゅう》流の創始者だ。

「基本型十二段は、その後、富名腰義珍《ふなこしぎちん》先生によって改良が加えられ、太極という名で本土に伝えられました」

「へえ……」

黒沢が言った。「太極にはそんな歴史があったのか」

佐久川は、大きく何度もうなずいた。

「先達は、空手の普及に努められた。私らもその情熱を受け継がねばならない」

「全空連やＷＵＫＯの活動が、そうだとお考えですか？」

佐久川は、わずかに身を乗り出した。

「私はそう信じている。統一の型、統一のルールというのは、普及のために大切なことだ。昔は、ある先生に習っていて、引っ越しなどで別の先生に習わなければならなくなったとき、また一から始めなければならなかった。それぞれにやっている型が違ったからだ。型を統一すれば、そういう弊害はなくなる。また、組み手のルールを統一すれば、どこで稽古していようと、公式試合に出場できる。それは大きなメリットなのだ」

「空手を講道館柔道のように統一したいとお考えですか？」

「極論すれば、そうだ。そうすれば、きっと格段に競技人口が増える。底辺の広がりは質の向上をもたらす。現在、WUKOの試合において、決して日本勢が優勢とは言えない。ヨーロッパの空手のレベルも高い。特に、フランスとイギリスはかなりのレベルに達していて、日本勢を脅《おびや》かしている。しかし、日本の競技人口が増えて、裾野《すその》が広がればレベルはもっとアップする」

「現在でも空手には多くの流派が存在します。そうした流派というのは、空手の将来には必要ないということですか？」

英治郎と佐久川は真剣に話しはじめた。オリオンビールが次々と台所から運ばれてくる。いつしか、空の缶が増えていた。

「それは分けて考えなければならないと思う。先生から教わったことは、しっかりと守り伝えたいと思うものだ。それはそれでいいと思う。だが、空手も近代化を考えなければならない。そうしなければ、他のスポーツと肩を並べることはできない」

「自分らの会派は、日本のみならず、世界各地に多くの支部を持ち、会員の数もおそらくすべての流派の中でトップクラスでしょう」

黒沢が言った。「たしかにそれは、統一ルールで試合をやっているからかもしれません。

自分らは、空手界の講道館だという自負があります」

「たしかに人気があるのは認める。しかし、あれは沖縄から発した空手ではない。それに、あれは誰もができるスポーツじゃない。体の弱い少年少女にはとても無理だ。正拳であばらを折り合い、ローキックで足を壊しにいくようなスポーツを子供たちにはやらせられない」

「そんなことはないっすよ。事実、自分らの会派の道場には、多くの子供たちが通ってきています」

「私は、子供たちにあのような血みどろの喧嘩を目指してもらいたくない」

「それは誤解ですよ。過激な試合だけを見て判断してほしくないです。普段は、みんな稽古を楽しんでいます」

「だが、目指すところは、あの試合なのだろう？」

黒沢は口をつぐんだ。英治郎は黒沢の口惜しさがよくわかった。すべてがイメージ先行なのだ。過激な一部の人間の行動が、武道ジャーナリズムで煽《あお》られ、イメージとして定着する。

黙ってしまった黒沢に代わって、英治郎は言った。

「野蛮な試合と言われますが、彼の会派の試合で死人が出たことはありません。しかし、全空連の準決勝の試合で死人が出たことがあるのをお忘れですか？」

佐久川はとたんに沈んだ表情になった。

「あれは不幸な事故だった」

「起きるべくして起こった事故かもしれません。血みどろの喧嘩と言われましたが、全空連の試合だって、血まみれじゃないですか。試合が終わって顔面防具を取ると、鼻や口から血を流している選手が少なからずいます」

佐久川はあきれたような顔をした。

「あんた、どっちの味方なんだ？　全空連に加盟している流派にいるんだろう？」

「どちらの味方とかいう問題じゃないんです。偏見をなくしてほしいと思っているんです。たしかに、黒沢さんたちがやっている空手は私たちがやっているものとは異質です。しかし、異質だからといってすべて悪いと決めつけるべきじゃないと思うんです」

佐久川は、英治郎を見、それから黒沢に視線を移した。目を伏せると言った。

「そうだな。たしかにそうだ。いや、私が言い過ぎたかもしれない。実際、琉球《りゅうきゅう》大学には、黒沢さんの会派の空手部がある。空手の統一ルールということを考えるならば、あんたたちのことを無視するのではなく、歩み寄って、あんたたちともいっしょに試合ができるルールを考えるべきなんだな。そういうことが、将来本当にあるかもしれない」

英治郎は、そろそろ潮時だと思った。

三人とも、かなりのビールを飲んだ。

「もし、よければ、高校の空手部の練習を見学させていただけませんか？」

佐久川は救われたように顔を上げた。

「もちろんかまわんよ。どこに泊まっているんだ？」

英治郎は、ホテル名を言った。

「国際通りの近くだな。明日、三時頃、車で迎えに行くよ」

英治郎は恐縮して辞退したが、佐久川は譲らなかった。わざわざ本土から来てくれた客をないがしろにしたら、ウチナーブサーの名がすたると言った。

ウチナーブサー。沖縄武士と書く。沖縄の武道家のことだ。

英治郎は、好意に甘えることにして佐久川の家を後にした。


再び国際通りに出て、食事をすることにした。英治郎も黒沢もかなりビールを飲んでいる。

うまい店には鼻が利くと言い張る黒沢に任せて、細い路地に入った。沖縄料理の店を見つけて入った。本土で言うと居酒屋という風情だろうか。入ると大きなカウンターがあり、その中が厨房《ちゅうぼう》になっている。

小上がりもあるが、そこには客はいなかった。カウンターもすいている。まだ、時間が早いのだろう。

オリオンビールをもらい、メニューを見て端から適当に頼んだ。いくつかのチャンプルー、ラフテー、ミミガー、ナカミ汁とイカスミ汁。

沖縄に縁のない人が聞くと何のことかわからないに違いない。英治郎は、東京で沖縄料理の店に行ったことがあり、料理の名前だけは知っていた。

チャンプルーというのは炒め物、ラフテーは豚の角煮、ミミガーは豚の耳の細切りだ。ナカミ汁というのは、モツの入った汁物。イカスミ汁は、イカスミを使った真っ黒なスープだ。

英治郎も黒沢も、無言でビールを口に運び、料理を食った。英治郎は、何だか意気消沈してしまった。

沖縄という土地に期待しすぎたのかもしれない。佐久川の話を聞いて落胆してしまったのだ。

黒沢も同様なのだろう。さらに、黒沢は腹を立てているのかもしれない。

「あんなもんかな」

ぽつりと黒沢が言った。

英治郎は黒沢の顔を見た。

「え……?」

「いや、沖縄の空手界を代表する人物が、あんなもんかなと思ってな……」

「真面目なんですよ。あの人はあの人なりに沖縄の空手のことを真剣に考えているんです。ただ……」

「ただ……？」

「矛盾を感じないのだろうかと思いましたね。だってそうでしょう。空手は沖縄で生まれた武道です。全空連は本土で作られた組織ですよ。そのルールに沖縄の空手を統一しようとしている。何だか、逆輸入のような気がします」

「スポーツの世界では後進の県だという思いがあるのかもしれないな」

「スポーツねえ……」

英治郎は溜め息をついた。

「あなたたち、空手をやるの？」

カウンターの中から、声がした。沖縄訛《なまり》だ。店の主人らしい。赤ら顔のずんぐりとした体格をした中年男だ。

英治郎が、笑みを浮かべてこたえた。

「ええ。本場の空手を見てみたくて……」

「本土の人ですか。それなら、いいとこ、ありますよ。国際通りに出て右へずうっと行ってね、国際通りの入り口があるでしょう。その近くに、空手を見せるスナックがありますよ」

「空手を見せるスナック?」

それがどういうものか、見当もつかなかった。

黒沢が尋ねた。

「金を賭けて試合をするのか?」

「アキサミヨー。そんなことしないですよ。上地流《うえち》のね、型を見せるのですよ」

「上地流……?」

黒沢が説明を求めるように英治郎を見た。

英治郎は言った。

「剛柔流などと同じ那覇手系統の流派です。つまり、黒沢さんたちがやっている型にも近い」

「へえ。そいつはいいかもしれない」

英治郎は、店の主人からその店の名前と電話番号を聞いた。

食事を終えると、二人はその店に向かった。しばらく歩き回って、ようやくその店を見つけた。スナックだが、ステージがある。二人はカウンターに座り、泡盛を注文した。

店のママだという中年女性に、英治郎は尋ねた。

「ここ、空手を見せてくれるんですって?」

「ええ。九時過ぎにやりますよ。本土の人?」

「東京から来ました」

じきに九時だ。いい時間に来たと英治郎は思った。

ママが別の客のところに行ったのを見計らって、黒沢が言った。

「しかしなあ……。空手をスナックの見せ物にするのか……」

「きっと、感覚が違うんですよ。沖縄民謡や沖縄舞踊と同じく伝統芸能的な感覚なんでしょう」

「文化の継承ってわけか……。だが、なんだかしっくりこないな……」

やがて、ステージで何やら始まった。

三線《サンシン》と太鼓で沖縄民謡が始まる。それに合わせて、舞踊が始まった。腰を落として両手をひらひらと舞わせる独特の踊りだ。

英治郎は、黒沢に言った。

「中国から拳法が入ってきて、空手が生まれる前、沖縄には手と書いてティーという、独自の武術があったと言われています。そのティーは、この沖縄舞踊と共通点があるそうです」

「あんた、ほんとうにいろいろなことを知ってるな」

沖縄民謡と舞踊が終わると、今度は太鼓が始まった。四つの太鼓を叩きならす。力強いがどこかのどかなリズムを感じさせる。

それが終わると、いよいよ空手の演武だ。三人の演武者がステージに登場した。

演じたのは、三戦《サンチン》と、十三《セーサン》だ。十三の型は、英治郎の流派にも伝わっているが、ほとんど別物といっていいほど違っていた。十三の型は、英治郎の流派に伝わっているのは、少林流系、つまり首里手系の十三であり、ここで演じられているのは、那覇手系の十三だ。

すさまじい力感だった。決して洗練されてはいない。しかし、一つの突き、一つの受けが驚くほど力強い。一撃一撃を必殺の心構えで行っている。

スピーディーではないが、強力で安定している。あの突きを食らったらひとたまりもないな。そう思わせる型だ。

黒沢も食い入るように舞台を見つめていた。演武者たちは、三十六《サンセーリュー》を演じはじめた。上地流は、南派の中国拳法の影響が色濃く残っているといわれている。なるほど、三十六の型には、人差し指を突き出した拳など、中国拳法の要素が感じられた。

空手の型の表演が終わると、武器術が披露された。琉球古武道の基本である六尺棒の組演武、そして、鎌術の演武。いずれも、迫力のあるものだった。

それらの演武が終わると、黒沢がほうっと溜め息をついた。英治郎も同じ気分だった。それまでの緊張が解けたのだ。

「所詮スナックの見せ物だと思っていたが」

黒沢が言った。「こりゃいいものを見せてもらったな……」

「同感です」

ママが戻ってきて、英治郎たちに言った。

「どうでした？」

英治郎はこたえた。

「本格的な演武でしたね」

「そりゃそうですよ」

ママは笑った。「ちゃんとした道場の人たちですからね」

黒沢が言った。

「酒場と空手というのが、どうも結びつかないんだが……」

「沖縄の先生たちの中にもそういうことを言う人はいますよ。でも、踊りも空手も沖縄の伝統ですからね。半端なものを見せているのなら、批判されても仕方がないと思いますよ。でも、踊りも空手も本物だという自負がありますからね」

英治郎は、ママの言葉を聞いて一度沈んだ気分が再び高揚してくるのを感じた。

翌日、佐久川が迎えに来てくれて、那覇市内の高校に案内してくれた。空手部員たちが稽古をしている。

基本練習は、本土とまったく変わりはない。佐久川が教えに行き、英治郎と黒沢はパイプ椅子に座って見学した。

印象は予想したとおりのものだった。本土の学校の部活動と変わりはない。型も全空連の試合で見られるようなものだ。洗練されているが、本来の技の意味がまったくわからない。凄味《すごみ》も感じない。体操競技のような身体能力が問題とされているのだ。

組み手も、完全なポイント制で、すばやく飛び込んで突きを決める稽古を続けている。受け技などない。先手の取り合いだ。

学生の部活動なので、仕方がないが、どうにも味気ないと感じた。

稽古が終わると、英治郎は、佐久川に丁重に礼を言った。それから、こう尋ねてみた。

「私の流派は、少林流の流れを汲《く》んでいます。どなたか、少林流の先生をご紹介いただけないでしょうか」

「沖縄にはショウリン流と名の付く流派が山ほどある。誰がいいかな……」

佐久川は考えた末に、那覇市内のある道場を教えてくれた。英治郎は、重ねて礼を言い、学校を後にした。

仲嶺憲将《なかみねけんしょう》というその空手家の道場は、住所は久茂地《くもじ》三丁目となっていた。英治郎たちが泊まっているホテルの近くだった。国際通りを渡った向かい側の裏通りにある。

玄関に入るとすぐに板敷きの道場だった。訪ねると、道場の奥からすぐに本人が出てきた。かなりの高齢だ。身長は低い。体格もそれほどたくましくは見えないが、拳のタコがすごかった。岩のようだ。足も身長からすると大きいように思えた。

来意を告げると、仲嶺憲将は言った。

「佐久川の紹介？　本土からわざわざ型を見に来たというのかね？」

英治郎はうなずいた。

「そうです」

「そうやって、本土の人間は、何でも私らから盗んでいこうとする」

英治郎は、背筋に冷や水をかけられたような気がした。たしかに、いきなりやってきて、型を見せてくれというのは、傲慢《ごうまん》かもしれない。

「あ、いや、すいません。そういうつもりではなく……。あの……、実は、自分がやっている型が、どの程度正しいのか自信が持てなくなったのです」

英治郎が慌てふためいていると、むっつりと不機嫌そうだった仲嶺憲将がいきなり笑い出した。

英治郎があっけに取られていると、仲嶺は言った。

「冗談だ。本気にするな。道着は持ってきたか？」

そう訊かれて、またしても英治郎は冷や汗をかいた。

「すいません。持ってきてません」

「まあいい。私らの若い頃は、道着などなかった。どれ、夕方の稽古が始まるまで、ちょっと見てやろう。上がりなさい」

英治郎は、急いで靴を脱ぎ、さらに靴下を脱いだ。

「どんな型を知っている？」

英治郎は、知っている型の名前を上げた。

「では、何かやってみなさい」

英治郎は、阿南君《アーナンクー》の型を演じた。少林流の祖、喜屋武朝徳が台湾から持ち帰ったという型だ。左右の連突きや、両手で上段を受けてすぐの胴打ちなど、連続技に特徴がある。

英治郎は、この型を何百回練習したかわからない。ある程度の自信を持っていた。

演じ終えると、仲嶺憲将は言った。

「それは、何という型だ？」

英治郎は、おやと思った。同じ少林流の系統なのに、阿南君が伝わっていないのだろうか……。

「阿南君ですが……」

「阿南君だって？　そういえば、少し似てるようだな」

英治郎は落胆した。

「間違ってますか……？」

「というより、空手になってないな……」

英治郎は打ちのめされる気分だった。これまでの二十年近い空手の練習はいったい何だったのだろう。

無言で立ち尽くしていると、仲嶺憲将は言った。

「本土の空手だな。佐久川がやっているのと同じだ」

「本当の空手とどういう違いがあるのです？」

「あんた、型の中の技を使った組み手はやっているかね？」

「まだ研究中です。阿南君の分解組み手はまだ知りません」

「だから、型になっていないんだ。ちょっと、突いてきなさい」

「はい」

英治郎は、右の追い突きで突いていった。右足を進め、右の拳を出す突きだ。

いきなりどんという衝撃を受け、ひっくり返ってしまった。足を掛けられたわけでもない。逆関節に決められたわけでもない。だが、英治郎は一瞬にして崩されていた。

「これが、阿南君の第一挙動の技だ」

じっと見ていた黒沢が言った。

「すいません。自分も突いてみていいですか？」

黒沢がフルコンタクト系の構えを取り、近づくと、逆突きで突いていった。ボクシングのリアストレートだ。

まったく同じことが起きた。

そのとき、英治郎は仲嶺憲将が何をしたのか初めてわかった。突いてきた手を右で取り、その時に手刀を打ち込んだのだ。立ちは四股立ちだ。たしかに、その形は、阿南君の型の第一挙動と同じだった。しかし、そのような使い方をするとは、考えてもいなかった。ただの手刀受けだろうと思っていたのだ。

黒沢はぽかんとした顔で仲嶺憲将を見上げている。英治郎が技を掛けられたときと同様に何をされたのかわからないのだ。

ただの手刀受けだと思っていたが、左の手刀で受ける前に、右手で突きを払っていた。その右手を添えて手刀を肘に打ち込む。黒沢は自分の突きの勢いで崩れてしまった。

高度な技だが、たしかに阿南君の型だ。

受けるほうの手ではなく、もう一方の空いているほうの手をうまく使っている。

「夫婦手《めおとで》ですね」

英治郎は言った。

仲嶺憲将は、にこりと笑った。

「そのとおり。手は二本ある。両手を使わんのは愚かだ」

夫婦手というのは、両方の手を必ず近くに置いておくことを言う。昔の達人、本部ザールこと本部朝基が、組み手において特に重要だと言っていた。

理屈は知っていたが、こうして使うものだとは知らなかった。

「もう一手、見せよう。顔面を突いてきなさい」

英治郎は、追い突きで上段を突いていった。その手を弾かれたと思ったら、両脇腹に衝撃が来た。息が止まった。その瞬間に腹に正拳を打ち込まれる。衝撃が背骨まで抜けた。

英治郎はその場に崩れ落ちた。

これも、阿南君の型どおりの動きだ。だが、英治郎がやったのとリズムもタイミングもまるで違う。まさに一撃必殺の技となっている。

仲嶺憲将が手を差し出して、英治郎を助け起こした。

小柄な仲嶺憲将のどこにこんな力があるのかという威力だった。英治郎は、打たれた痛みなどどうでもよかった。その技と拳の威力に魅了された。

本物の空手が守り伝えられている。自分が求めていたものは間違いではなかった。

英治郎はうれしくてならなかった。

「こうやって技を使ってみる。そうすれば、型も変わってくるだろう」

仲嶺憲将は言った。

「稽古を見学させてもらっていいでしょうか？」

「かまわんよ。技を墓の中に持っていってもつまらん。一人でも多くの人に伝えたいからな」

英治郎は礼を言って道場の隅で稽古が始まるのを待った。道場には、老若男女という言葉そのままの人々が集まった。

徹底的に型とその分解組み手をやる。練習はそれだけだ。だが、型の分解だけでも基本があり、応用がある。どうやら、さきほど見せてくれた技は応用の部類に入るようだ。

当然、応用のほうが高度な技になる。ほとんどが崩し技か関節技だ。英治郎はほとんど恍惚《こうこつ》とした気分になってきた。

沖縄の先達はこういう空手を習っていたのだなと思うと、タイムスリップをしたような不思議な気分になる。

黒沢は困惑したような表情で稽古を見つめていた。彼らの道場の稽古とはまったく違う。その差に戸惑っているのだろう。

稽古が終わると、英治郎たちは、仲嶺に一杯やろうと誘われた。

彼の行きつけらしい居酒屋に連れて行かれた。英治郎たちは、オリオンビールをもらったが、仲嶺憲将はいきなり泡盛だった。料理は彼に任せた。

仲嶺憲将は飲むほどに機嫌がよくなった。顔が、特に鼻が赤くなる。

黒沢がそっと言った。

「こうやって見ると、ただの酔っぱらいだな……」

英治郎は、自分のこれまでの空手の経歴を仲嶺に話した。何年くらい空手をやったか、誰に習ったか。英治郎の先生の先生は誰か……。

だが、仲嶺はそういうことにまったく興味がないようだ。

「習ったことは大切にせにゃいかん。だが、習いっぱなしじゃいかん」

「習いっぱなし？」

「創意工夫だ。それが何より大切だ」

「でも、自分勝手な解釈を付け加えたりしちゃいけないでしょう」

「やってみればいいのだ。間違ったものは役に立たん。体にしっくりこない。間違った技は決まらない。力技になってしまうんだ」

「私はまだまだ自分で何かを考えるには早すぎます」

「そうやって、あっという間に年を取ってしまうんだ。いつまで生きられると思っているんだ？　昔の先達はな、先生から習う時間はそんなに多くはなかった。あんたみたいに一人の先生から二十年近くも習った者などそんなにおらんよ。みんな自分で工夫したんだ。要はやる気の問題だ」

「剣術の世界に、守破離《しゅはり》という言葉があるそうですね。つまり、そういうことですね。最初は習ったことをひたすら正確に身につけ、次にそれを応用し、さらに自分のものにする……」

「難しい言葉は知らん。だが、空手は自分が使えるか使えないかだ。いいことを教えよう。

ナイファンチは知っているか？」

「知っています」

「その分解組み手はやったことはあるか？」

「はい」

「ならば、だいじょうぶだ」

「え……？」

「ナイファンチに含まれる技を使えれば、他のたいていの型の技も使える」

英治郎は驚いた。

「そうなんですか？」

「那覇手のことはよう知らん。だが、首里手に関してはそうだ。さっきやって見せた、阿南君の崩し技も、ナイファンチの初手とそう変わらん。やってみるといい」

目から鱗《うろこ》が落ちるという言葉がある。英治郎はまさにこういうときにこそ使う言葉だと思った。

とてつもなく大切なことを教わった気がする。

仲嶺憲将は、酔ってとろんとした眼で言った。

「死ぬまで稽古しても、何にもわからんやつもいる。先生の言うこと後生大事でな。そりゃ、先生の言うことをきかんやつは、どうしようもない。だが、ききすぎるやつもいかん。

先生というのは、弟子を強くせにゃならん。自分を超えてほしいと思って弟子を育てるものだ。弟子は、それを肝に銘じて工夫せにゃならん」

「弟子は先生を超えなきゃならない……」

仲嶺憲将はにっこりと笑った。

「自分より強い弟子を育てられない先生は、だめな先生だ」

その言葉は、英治郎の心に強く響いた。今、自分のまわりにそういうことを本気で考えている指導者がどれだけいるだろう。自分の優位さを保持するために、知識を小出しに教える。そういう指導者が多いような気がした。

「それ、自分、わかります」

黒沢が妙に入れ込んだ様子で言った。

「そうか。わかるか」

仲嶺憲将は楽しそうに笑った。

「自分もそう思います。たとえ、自分が世界大会に出られなくても、世界大会で優勝できる弟子を育てれば、それは尊いことだと思います」

仲嶺憲将は、笑いながら言った。

「大会などどうでもいい」

「いや、たまたま自分は、そういう世界にいますから……」

英治郎が説明した。

「黒沢さんは、フルコンの人なんです」

「フルコン？」

仲嶺は言った。「おお、あれはいい。私ももう少し若ければやってみたかった」

「本当ですか？」

黒沢が驚いた様子で訊いた。

「本当だとも。ああいう相手にも技を掛けられなければ本物じゃない」

考えていることの次元が違う。

英治郎は思った。いや、本来空手というのは、何でもありなのだろう。その柔軟な発想力が、技を鍛えるのだ。

その日は、遅くまで飲んだ。仲嶺が店にあるサンシンをつまびいて歌い、英治郎と黒沢はおおいに語り合った。

沖縄の夜は、ふけるに連れて賑《にぎ》やかになってくる。南国のけだるさと情熱。英治郎と黒沢はすっかりそれに呑み込まれていた。

東京に戻っても、仲嶺憲将と会った日の余韻がしばらく残っていた。

英治郎の中にふつふつとたぎりはじめたものがあった。それから、いっそう空手の研究にのめり込んだ。

仲嶺憲将に教わったとおり、ナイファンチの型をやり、その分解を工夫した。すべての受け技は攻撃の技として使える。それがわかったのは、沖縄から戻って一週間もしないうちだった。

黒沢、寺脇、高島の三人にその技を掛けてみる。力ずくでないと掛からない技は、不自然な技だということだ。それは、まだ工夫の余地があるということだった。

英治郎は、すっかり自分の研究に夢中になっていた。稽古を終えて、焼き肉屋に行っても、空手のことばかり話していた。

「どうしました、黒沢さん。食が進みませんね」

高島がそう言ったので、英治郎は初めて黒沢の様子がおかしいのに気づいた。

たしかに、食欲がなさそうだ。

「体調が悪いのですか？」

英治郎は、自分の考えばかりに夢中になっていたのを少しばかり反省していた。

「いや、どうってことない」

黒沢が笑った。「ここんとこ、ちょっと胃の具合が悪くてな……。たぶん、沖縄ではめを外しすぎたんだ」

英治郎も、沖縄から戻ってしばらくは胃の調子が悪かった。連日飲み続けたので、それが崇《たた》ったのだろうと思っていた。

だが、すでに英治郎は回復している。黒沢の不調は長引いている。

「医者に行ってみたらどうです？」

「すぐによくなるさ。空手で鍛えた体だぜ」

英治郎はそれ以上何も言わなかった。あの旺盛《おうせい》な食欲が鳴りを潜めているので、いつもの盛り上がりがないように感じられる。

気にはなったが、本人がだいじょうぶだと言う以上、英治郎は何も言えなかった。

その後も、黒沢は胃の調子がよくないと言い続けていた。英治郎は、胃潰瘍《いかいよう》かもしれないから、ぜひ病院に行けと何度か言った。

そして、ついに、黒沢は病院に行った。

黒沢が胃癌《いがん》だと聞かされたのは、それから二週間後のことだった。

9

乾いた空気だ。日差しは強く暑い。空がこれまで見たこともないような青さだ。青すぎて、仄暗《ほのぐら》いような気さえする。色がものすごく濃いのだ。

凱は喉《のど》が渇いていた。佐久間にそれを伝えると、もう少し我慢しろと言われた。空港に車が迎えに来ていた。古い車で、エアコンがきいていていない。

凱は窓から流れ込む熱気にうんざりとしていた。北海道生まれの凱は、シベリアの寒さには耐えられたが、この渇いた暑さに慣れるにはしばらくかかりそうだった。

どこをどう走ったのかわからない。凱は、ビルの一室に連れて行かれた。天井で、四枚の羽が回っている。どう見てもそれは飾りにしか見えない。

部屋で待っていたのは、派手なシャツを来た東洋系の男だった。日本人のように見える。背が低く、ずんぐりと太っている。髪が襟にかかるほどに長い。

最近の日本では見られないヘアスタイルだ。

彼は、むっつりと不機嫌そうだった。その表情のまま佐久間と握手をかわした。

それから、無遠慮に凱の全身を上から下まで見た。

その日本人のような男は、英語で何か言った。

佐久間が日本語で挨拶すると、彼も日本語に切り替えた。少しばかり英語の訛があるが、流暢《りゅうちょう》な日本語だった。

佐久間が、凱に言った。

「テッド・ヒライだ。こちらのプロモーターだ。俺たちのマッチメイクをしてくれる」

「マッチメイク？」

「試合を組んでくれるということさ」

テッド・ヒライは、いつか佐久間がやったように、凱のまわりを歩きながら、観察した。あのときと同じく値踏みされているような、嫌な気分になった。

凱は第一印象でそう思った。

佐久間も好きになれるタイプではないが、テッド・ヒライはさらに嫌なタイプだった。気に障《さわ》る男だ。

テッドは、ふんと鼻を鳴らすとデスクに戻り、佐久間に言った。

「試合は明日の六時からだ」

佐久間が確認を取るように凱を見た。凱は、佐久間に言った。

「試合などいつでもいい。とにかく、何か飲ませてくれ」

佐久間がテッドを見た。テッドは、冷ややかにドアを指さし、それから親指を右に向けた。

「ドアを出て右に行くと、ペプシの自動販売機がある」

佐久間は、百円玉より少々大きいコインを二つくれた。

「二十五セントのコインだ。そいつで買える」

凱は、部屋の外に出て自動販売機を見つけた。廊下の隅にある。コーラを買っていると、ラテン系の男が、凱をじろじろと見ながら通り過ぎていった。

凱の体格に驚いているのだろうか。それとも見慣れないよそ者を警戒しているのかもしれない。

何となく後者のような気がした。

凱はその男が去ってから、コーラのプルトップを引いた。一気に飲み干す。ここサンディエゴにやってきて、初めて爽快な気分を味わった。

部屋に戻ると、佐久間が言った。

「ホテルへ行こう。まあ、一流ホテルとはいかないが、野宿するよりましだ」

凱は部屋を出るとき、テッド・ヒライに軽く会釈をした。テッド・ヒライは、それを無視した。

つくづく嫌なやつだ。凱は思った。海外で出会うやつは、たいてい嫌なやつだ。あのアレクセイも殺してやりたいほど嫌なやつだった。

きっと、対戦相手もそうに違いない。凱はそう思い、古くて汚いビルを出た。

ホテルについては、何も言うことはなかった。一流ホテルでないことは、暗くて狭いロビーや、そこで葉巻きをふかしている客の様子を見ればわかる。だが、新宿駅の段ボールの家よりははるかに居心地は良さそうだった。バスタブは錆《さび》で赤茶けた筋がついている。その理由はお湯を出してみてすぐにわかった。茶色い水が出る。だが、しばらくすると、温かく透明な湯に変わった。

北海道から東京へやってきて、それからシベリアへ行った。そして、今アメリカへやってきている。だが、いっこうに旅慣れなかった。飛行機の中ではよく眠れなかった。神経が細やかなわけではない。体がエコノミークラスの座席に合わず、窮屈で眠れなかったのだ。

とにかく眠りたかった。

凱はベッドに横たわった。

明日は試合だって？

なるようになるさ……。

たちまち眠りに落ちた。

建物から建物へ車で移動する。ただそれだけだ。サンディエゴがどういうところなのか、知る余裕はない。知る必要もないと、凱は思っていた。

観光旅行に来たわけではない。車の窓の外を流れる風景にも興味はなかった。ただ茫漠《ぼうばく》とした町並みが通り過ぎていくだけだ。

暑く渇いた空気と、おそろしく青い空だけが印象に残る。街を行く人々が皆太って見えるのは気のせいかとも思った。だが、実際過剰な肉をだぶつかせている人が多い。

佐久間は、サンディエゴにやってきてから無口になった。緊張しているのかもしれないと、凱は思った。

彼は海外旅行に慣れている様子だ。緊張しているとすれば、旅のせいではない。理由は、おそらく今夜の試合だ。

凱は、まったく緊張していなかった。なるようになる。そう思うだけだった。相手がどんなやつでも、人間には違いない。肉体に関してはそう引けは取らないだろうという自負があった。

会場に着いたときには、すでに日が暮れていた。大きな会場だ。アメリカは何もかもが日本より大きい。そう感じた。道もだだっ広いし、建物と建物の間隔も広い。

徒歩で歩くよりも車で移動することを前提に街が作られているように思える。そして、対戦相手だと紹介された相手を見たときも、同じことを思った。

人間の規格を外れているのではないかと感じた。

おいおい、冗談だろう。

凱が、その男を見たときに浮かんだのは、その一言だった。

身長は二メートルを優に超えている。腕の太さは、並の人間の胴体ほどもあるように見える。髪を長くして、髯を伸ばしている。巨大な樽《たる》のような体格をしているが、単に太っているわけではない。全身にくまなく筋肉がついており、その上を脂肪の層が覆っているのだ。

おそらく、百五十キロを超えているだろう。もしかしたら、二百キロ近くあるかもしれない。体格そのものが凶器だった。

佐久間はこの対戦相手のことを知っていたのだ。彼の緊張の理由もわかろうというものだ。

彼の名は、ジャック・エリック。本名かどうかはわからない。ジャックは、控え室の中を落ち着かない様子でうろついている。その姿はまさに熊だった。

凱やジャックがいるのは、大部屋の控え室だ。人気選手やメインイベントの選手は専用の控え室を与えられるが、下っ端はこうした大部屋に集められる。佐久間がそう言っていた。

他の選手も試合前とあって神経質になっており、ジャックがうろつくのを迷惑そうに見ているが、誰も注意しようとしない。

どうやら、ジャックは恐れられているようだと凱は思った。とにかく、その場にいる選手の中で、ジャック・エリックは抜きんでていた。

凱は別に恐怖を感じていなかった。感じる必要もない。リングに上がって金を稼ぐだけだ。金を稼ぐためには、多少の苦労は当然のことだ。

ドアが開き、最初の選手たちが呼び出された。彼らは、言葉を交わしながら部屋を出ていった。試合の打ち合わせをしているのかもしれないし、世間話をしているのかもしれない。

二十分ほどすると、彼らは汗まみれで帰って来た。片方は、額から出血している。戻ってきたときも、出ていった時と同様に何事か話をしていた。特に親しそうには見えないし、かといって憎み合っているようでもなかった。仕事仲間という感じだ。

二組目が呼ばれた。彼らは会話をしなかった。淡々とした態度だった。そして、彼らの一人は担架に乗って戻ってきた。だが、控え室に入れられると、そのまま放ったらかしだった。やがて、彼はのろのろと起きあがると、シャワーを浴びに行った。

次が凱たちの番だった。

ジャックは入れ込んでいる様子だった。彼は先に出ていった。

「やつは、しばらく試合をしていない」

佐久間が耳打ちした。「試合勘が鈍っているかもしれない。それは、こちらにとっては明るい材料だ」

「しばらく試合をしてないだって？」

「ああ。ほされていたらしい」

「おい、俺は試合をしたことがないんだぞ。何が明るい材料だ」

佐久間は、肩をすくめただけで何も言わなかった。

「まあ、やるだけやるさ」

凱はそう言って部屋を出た。佐久間が付いてきた。

「俺がセコンドに付く」

「セコンド？」

「コーナーにいて、指示を出す」

「あんた、経験あんのかい？」

「誰もいないよりましだろう」

いないほうがましかもしれない。凱はそう思いながらリングへ進んだ。

いきなり、スポットライトに照らされて、思わず凱は手を掲げて眼を防いだ。

「堂々としていろ」

佐久間が言った。「入場の瞬間から、ショータイムなんだ」

すでにジャックはリングの上にいた。トップロープを両手で持ち、ゆさゆさと揺さぶっている。リングが揺れていた。

広い会場の中央にリングが設置されている。客の入りは六割といったところだろうか。超満員とはいかないようだ。

会場中に派手なアナウンスが響き渡る。主催者側は試合を盛り上げようとしているようだが、一部の熱狂的なファンを除いて、それほど観客は沸いていない。おそらく、メインイベントまでの時間つぶしくらいに思っているのだろう。

凱はリングに上がった。

思ったよりずっと高い。そして、リング上はまぶしかった。天井につるされた幾つものライトで照らされている。そのライトの熱を肌に感じる。

凱は、沼田道場の練習で使うスパッツをはいていた。上半身は裸だ。

ジャックはじっと凱を見つめている。その眼に独特の光が宿った。凱はそれと同じ光をどこかで見たことがあるような気がした。

レフェリーが形だけのチェックを行う。すぐにゴングが鳴った。

ジャックは、解き放たれた雄牛のように突進してきた。凱は、ぎりぎりまで引きつけて身をかわす。

太い腕が飛んできた。ジャックはすれ違いざまに、腕を飛ばしてきたのだ。木の根っこのような腕に顔面を打たれたら、その場でノックアウトかもしれない。

凱はロープづたいにジャックの後方に回った。

そういえば、試合に負けても金がもらえるかどうか、聞いていなかったな……。

凱はそんなことを考えていた。

まともにぶつかり合ったら、勝ち目はない。体重差が五十キロ以上、おそらく百キロ近くある。

ジャックは、振り返り、また凱を独特な眼差しで見つめた。口元に笑みが浮かんだような気がする。

そのとき、ジャックは気づいた。

シベリアの林の中から現れた野犬たちの眼に似ていた。獲物を見つけた獣の眼だ。

凱は、むかっ腹が立った。

俺が獲物だっていうのか?

ジャックがじりじりと迫って来た。捕まえるつもりだろう。

凱は冷静にジャックを引きつけた。

サンドバッグでの練習がどれくらい効果的だったか試してみたくなった。

ジャックが間合いに入った瞬間、凱は右のローキックを飛ばした。ジャックの大腿部の外側に炸裂する。

ジャックは大げさにのけぞった。

観客が沸く。喝采とブーイングが半々だ。

今は当たりが浅かったな。もっと、腰を入れて、こうか……？

凱は、もう一度ローキックを放った。派手な音がする。さきほどとまったく同じところにヒットした。ジャックがまた吼える。

今度のダメージはさきほどより大きいはずだった。

ジャックの顔がたちまち赤く染まる。毛むくじゃらの胸まで赤くなった。怒っているらしい。

凱は、追いすがるジャックから逃げながら、さらにもう一発ローキックを見舞った。ジャックが膝をついた。

頭が手頃な高さにある。

凱は、左の回し蹴りをジャックの頭に叩き込んだ。さらに、右。ジャックの体格はたしかに脅威だが、動きはそれほど俊敏ではない。

したたかな手応えだ。ジャックの上半身がぐらつく。意識が朦朧としているように見える。

さらに、もう一発、回し蹴りを見舞おうと近づいたとき、いきなりジャックが飛びかかってきた。

油断だった。太い腕が凱の胴体にしっかり回された。そのまま凱は持ち上げられた。観客が沸く。

持ち上げられたまま、胴を締められた。背骨がきしむ。

参ったな……。

凱は思った。

こんなやつの対処法は、沼田道場じゃ習ってないぞ。

第一、こんな巨漢は沼田道場にはいなかった。凱が一番大きかったのだ。

ジャックは頭を胸に押しつけてくる。そして、両手で背骨を締め上げる。体をばらばらにされそうだった。

痛えな。こんな思いをするんなら、たんまりと金をもらわなきゃな……。

「両手が空いてんだろう。何とかしろ」

日本語が聞こえた。佐久間の声だ。

意外なくらいに、その声がはっきりと聞こえた。

「何とかしろったってよお……」

凱は独り言を言っていた。

そのとき、グランドで沼田にやられたことを思い出した。平手で耳を殴るのだ。

別にこれ、反則じゃねえよな……。

とにかく、背骨、あばら、腰、すべてが痛い。そして、まともに息ができないのだ。もう、反則だろうがなんだろうがかまわない。

ジャックは横向きに顔を凱の胸に押しつけている。やつの右耳が見えている。凱は、左のてのひらでその上から打った。一発できかせる必要はない。

あのときは、沼田に何度も打たれることが嫌だったのだ。

凱は、ぱちん、ぱちんと一定のリズムで叩いた。宙ぶらりんの足が、ジャックの太腿のあたりにある。ついでに、つま先で太腿前面の筋肉を蹴ってやった。これも、一定のリズムですとん、すとんと蹴る。

ぱちん、ぱちん、ぱちん……。

すとん、すとん、すとん……。

ジャックは最初、虫を追いやるように顔を振った。

顔面がずれたことで締めが緩む。さらに、凱は同じことを続ける。

ぱちん、ぱちん、ぱちん……。

すとん、すとん、すとん……。

ついにジャックは、手を放して耳を覆った。凱は、リングに放り出された。ジャックは後ずさりしたが、そのとき、左の足をわずかに引きずっていた。大腿部前面へのつま先蹴りがきいているらしい。

凱は、腰を回した。かなりダメージを受けている。もう一度、同じように締められたら、耐えられないかもしれない。

「どうやら、そいつは、古典的なプロレス技しか知らないようだ。沼田道場のテクニックを見せてやれ」

また佐久間の声が聞こえた。

古典的なプロレス技って、何だよ……。

ジャックは両手を前に突き出して、凱に迫った。その手を凱が受け止めるのを期待しているようだ。手を組み合い力比べをやろうというのだろう。

なるほど、これが古典的なプロレスか。そんなものに付き合う必要はない。

凱は、いきなりジャックの両足をタックルした。ジャックの巨体がマットに倒れる。リング全体が揺れた。

沼田道場のスタイルね……。

凱は、本当は寝技が好きではなかった。しかし、技を覚えていないわけではない。ジャックの足首を脇にかかえて固め、両脚でジャックの足を挟んだ。

思い切り締め上げる。

ジャックが悲鳴を上げた。レフェリーがギブアップかと尋ねる。ジャックは首を振り、リングの端のほうへ移動しようとする。凱はずるずると引きずられていった。

ジャックが一番下のロープに手を掛けた。レフェリーが凱の肩を叩いて何か言った。手を放せと言っているようだ。凱には、理由がわからなかった。

なおも、ジャックの足を締め上げていると、レフェリーがカウントを始めた。

佐久間が叫んだ。

「ロープエスケイプだ。手を放せ」

「なんだ、そりゃあ……」

凱は手を放した。

佐久間の声が聞こえる。

「ロープに手か足がかかったら、ブレイクする。そういうルールなんだ」

「最初に言えよ」

ジャックは、足を引きずっている。凱はさきほどからジャックの左足だけを攻めている。意識はしていなかったが、結果的にそうなっていた。

ローキック、つま先での蹴り、足首。ジャックは、ロープづたいに移動して凱の様子を見ている。足はそうとうのダメージを受けているようだ。

凱は思った。

何だい。思ったほど強くないじゃないか。見かけ倒しかよ……。

要するに真っ正面から戦わなければいいだけだ。ちょっと頭を使えばそれは可能だ。そして、絶対に自分からは仕掛けない。先に手を出すと、相手の技を食らうことになる。

相手が出てくるのを待つのだ。

リング上での睨み合いが続く。客たちのブーイングが聞こえる。レフェリーがさかんに「ファイト」と叫んでいる。

やられに出ていくなんて、やだよ。

凱は心の中でつぶやいていた。

先にしびれを切らしたのは、ジャックだった。ロープの反動を使って勢いをつけると、凱に襲いかかった。凱はかわしざま、足を掛けた。

ジャックは、凱の足に躓《つまず》き、前のめりに崩れる。すぐさま凱はそのバックを取った。沼田道場の基本どおり、足でジャックの膝を払って、体勢をつぶす。

腕を首に回し、頸動脈を締めた。

レフェリーが喉を絞めていないかチェックに来る。凱は手を放す気はなかった。ロープに逃すつもりもない。両脚をジャックの足に絡め、動けないようにする。

ジャックはもがき、ロープに手を差し伸べようとする。

「うざったいな。早く終わりにしようぜ」

凱はつぶやいていた。

ジャックは、力ずくで凱の手を引き剝がそうとした。だが、凱の腕はびくともしない。そのうち、ジャックの抵抗が弱まってきた。

やがて、ジャックは何度も床をてのひらで叩いた。

レフェリーが頭上で何度も手を交差させる。ゴングが続けざまに鳴った。

凱は、レフェリーに肩を叩かれ、腕を引き離された。試合が終わったことを知った。

ジャックの上から降りると、レフェリーに右手を摑まれ、高々と差し上げられた。歓声とブーイングが交差する。

佐久間が興奮した顔で凱に何か叫んでいる。凱は、終始冷めた気分だった。

でかいやつの相手は疲れる。

リングを降りるとき、凱はそう思っていただけだった。


「実はな……」

ステーキを食いに入ったレストランで、佐久間は言った。「あのジャック・エリックというのは、ずっと対戦相手が見つからなかったんだ」

分厚いステーキは、日本の規格をはるかに超える大きさだった。歯ごたえもある。凱は気に入った。

大きく切った肉を頰張り、佐久間に訊いた。

「どういうことだ？」

「試合を引き受ける相手がいなかったのさ。カードが組めなかったんだ」

「何人も病院送りにしているらしい。乱暴者でな、暴れはじめると手が付けられないらしい」

「別にどうってことなかったけどな……」

「おまえが強すぎるんだよ」

凱は、肉の歯ごたえと嚙むごとにしみ出す肉汁を楽しみながら、佐久間を見た。

「俺が強すぎる？」

「そうだよ。自分でどう思っているか知らないが、おまえはおそろしく強いんだ」

自分が強いかどうかなど考えたことはなかった。凱にとっては、強かろうが弱かろうがどうでもいい。あくまでも、大金を手にしたいだけだ。

「それで、金はいつもらえるんだ？」

「俺が預かっている。帰国したら精算する。旅費やら何やらの経費を差し引いてな」

「そんな話は聞いていない」

「沼田道場は、旅費を立て替えているだけだ。稼いだらその分は返却してもらう」

おもしろくなかった。立て替えた分を差し引かれるというのは、まっとうな話なのかもしれない。だが、なんだかピンハネされるような気がした。

「それにしても、よく勝てたもんだ」

「なぜだ？」

佐久間が言った。

「なんだ、俺が負けると思っていたのか」

「最初の試合でぶっ壊されちまわなければいいが、と思っていたよ」

「あのテッドという野郎は、そんな相手を俺にぶつけたというわけか」

「何とかカードを組みたいと思っていたらしい。それなりに人気があるレスラーだからな。だが、試合を引き受けるレスラーがいない。そこに、日本から俺たちがやってきた……」

「また、あいつとやることになるのか?」

佐久間は首を横に振った。

「今度は別の団体の試合に出場する。ちょっと変わった団体だ。ルチャリブレだ。メキシコが近いんでな」

「何のことだ、それは」

「まあ、行けばわかる」

「それも、テッドが組んだのか?」

「そうだ。日本人がアメリカに遠征するときは、たいていあいつの世話になる」

「試合はいつだ?」

「三日後だ。何か問題はあるか?」

「ない」

「しかし、なかなかうまい戦いぶりだった。アメリカのレスラーは、力勝負を挑まれると正面から受けて立つ。ショーマンシップもあるだろうが、おそらく民族性だな」

「自分が不利だと知って、そんな戦い方をするのは、ばかだ」

「沼田道場の練習の成果を充分に発揮していたじゃないか」

「教わったことを覚えないのも、ばかだ」

佐久間は、かぶりを振った。

「それがなかなかできないんだよ。おまえは生まれながらの格闘家なのかもしれない。俺の眼に狂いはなかった」

「そんなことはどうでもいい。俺は金が欲しいんだ」

「俺に任せろ」

佐久間は意味ありげな笑みを浮かべて言った。「そうだ。すべて、俺に任せておけばいい」

次の会場は、前回よりも多少みすぼらしかった。古い体育館だ。だが、観客は満員だった。白人よりもヒスパニック系が多いように見える。

凱は、また大部屋の控え室に入れられていた。周囲の選手たちの派手さに圧倒されていた。

皆、金ぴかのガウンを用意している。そして、ほとんどの選手がマスクを被《かぶ》っていた。凱は、佐久間に尋ねた。

「なんだこれは……」

「言っただろう。これがルチャリブレだ。メキシコスタイルのプロレスだよ。アメリカでもなかなか人気がある。なにしろ派手なんでな」

「たしかに、見かけは派手だな」

「リングの上でも派手だよ。やつらは、空を飛ぶ」

「飛ぶ？」

「コーナーポストやロープ最上段から飛んでくる。それに驚いていると、不覚を取るぞ」

「そんなものに付き合わなきゃならんのか？」

「別に付き合わなくてもいい。おまえはおまえの戦い方をすればいい」

「そうさせてもらうよ。疲れるのは嫌だからな」

リングの上は、前回同様にまぶしかった。観客の熱気も前回よりすごい。試合が始まる前から盛り上がっている。ラテンの乗りだ。

凱の相手は、小柄な男だ。マスクを被っているので、人相はわからない。肌がやや浅黒い感じがした。

均整の取れた体つきをしている。脂肪が薄い。いかにも敏捷なタイプに見えた。

金の縁取りがついた鮮やかな赤のマスク。長いタイツをはいており、それもマスクと同じ赤だった。

リングネームはレッドコンドル。メインイベントを張るほどのレスラーではないが、かなり人気があるようだ。

ゴングが鳴った。凱は、自然体で相手の出方をうかがう。

レッドコンドルは、いきなりロープの反動を利用して突っ込んできた。凱は、身をかわす。すると、レッドコンドルは、そのまま反対側のロープまで突進し、また反動を利用していきなり、体操のロンダードのように横転して突っ込んできた。

派手な動きだ。だが、よければ済むことだ。凱はロープ際までさがり、レッドコンドルをやり過ごした。

レッドコンドルは、凱に迫り、空手チョップを見舞ってきた。胸に手刀を何度か受ける。たいしたダメージはない。だが、うっとうしかった。

凱は、レッドコンドルを押しやった。その手を取られた。相手の体が消失する。あっと思ったら、体が宙を舞っていた。柔道でいう巴投《ともえな》げを食らったのだ。

マットのクッションで衝撃はかなりやわらげられる。凱はすぐに立とうとした。そのとき、レッドコンドルは、コーナーポストの上に立っていた。

そこから、バク転をしてきた。体ごとぶつかってくる。

なるほど、空を飛ぶというのはこういうことか。凱は思った。

宙を飛んで、全体重を浴びせようというのだ。凱は、片膝をついてそれを受け止めた。そのまま体をひねってマットに叩きつける。レッドコンドルはすぐに起きあがろうとしたが、凱はそれを許さなかった。

腕がすぐ目の前にある。両手で手首をつかみ、それを両脚で挟む。同時に相手の首と胴体を脚で押さえつけていた。あっけないほど簡単に腕ひしぎ逆十字が決まっていた。

リング中央だ。レッドコンドルはロープに逃れることもできない。

たしか、こうやって締めれば、相手は痛がるんだったな。

凱は沼田道場での練習を思い出して、相手の手首を引きつけ、体を反らした。

レッドコンドルは、もがいたが、技は完全に決まっている。ほどなく、レッドコンドルはマットを叩いた。

ギブアップだ。

ゴングが鳴り、またしても凱の勝利が宣せられた。

客席からブーイングが飛ぶ。

おそらく、ここの客たちは、派手な空中戦を期待しているのだ。地味なグランド技で勝っても、喜んではくれない。

凱は気にしなかった。短時間で勝負が決まった。まったく疲れずに勝利したのだ。やれやれと思っていた。

その五日後、テッド・ヒライから呼び出しがあり、凱は佐久間とともにまた例の古いビルの一室を訪ねた。

「試合が組めない」

テッドは冷ややかな眼差しで言った。

佐久間が険しい顔で尋ねた。

「そりゃ、どういうことだ？」

テッドは、大きく溜め息をついた。

「ジャック・エリックがどういう立場だったか知っているだろう」

佐久間はうなずいた。

「そこの新人は、そのジャック・エリックをやっつけちまった」

「それで？」

「ジャック・エリックに起きていたことが、そいつに起きたということだ」

「つまり、試合を受けるやつがいなくなったということか？」

「ジャック・エリックというのは、それほど影響があったんだ。ルチャリブレの試合で、場違いな勝ち方をしたのも問題だ」

佐久間は、頼むよ、という表情で言った。

「何とか方法はあるんだろう？」

テッドはかぶりを振った。

「そいつに、大人の分別を教えておくべきだったな」

佐久間の顔がさらに険しくなった。

「八百長ということか？　そいつは……」

「ガキの喧嘩じゃないんだ。みんな仕事でやっているんだよ。仕事には打ち合わせが必要だ。そうじゃないのか？」

「沼田社長が、そういうのを嫌うんだ」

「俺の知ったこっちゃないな」

凱は言った。

「金をもらえれば、八百長でも何でもやるよ」

テッドは、片方の眉を吊り上げて凱を見た。そこに凱がいることに初めて気がついたような態度だった。

「新人のほうがよっぽど話がわかっているじゃないか」

佐久間が嚙みつくように凱に言った。

「おまえは黙っていろ」

彼は凱を睨み付けると、テッドのほうに向き直った。「たった二試合こなしただけで、おめおめと日本には帰れない」

「それも、俺には関係ない」

佐久間はすがるように言った。

「なあ、頼むよ。何とかしてくれ」

テッドはしばらく何事か考えていた。しばらく沈黙が続いた。天井の四枚の羽がのんびりと回っている。

やがて、テッドが凱に言った。

「金のためなら、何でもやると言ったな?」

「半端な金は嫌だがね」

テッドはふんと鼻で笑った。佐久間に眼を移すと言った。

「ラスベガスに行く気はあるか?」

佐久間の声が低くなった。

「おい……。ラスベガスって、まさか……」

テッドは肩をすくめた。

「別に嫌ならいいさ。俺は、試合がやりたいというから、言っただけだ。普通の興行よりずっと稼げる」

「俺の選手をぶっ壊す気か？」

「別に嫌ならいいさ。あのジャック・エリックだって仕事のないときは、あそこで稼いでいた」

「あんな化け物といっしょにするなよ」

「だが、そこの新人さんは、そのジャック・エリックに勝ったじゃないか」

「運がよかったんだよ……」

テッド・ヒライが鼻で笑った。

「だが、勝ったんだよ。アメリカ人は事実を重んじる。ジャック・エリックに勝つやつなんかと試合はしたくないんだ。ビジネスなんでな」

「何の話か知らんが」

凱が二人の会話に割り込んだ。「金が儲かるなら俺は文句はない」

佐久間が言った。

「正規の試合じゃないんだ。賭け試合だ。マフィアが取り仕切っている裏のプロレスなんだよ。危険な試合なんだ」

「表の試合だろうが、裏の試合だろうがかまわないよ」

「おまえにはわかってないんだ」

テッドが言った。

「おい、観光旅行をしにきたわけじゃないだろう？　金が稼げて、実戦のトレーニングになる。これ以上の話はあるまい」

佐久間がテッドを睨み付けた。

「あんたが、そっちのほうで荒稼ぎしているという話は知ってるんだ」

テッドの眼が危険な光を帯びた。

「誰がどうやって稼ごうが勝手だろう。ここはビジネスの国、アメリカだぞ。稼いだ者が勝ちなんだ」

「その考えには賛成だな」

凱が言った。テッドは、にやりと笑った。

「おまえ、ひょっとしたら、大物になるかもな」

佐久間に眼を移すと、テッドは言った。「さて、本人はやる気だ。あとはあんた次第だ」

佐久間は、テッドを睨み返していた。歯ぎしりをしている。やがて、佐久間は眼をそらし、吐き捨てるように言った。

「好きにしろ」

テッドはにっこりと笑った。

「決まりだな。ラスベガスで稼いで来い」

10

黒沢は胃をすべて切除する手術を受けた。だが、いくつかの臓器に転移しているらしい。若いので、進行が早く予断を許さないと医者が言った。

英治郎は、できるかぎり見舞いに行った。逞《たくま》しかった黒沢が、あっという間に見る影もなく痩せていった。

六人部屋で、すべてのベッドをカーテンで仕切ってあった。八月の暑い日、英治郎が見舞いに行くと、黒沢が言った。

「暑い日は、沖縄を思い出すよ」

「そうですね」

「いい旅行だった。あんたに付いていって本当によかったよ」

「僕も、黒沢さんがいっしょで心強かったですよ」

「仲嶺のじいさんは、本当に凄かったよな」

英治郎は、沖縄の日々を思い出し、ほほえんだ。

「仲嶺先生のおかげで、僕の信じていたことが間違いじゃないとわかりました」

「なあ、頼みがあるんだ」

「何です？」

「俺をあんたの弟子にしてくれ」

英治郎は驚いた。

「冗談でしょう」

「いや、冗談じゃない」

「僕は弟子を持つ身分じゃありません」

「俺が望んでいるんだ。問題ないだろう」

「黒沢さんは、フルコンの世界では指導者じゃないですか」

「そんなことは関係ない。俺はあんたの弟子として死にたいんだ」

「そんなことを考えちゃいけない。病気と闘わなくちゃ……」

「わかってる。俺だっておめおめと死ぬ気はない。万が一のときのことを言ってるんだ」

「しかし……」

「いいか。あんたに欠けているのは、責任感だ。そして、危機感だ。俺は病気になって初めてわかった。人生は限られている。やるべきことがあまりに多く、時間は短い。だが、あんたはまだそれに気づいていない」

「いや、僕は……」

「まだ未熟だとか言いたいのだろう。だがな、いつになったら、一人前になるというんだ？　いつまでたっても自信など持てない。そういうものだ。ならば、未熟なままで始めればいい。そして、始めてから技を磨き、研究を深めていけばいいんだ」

「始める……？」

英治郎は、戸惑った。「それはどういうことですか？」

「自分の胸に訊いてみろ。やろうと思っていることがあるはずだ」

黒沢が何を言いたいのかわかっていた。その思いは、沖縄から帰って、ずっと英治郎の胸にくすぶっていた。

独立して新団体を作りたいという思いだ。

だが、あまりに時期尚早だと思っていた。英治郎は、まだ二十三歳だ。そんな若さで、新流派や新団体を作った人はいるのだろうか？　そんな考えが先行していた。

英治郎はかぶりを振った。

「僕にはまだ時間が必要です」

「俺には時間がない」

「そんな……」

「いいか。俺は待ったなしなんだ。もちろん、治療がうまくいけば生き延びられるかもしれない。だが、死ぬかもしれないんだ。あんたみたいにのんびりはしていられない」

英治郎は何も言えなかった。

いだろう。

黒沢の気持ちを理解しようとした。だが、想像はできても本当に理解することはできな

それが切なかった。

黒沢が言う。

「大きな流派にいれば、楽なことも多いだろう。さしあたり、組織を運営する心配をしなくても済む。だが、マイナスの面もあるはずだ。創意工夫が充分に活かせない。沖縄で仲嶺のじいさんに習った型をやろうとしても、流派にいたら許してはくれないだろう。流派の型を練習しなければならない。そうだろう？　あんたは新しいことをやろうとしている。そして、俺はあんたにはそれができると信じている」

「買いかぶりかもしれません」

黒沢が首を横に振った。

「あんたが自信を持っていないだけのことだ」

英治郎は考えた。そして言った。

「わかりました。僕の第一号の弟子になってください」

黒沢はにやりと笑った。

「麻生先生、よろしくお願いします」

「その代わり、僕もあなたの弟子になります」

黒沢はしかめ面をした。

「なんだそりゃあ？」

「黒沢さんは、僕から学びたいことがあると言いました。だから、僕は黒沢さんを弟子の第一号にすることにしました。でも、僕も黒沢さんから学びたいことがあります。だから、僕を弟子にしてください」

「あんた、うちの会派に入門するというのか？」

英治郎はかぶりを振った。

「その気はありません。黒沢さんの個人的な弟子にしてほしいと言ってるんです」

黒沢はしばらく考えていた。やがて言った。

「あんたは、なかなかの計略家だな」

英治郎は笑った。

「兵法家と言ってください」

「いいだろう。俺はあんたの弟子、あんたは俺の弟子。それでいい」

「早くよくなってください。もうじき、うちの道場が完成するんです」

黒沢は驚いた表情で言った。

「道場を作っているのか？」

「マンションを作っていると言ったでしょう。わがままを言って、その地下に道場を作らせたんです」

「そいつは豪勢な話だ」

「道場開きの日には、黒沢さんに必ず出席していただきたいんです。仲嶺先生もご招待するつもりです」

「それは楽しみだ。また、仲嶺のじいさんと酒が飲める」

「酒は無理でしょう」

黒沢は眼をそらし、天井を眺めると言った。

「そうだな。だが、とにかく、楽しみだ」

「早くまたいっしょに練習したいですね」

「ああ」

きっと黒沢は元気になる。癌などに負ける男ではない。英治郎はそう信じていた。いや、そう信じたかった。

九月の初めに、マンションが完成した。地下の道場もできあがり、英治郎はそのできばえに満足していた。

床は適度にクッションのある板張りだ。公共施設などで剣道場を作った実績のある業者に作らせたのだ。正面には大きな神棚があり、脇には鏡もある。広さは、百五十平米ほど。

やたらに広く感じた。

道場ができたら、流派の本部に登録して支部を作ろうと思っていた。それだって、度胸がいることだ。支部長にも、充分に責任がある。だが、黒沢はもっと大きなことを考えていた。

そして、黒沢に言われて気づいた。独立して自分のスタイルを追究したいというのが、本心だった。

生きている時間は短い。黒沢はそう言った。たしかにそうかもしれない。これからどれくらい生きられるかわからない。余計なことをしている暇などないのかもしれない。

黒沢は自信を持てと言った。

英治郎は、真新しい木のにおいのする道場に一人たたずみ、思った。

この道場が完成したのを機に、人生の新しい一歩を踏み出してもいいかもしれない。

大きな覚悟が必要だ。長年いた流派を去るのも淋しい。だが、別に気負う必要はない。独立したからといって、その新団体で金を稼がなければならないわけではない。経済的には恵まれている。

黒沢がいてくれる。黒沢は新団体に手を貸してくれるに違いない。

英治郎は、その夜、流派への退会届を書き、印を押した。「一身上の都合により」とだけ理由を書いた、簡単な退会届だった。それで、二十年近い付き合いが切れるのだ。

英治郎は、流派を離れることについて、不思議なほどこだわりを感じなかった。もっといろいろな感慨が浮かぶかと思ったが、むしろ、さっぱりとした気分だった。

心が独立の側に傾いていたのだ。これから新団体でやらなければならないことを思うと、感傷に浸ってなどいられない。

わくわくする思いだった。まず、型を一から研究しなおさなければならない。英治郎がいた流派の型は、試合で勝つためにかなり手が加えられているはずだ。もともと、沖縄でやられていたものとは違う。

英治郎は、できるだけ古い型に戻したかった。平安の型も、糸洲安恒が考案したオリジナルのものにできるだけ近づけたかった。それがどのようなものだったか、今となっては知ることはできないが、おそらく、糸東《しとう》流などに伝わる平安の型が、古い味を残しているのだろうと思った。逆に、松濤館の平安の型はかなり、原型からは離れてしまっているはずだった。

古流の型も、古来のものに戻したい。そして、仲嶺に教わったとおり、分解組み手を研究しなければならないと思った。分解組み手をやらなければ、本当の型にはならない。

英治郎は、道場開きの計画を練ることにした。黒沢の退院を待とう。退院の目処《めど》が立ったら、仲嶺憲将に招待状を出す。もちろん、東京までの旅費とこちらの滞在費は、英治郎が負担するつもりだった。

独立して自分の団体を作る。それが、どういうことなのか、本当のところはよくわかっていない。

だが、手探りでいいから始めよう。英治郎はそう思っていた。


翌日の夕刻、黒沢の支部の黒帯、寺脇から電話がかかってきた。

「黒沢さんの容態が急変しまして……」

英治郎は、ハンマーで後頭部を殴られたような気がした。

「急変……。この間会ったときは元気だった」

「病院へ来られますか？」

「すぐに行く」

英治郎は、高島に連絡を取った。高島も病院へ向かうと言った。

車で、病院に向かう。

冗談じゃないぞ。

英治郎は思った。

死なれてたまるもんか。

神仏に向かって心の中で叫んだ。

黒沢さんを殺したら、一生怨み続けてやるぞ。

幸い、英治郎の車は国道２４６を上りの方向に走っており、夕刻の渋滞に巻き込まれることはなかった。

病院に着くと、寺脇が待っていた。

「こっちです」

黒沢がいた病室の方向ではない。集中治療室に案内された。黒沢は、チューブに囲まれていた。腕には点滴のチューブ。鼻にも何かの管を差し込まれている。酸素マスクを掛けられていた。

ベッドの脇には、医者と看護婦、そして年老いた男女がいた。黒沢の両親だろう。

「黒沢先生」

寺脇が言った。「麻生さんです」

黒沢が目を開けて、英治郎のほうを見た。医者が場所をあける。英治郎は両親に会釈をしてから、枕元に近づいた。

黒沢は英治郎を見ると、かすかに笑った。医者が手を伸ばし、酸素マスクを外した。

「すまんな……」

黒沢は言った。「道場開きには行けそうにない」

「だいじょうぶです。退院するまで待ってます」

「こんな調子じゃいつになるか……」

「流派に退会届を書きました」

黒沢はうなずいたようだった。

「決心したか」

「はい」

「じゃあ、俺が門弟の第一号だ。間に合ってよかった」

「早く元気になってください。一人じゃ心細い」

「寺脇はいるか？」

「はい。ここにいます」

「俺の代わりに、この人を手伝ってやってくれ。おまえもうちの会派に退会届を書け。この人のところに行くんだ」

「オス。わかりました」

英治郎はもはや何も言うつもりはなかった。

黒沢は言った。

「だが、おまえは門弟の第二号だ。最初の門弟はあくまで俺だぞ」

「オス」

それから、黒沢は英治郎を見た。

「期待してるぞ。あんた、きっと大物になる」

手を伸ばそうとしているようだった。英治郎はそれに気づいてその手を握った。嘘のようにやせ細った腕。英治郎は、唇を嚙んだ。

黒沢が目を閉じたので、英治郎は枕元から離れた。両親に場所を譲り、英治郎は寺脇とともに、廊下に出た。

「黒沢先生は、会派の連中よりも、麻生さんを呼べと言われまして……」

英治郎は無言でうなずいた。

「あの……」

寺脇が言った。「自分は、黒沢さんの言いつけを守ります。よろしくお願いします」

「本当にいいのか?」

「もちろんです」

英治郎は、大きく息をついてから言った。

「こちらこそ、よろしく頼む」

ほどなく、高島が駆けつけた。

「どんな具合なんです?」

寺脇が説明した。

「やはり転移した癌を抑えきれなかった。進行が早くてな。いろいろな臓器の機能不全だそうだ」

高島はそれ以上何も尋ねようとしなかった。

英治郎は、高島に言った。

「僕は流派を辞める。独立して独自にやっていく」

高島は驚かなかった。

「いずれは、そういう日が来ると思っていました」

「これからは、別々の流派ということになるな」

「いえ」

高島はかぶりを振った。「自分は、先輩に付いていきます。自分も流派を離れます」

「おまえは、まだまだ試合で活躍できる。全日本も夢じゃない」

「試合に未練はありません。自分は、昔から先輩に期待していました」

「大きな流派にいるようなわけにはいかんぞ。空手を一から考え直さなければならない」

「望むところです」

英治郎は、頭《こうべ》を垂れた。

「すまんな」

「やめてくださいよ、先輩。自分が決めたことなんです」

そのとき、部屋の中が急に慌ただしくなった。医者と看護婦が忙しく立ち回る。両親が緊張しきった面持ちでその様子を見つめていた。

英治郎は、部屋の中に入り、隅でその様子を見つめていた。とても近づける雰囲気ではない。

やがて、医者の低く沈んだ声が聞こえた。

「午後八時十二分。ご臨終です」

母親が、顔をくしゃくしゃにして泣いていた。父親はたたずみ、何かひどく困ったことにであったときのような顔をし、やはり涙を流していた。

英治郎は、ゆっくりとベッドに近づいた。別人のようにやせ細った黒沢が目を閉じて横たわっている。今にも、目を開けそうだ。

だが、それがもうあり得ないことなのだと思うと、急に無性に悲しく、また腹立たしくなった。気づくと、ぼろぼろと涙をこぼしていた。

それから、どれくらい病院にいたのか英治郎は覚えていない。何をしたかもはっきりとしない。ただ、打ちひしがれていた。

こんなことがあっていいのだろうか。六月にはいっしょに沖縄に行ったのだ。ひどい冗談としか思えない。

黒沢の会派の連中が駆けつけたのを覚えている。何人もの人間が英治郎の前を通り過ぎていった。英治郎はたたずみ、その足音を聞いていた。

黒沢の葬儀は、実家近くの寺院で行われた。黒沢は、渋谷のアパートで一人暮らしをしていたが、両親は台東区に住んでいた。

英治郎は、寺脇、高島とともに通夜に行き、翌日の告別式にも参列した。会派の人々が手伝いに来ていた。

本当に逝ってしまったのだな。出棺の様子を見守り、英治郎は思っていた。それからしばらくして、英治郎は、黒沢の両親のもとを訪ねた。

道場に、黒沢の写真を飾りたいので、譲ってもらえないかと頼みに行ったのだ。まだ、二人の悲しみは癒《い》えてはいない。

業者に引き延ばしてもらって道場の正面に飾るつもりだった。

母親は、一枚の写真を持ってきた。空手着を着た写真だった。会派の名前が入った道着だが、英治郎はかまわないと思った。

父親が言った。

「順番を守らないなんて、最大の親不孝者です」

英治郎は無言でうなずくしかなかった。

「あなた、輝義の新しい先生なんですね」

「黒沢さんといっしょに新しい道場をやっていくつもりでした」

「空手の先生といえば、親も同然だと、あいつはいつも言ってました。つまり、あなたもあいつの親だ。あいつはあんたに対しても親不孝をしたわけだ」

「私も、黒沢さんにはいろいろなことを教わりました。独立しろと勧めてくれたのも黒沢さんです。私は、黒沢さんから学んだことを、新しい団体に活かしていくつもりです。黒沢さんは、私の道場で生き続けるのです」

今度は、父親が黙ってうなずく番だった。

英治郎は、いとまを告げることにした。立ち上がると、父親が言った。

「道場に写真を飾ったら、見に行かせてもらえますか？」

英治郎は言った。

「道場開きにはご招待します。ぜひいらしてください」

家を出ると、急に雲行きが怪しくなった。

ばらばらと大粒の雨が落ちてきたかと思うと、いきなり土砂降りになった。

英治郎は、もらった写真が濡れないように背広の内ポケットに入れ、それを両手で抱くように歩いていた。

雨を避ける気はなかった。このままずぶ濡れになりたい。そう思って歩いていた。

顔がびしょ濡れになる。ちょうどよかった。顔が別のもので濡れているのを隠すことができる。

黒沢のためにも、英治郎の新道場を成功させなければならない。やらなければならないことは、山ほどある。

だが、しばらく何もする気になれない。空手のことを考える。すると、それを黒沢に話したくなる。だが、黒沢はもういない。心の整理には、まだ時間がかかる。黒沢のおかげでつかみかけていた空手に対する自信が、またもや崩れかけていた。一人では荷が重すぎる。

英治郎は、土砂降りの中、一歩一歩を確かめるように歩いていた。

そうだ。一歩ずつ、進むしかない。

だが、その一歩が、今の英治郎には不安でたまらなかった。

11

リング上だけが明るかった。

天井からつり下げられたいくつものライトで照らし出されている。

リングの周囲には金網が張り巡らされている。

その金網が、ライトを反射して冷たく光る。殺伐とした光景だ。

対照的に観客席は優雅な雰囲気に包まれていた。

暗い観客席からは、くつろいだ談笑が聞こえてくる。目を凝らすと、着飾った男女の姿が見て取れる。

階段状になったフロアには、酒場のようなテーブルが並び、上等なソファが置かれていた。

タキシードやカクテルドレスがそのソファの上で揺らめいて見える。

南雲凱にとっては、すでにその光景は馴染《なじ》みのものだった。

明るく照らされたリングの対角には、見るからに凶暴そうな顔つきをした白人が立っている。禍々しいまでにたくましい体つきをしている。

身長は百九十センチを超えている。体重は百十キロ以上ありそうだ。その体重は筋肉によるものだ。

大胸筋、僧帽筋、上腕二頭筋、広背筋、三角筋、腹直筋、大腿直筋……。そのすべてが見事に発達している。

金髪に青い眼だ。

髪をやや長くしている。派手な赤いスパッツをはいていた。

筋肉よりも眼を引いたのは、その体に無数に刻まれた傷跡だった。この男が、どういう生き方をしてきたかを物語る傷跡。刃物傷だけではない。銃弾の痕もあった。

南雲凱は、相手のほうを見ていなかった。

コーナーポストにもたれ、ぼんやりと闇《やみ》に浮かぶ観客たちの影を眺めていた。

いつかは、そっちに座ってやる。

凱はそんなことを思っていた。

はした金を稼ぐのは、もう真っ平だ。俺は大金を稼いで、おまえたちの仲間入りをしてやる。

この会場にやってきて、試合を観戦できるのは、選ばれた人々だけだ。映画スターもいる。一流スポーツ選手もいる。富豪もいる。上院議員さえもいた。

彼らは、試合に大金を賭ける。その金が凱のところに回ってくることはない。金持ち同士で大金を回している。

胴元に入る金は、どこかへ消える。

たぶんマフィアが管理しているのだろう。

「少しはやる気を見せろ」

セコンドに付いている佐久間良介が言った。

「ふん。勝ちゃあいいんだろう」

「サービスってものを考えられないのか?」

「考えられない」

凱がこたえたとき、まるで執事か一流レストランのボーイのような感じのレフェリーに呼ばれた。白いシャツに黒いズボン、それに蝶《ちょう》ネクタイ姿だ。

英語でルールの説明を受ける。これも形だけの儀式に過ぎない。

一ヶ月以上も、この裏のプロレスのリングで戦い続けている凱にとって、今さらルールの説明は必要ない。対戦相手にとっても同様だ。

対戦相手の名前は、たしかビックとかいった。なんとかスキーという苗字だったから、ロシア系かもしれない。

ビックというのはビクトルか何かの略称に違いない。

ロシア系となれば、容赦はしない。ビックには怨《うら》みはないが、ロシア人には怨み骨髄だ。

かつて、シベリアでさんざんいたぶってくれたロシア人たちのことは、死ぬまで忘れないだろう。

レフェリーは、二人をコーナーに分け、「ファイト」と上品に告げた。ゴングが鳴る。

ビックは勢いよく飛び出してきた。いきなり、左右のパンチを繰り出してくる。

大振りのパンチだ。渾身の力を込めている。この体格だ。パンチを一発でも食らったら、それで勝負は決まりだ。

ビックは体格だけでなく、体力も並みはずれていた。続けざまにパンチを繰り出してくる。反撃の隙を与えまいとしているのだ。典型的な喧嘩ファイトだった。

こんなものに付き合っていたら、体がいくつあっても足りない。

凱は、ことごとくパンチをかわした。

ここ一ヶ月の真剣勝負で、彼の反射神経は鍛えられ、研ぎ澄まされている。大振りのパンチなどかわすのは簡単だ。

かわしざま、飛び込んで相手の胴にしがみつく。胸毛と、汗がうっとうしい。

そのまま、するりと回り込んでバックを取り、木の根っこを引っこ抜くように相手を持ち上げた。後方へ投げる。

バックドロップだ。

巻き付けた手を放さずに、自ら倒れ込んだ。そうすることで相手の受け身を封じることができた。

ビックは後頭部から落ちた。普通の人間ならば、頸椎《けいつい》損傷だ。だが、ビックの半端ではない首回りの筋肉群が彼を守った。

相手はプロレスラーだ。凱も、バックドロップの一発で勝負が決まるとは思っていない。この裏プロレスは、ばりばりのセメントマッチだ。

相手をノックアウトするか、絞め落とすか、骨を折ったり、関節をはずしたりして戦闘不能にしない限り試合は終わらない。

凱は、相手を引き倒すのが目的だった。倒してしまえば、パンチ力は半減する。

観客席で、誰かが何かを叫んでいる。凱はちらりとそちらを見た。暗い観客席で、タキシード姿の紳士が立ち上がり、喚いている。

立って殴り合えと言っているのだ。凱はそう思った。

アメリカ人は、殴り合いが好きだ。地味なグランドが続くのを嫌う。

ふざけんなよ。おまえが、ここに来て戦ってみろ。

ビックはリングの上で亀になろうとしている。グランドの対処の仕方も知っているということだ。

凱は、その右腕を捉え、力任せに引き出そうとした。引き出したらすぐに脚を絡めて、腕ひしぎ逆十字に持っていくつもりだった。

だが、ビックの腕は動かない。凱との体重差は、おそらく十キロ近くある。やりにくい。

ならば、と凱はビックの背に乗り、首を決めにいった。スリーパーホールドで落としてしまえばいい。

突然、ビックが暴れた。凱は、馬から振り落とされるようにマットに転がった。その隙に、ビックが立ち上がる。

そして、凱の脇腹を蹴り上げてきた。

痛えな、このやろう。

凱も立ち上がった。

客席から喚声が上がる。やはり、アメリカ人たちは、派手な殴り合いを期待しているのだ。上流階級だの有名人だのといっても、一皮むけば喧嘩好きのアメリカ人に過ぎない。

上等じゃねえか。

凱は、スタンディングで構えた。

もともと、凱もグランドよりも立ち技の打ち合いが得意だ。

ビックの顔が赤くなった。首や胸のあたりまで赤い。凱は、アレクセイを思い出した。

凱は、二年前、騙されて、森林伐採の労働力としてシベリアに売られた。そこを取り仕切っていたロシア人だ。

奴隷同然にこきつかわれ、地獄の日々を味わった。

「てめえには怨みはねえがな……。ロシア人相手だと手加減する気になれねえんだ」

凱は日本語で言った。

それを挑発の言葉と受け取ったらしい。ビックは、さらに顔面を朱に染めた。

いきなり、左のフックを飛ばしてきた。

空気を切る音がはっきりときこえる。

続いて、右。

唸りを上げて飛んでくる。

さらに、左。

ビックの攻撃は絶え間がない。

うざってえな……。

凱は、次の右をガードすると、同時に右のローキックを飛ばした。ビックの左腿を捉える。膝上十センチ。最も技の効くポイントだ。

ビックは、ひるまず、さらに左を出そうとする。凱は、体重を乗せて再びローキックを見舞った。同じ場所に決まった。

ビックが腰を引いた。

凱はさらに、ローキックを放つ。

ビックが下がった。左足を引きずっている。右のパンチを出すときに踏み込むほうの足だ。もう彼の右は怖《こわ》くない。

さらに、ローを出そうとすると、明らかにビックは嫌がった。顔面に隙ができる。凱は、そこに左のパンチを飛ばした。ビックのようなフック気味のパンチではない。まっすぐなジャブだ。

それがビックの鼻に炸裂する。鼻梁が折れる感触がはっきりと拳に伝わってきた。さらに右のフックで追い打ちをかけた。

頬骨を狙う。

両者ともグローブを付けていない。顔面を殴れば、こちらの拳も痛むことを凱は知っていた。試合後、三日間は腫《は》れが引かない。

だが、殴らなければ、もっとひどい目にあう。

ビックは、反射的に両手を上げてガードしようとする。レバーががら空きになった。凱は、ボディーに左のフックを突き上げた。

拳に肋骨《ろっこつ》を感じる。折れたかもしれない。

さらに同じところに一発。

ビックが肘を下げた。

青い眼がこちらを睨んでいる。

むかついた。

その眼めがけてフックを見舞った。したたかな手応えが伝わってくる。頬骨をとらえた。

ビックの顔面が右に振られる。

凱は、夢中で右のフックを繰り出した。それが、ビックの顎に当たる。

それでもビックは倒れない。太い首のおかげだ。

ビックは、さきほどのジャブで鼻血を出している。その血を見て、凱も熱くなった。

膝をビックの左右の肋骨の間に叩き込む。そして、再び左腿にローキック。

ビックが完全に腰を引いた。いつしかコーナーに追い込んでいた。

必死の形相で右を返してくる。

しつこいんだよ。

凱は、また、左腿めがけてローキックを叩き込んだ。ふいに、ビックが視界から消えた。

膝をついたのだ。戦意を喪失している。

だが、このリングでは、それだけで勝ちを認めてはくれない。

悪く思うなよ。

凱は、半歩さがって、充分に腰を捻り体重を乗せた回し蹴りを、低くなったビックの側頭部に見舞った。

ビックの眼から光が消えた。膝立ちのまま、だらりと両手を下げる。そのまま、前のめりに倒れていった。

それまでまったく存在感のなかったレフェリーがカウントを取りはじめる。

やがてレフェリーはテンカウントを数え、凱の勝利を宣言した。

喚声とブーイングが交差する。リングの周囲に張り巡らされた金網にいっせいにグラスや皿、酒瓶などが投げつけられた。それが床に落ちて激しい音が続く。

いつものことだ。観客たちは大枚を賭けているのだ。賭けに負けたやつらが、腹いせに物を投げる。

今では、凱は周囲の金網がそのためにあることを理解していた。

コーナーに引き上げると、佐久間が満足げに言った。

「なかなか派手な戦いぶりだったたな」

凱は、タオルを受け取り、汗を拭いながら言った。

「たまには、相手に付き合ってやるさ」

「カウントなんて取ることないのによ」

佐久間はレフェリーを見ていた。「普通の試合なら、即ドクターが呼ばれてるぜ」

凱は、すでに腫れはじめた両手の拳を眺めていた。

「だから、普通の試合じゃないんだろ」

凱はリングを下りた。

ラスベガスは、砂漠の中にぽっかりと浮かび上がった光の蜃気楼《しんきろう》のようだ。

巨大なホテル群が作り出す欲望と快楽の街だ。ホテルにはカジノがあり、アメリカ中からそれを目当てに観光客が集まる。

アーケードの天井には、電飾の飛行機が飛び、ホテルには華やかな装飾が満ちている。

だが、凱が宿泊しているのは、安いモーテルだった。佐久間がどこからか車を調達して来て、それで移動している。

日本ではお目にかかれないくらいにひどいオンボロのセダンだ。新品のころ、どんな色をしていたのかもわからないくらいだ。

外装はでこぼこで塗装は色あせている。さらに、パテを塗りっぱなしの場所がいくつもあり、灰色のまだらの状態だった。

凱は別に不満はなかった。どんなにオンボロであろうが、走ればいい。エアコンなど付いていないが、長距離を移動するわけではない。

宿にも不満はなかった。寝室は広いし、バスルームもある。部屋にはテレビも電話も付いていた。

佐久間は試合が終わると、すぐに凱をモーテルに連れ帰った。試合場のそばでぐずぐずしていると危険なのだ。

賭けで大損をした客に狙われることがある。客の中にはマフィアとコネがある連中もいる。試合を仕切っているマフィアは選手を守ってはくれない。

冷たいシャワーを浴びたかった。試合後しばらくは、食欲もわかない。

モーテルは、四部屋ごとに棟が分かれている。外から直接部屋に入る形になる。佐久間がドアに鍵を差し込み、がちゃがちゃやっている。

「おかしいな……」

「どうした」

凱は早く部屋に入りたかった。

「鍵が開いていた」

佐久間が凱を振り返ったとき、中から誰かがドアを開けた。

佐久間は驚いた様子で戸口から飛び退《の》いた。部屋の中に立っていたのは、テッド・ヒライだった。

凱を裏のプロレスに送り込んだプロモーターだ。

髪を長めにした人相の悪い日系人だ。アメリカの東洋系によく見られる髪型だ。ずんぐりと太っており、前回会ったときと同様に、派手なシャツを着ている。

「待っていた」

テッド・ヒライは、まるで、そこが自分の家のように振る舞っていた。「話がある。部屋に入れ」

「言われなくても入るさ」

佐久間が言った。「こいつは、試合が終わったばかりなんだ。話なら後にしてくれ」

テッド・ヒライは、佐久間の言い分をあっさり無視して言った。

「主催者側からクレームがついた」

凱は、テッドが話をしているのもかまわず、冷蔵庫から氷を出し、それをアウトレットのビニール袋に入れた。さらにそれをタオルで包んで、両方の手の甲をその上に乗せて冷やした。

すでに拳は紫色に腫れあがっている。

佐久間がテッド・ヒライに言った。

「クレームだって？」

テッドは冷淡にうなずいた。

「日本人が勝ち続けるのは問題だ」

佐久間が、あきれたというふうにかぶりを振った。

「なら、もっと強いやつを連れてこいよ。何でもありの闇のプロレスなんだろう？」

テッドは、どさりとベッドに腰を下ろした。

「いいか？　プロレスはビジネスだ。主催者にはそれぞれ思惑がある。特に、あんたの選手が出ているホテルの試合は、そうだ。アメリカ人が少数民族や東洋人や、ロシア系を血祭りに上げる残虐なショーを期待した客が集まる。そして、彼らはアメリカ人に賭けるんだ」

「じゃあ、感謝されていいな」

「どういうことだ？」

「凱が勝ち続け、胴元はかなり儲かっただろう」

「だが、客は不満だ。そして、困ったことに、あんたの選手に組織的に大枚を賭ける連中が現れた」

「あんたはまた、八百長《やおちょう》をしろと言うのか？」

「だから、ビジネスだと言っている」

「待てよ。あんたは、表のプロレスで八百長をやれと言った。それを断ったら、マッチメイクができないからと、この裏のプロレスに俺たちを送り込んだ。また、同じことを言うのか？」

「主催者側から圧力がかかっていると言っているだろう。どういう意味かわかるはずだ」

凱は黙って二人のやりとりを聞いていた。テッドが何をいおうとしているかは、だいたい想像がついた。

マフィアが脅しをかけてきたのだろう。当然、佐久間にもわかっているはずだ。

佐久間は言った。

「おい、裏のプロレスってのは、何でもありじゃなかったのか？　強いものが勝つ。そういう単純なリングだと思っていたがな……」

凱は佐久間に言った。

「噂ほどじゃないんだよ」

テッドと佐久間が同時に凱を見た。

凱は、手を冷やしながら淡々と言った。

「これまで戦ったが、どうってことないやつらばかりだった。アメリカに来て一番苦労したのは、最初に戦ったジャック・エリックだった」

テッドはしばらく凱を見据えていた。

凱は平然と見返していた。

「そいつの言うとおりだ」

やがて、テッドは言った。「裏のプロレスなどというと、いかにも恐ろしげに聞こえるが、本当に強いやつは、メジャーのリングで活躍している。ここに来るのは、ドーピングで体をぼろぼろにしちまったレスラーや、傷害事件を起こした元フットボール選手、表のプロレスでマッチメイクをしてもらえない二流の選手。そういう連中が集まってくる」

佐久間が言った。

「正統派のレスリングができないから、何でもありのルールで流血戦をやらせるわけか」

テッドは、肩をすくめた。

「中には、本当に危ないやつもいるさ。病的に暴力が好きなやつとか、生まれつき性格が破綻《はたん》しているやつだ」

「そういうやつらは、乱暴なだけだ」

凱が言った。「強いわけじゃない」

テッドはまた凱を見据えた。

それから、佐久間に視線を戻した。

「条件を呑むか。今すぐ、ここを立ち去るか。おまえの選択肢はこの二つだ」

「待ってくれよ、テッド。それじゃ話が違う。少なくとも、三ヶ月は修行をさせてくれるって条件だったろう」

「一ヶ月経った。あとは観光旅行でもしていろ」

「一つでも多くの試合をこなして、経験を積ませたいんだ」

「おまえの眼は節穴か？」

テッドは言った。

「何だって？」

「俺が仕切っているプロレスの世界じゃ、もうこいつの面倒は見切れない」

「どういうことだ？」

「こいつは本当に強いんだよ。長年この仕事をやっているが、こんなやつは初めてだ。修行だって？　これ以上、なんの修行をするっていうんだ」

「二ヶ月も予定を切り上げて日本に帰るわけにはいかない」

「日本人はばかだな。それだけ金と時間の節約になるのに、予定を変更できない」

「おまえだって日本人じゃないか」

「違う。俺は日系だが、アメリカ人だ」

テッドが初めて、わずかながら感情を露《あら》わにした。

差別にあっているのだな。

凱はそれを感じ取った。東洋人は有形無形の差別にあう。凱はラスベガスに来てからそれを肌で感じていた。

ホテルの従業員の対応も違う。観客の反応も違う。

テッドは、すぐに普段の無愛想な顔つきに戻った。

「俺の条件を呑め。それが身のためだ」

佐久間は考え込んだ。

凱は、どうでもよかった。裏のプロレスといっても、それほどのファイトマネーをもらえるわけではない。

金は凱を素通りしていく。

「もう凱が上がるリングはないということか？」

「リングの上で、もうちょっとおりこうにしろと言ってるんだ。アメリカのプロレスは、日本以上にショーの要素が強いんだ」

「日本では、格闘技が新しい時代に入ろうとしている」

　佐久間が言った。

「知ったこっちゃないな」

　テッドは冷たく言い放った。「どうせ、ブラジルの柔術やらバーリ・トゥードやらの影響だろう。日本人は、すぐに流行に左右される。だが、アメリカのプロレスは日本より伝統がある。ビジネスとしての伝統だ。そんなに戦いたいのなら、ブラジルへ行ってバーリ・トゥードにでも出ることだな」

　考えに沈んでいた佐久間が、上目遣いにテッドを見た。

「出場できるのか？」

「誰でも参加できるはずだ」

「いつ、どこであるんだ？」

「俺の知ったことか」

　佐久間の眼に狡猾そうな光が浮かんだ。

「わかったよ」

　佐久間は言った。「世話になったな。俺たちはすぐにラスベガスを発《た》つ」

「それがおまえの選択か」

テッドは言った。「いいだろう。二度と俺の前にこいつを連れて現れるな」

佐久間はうなずいた。

「わかってる」

テッドはちらりと、凱を見てから、黙って部屋を出ていった。

佐久間はそれでも、身動きせずに何事か考え込んでいた。

「おい」

凱は言った。「俺は冷たいシャワーを浴びたいんだがな……」

佐久間は、凱が言ったことなど気にしない様子だった。

「俺はこれから、いろいろとやることがある。二時間ほど時間をくれ。夕食はそれからだ。しばらく休んでいろ」

それだけ言うと、さっさと部屋を出ていった。

佐久間が何を考えているかわからない。本当に凱を何とかいう新しい格闘技の大会に出そうとしているのかもしれない。

どうでもいい。

凱はまた思った。

戦うこと自体には、何の興味もない。ただ、佐久間が入れあげているので、それに付き合っているだけだ。

早く金が稼ぎたかった。

手元には、これまで稼いだファイトマネーがあるはずだ。いろいろとさっ引かれてはいるが、そこそこの金額のはずだ。それは佐久間が持っている。

それを持って、カジノにでも行ったほうが手っ取り早いんじゃないのか。凱はそんなことを思っていた。

だが、素人《しろうと》がカジノで稼げるとも思えない。どんな賭け事も胴元が儲かるようにできている。凱は、一攫千金を夢見ている。だが、博打《ばくち》で稼ごうと考えるほど愚かではなかった。

博打もプロの世界なのだ。

面倒くせえな。

凱はシャワーを浴びて、少し眠ることにした。


一週間後、凱はブラジルにいた。

どこでどう情報を仕入れたのか、佐久間は、バーリ・トゥードとかいう試合に、凱を潜り込ませることに成功したのだ。

旅行代理店を駆け回り、ブラジル行きのチケットを手に入れ、ガイドを雇っていた。

リオデジャネイロは、活気にあふれた港町で、ブラジリアに首都が移った今も、商業と経済の中心地だとガイドが、頼まれもしないのに説明した。

たしかに、茫漠としたアメリカ西海岸の町よりも、人々は活《い》き活《い》きとしており凱は気に入った。

雑然としているが、それだけ生活のにおいがする。

だが、町のたたずまいなど凱には関係ない。今、凱は試合場に向かっている。佐久間によると、バーリ・トゥードというのは、何でもありの喧嘩だという。

「やるかやられるかだ」

佐久間は言った。

凱は、ガイドが用意した車の窓から外を眺めながらこたえた。

「ラスベガスに行くときも、同じことを言わなかったか？」

会場は、それほど広くない。だが、観客席は超満員だった。

「八人の選手が出場する。おまえの相手は、ヘビー級のキックボクサーだ」

「何だっていいさ」

ちゃんと一人一人の控え室が用意されていた。施設そのものは古くて規模が小さい。だが、テッドが手配したアメリカのプロレス興行よりも待遇はいい。

「大切なことを聞いていなかった」

「何だ？」

「金はもらえるのか?」

「優勝賞金は、米ドルで一万だ」

「安いな」

「ここはブラジルだ」

凱は、着替えを済ませ関節を念入りにほぐした。旅の疲れがまだ残っており、一眠りしたいところだ。

「ほかの選手の試合を見ておいたほうがいい」

「どうしてだ?」

「次の試合の参考になるだろう」

面倒くさかったが、凱は佐久間に従うことにした。逆らうだけ無駄なエネルギーを消耗する。

控え室を出ると廊下にモニターがあった。ほかの選手もそれを眺めている。

リングが映し出されていた。一人が馬乗りになって、相手の顔面を殴りつけている。下になっているやつの顔面は血まみれだ。本当に、これは喧嘩だ。凱はそう思った。だが、そう思っただけだった。恐れたわけでも、気後れしたわけでもない。

試合はそのまま決着がついた。

凱は控え室に戻ることにした。佐久間が尋ねた。

「おい、どうした。次の試合を見ないのか?」

「だいたいわかったよ」

係員が控え室に凱を呼びに来たとき、凱は本当に眠ってしまいそうだった。試合をしていないときは退屈だ。

リングに上がっても、普段と変わらない気分だった。アメリカでリングにはもう慣れている。

相手はキックボクサーだと言ったが、さすがにヘビー級は迫力があった。黒い肌の選手だ。ベアナックル、つまりグローブをはめていない。素手《すで》で殴り合うわけだ。

レフェリーがポルトガル語でルールを説明しているが、当然凱にはわからない。説明が終わり、レフェリーが凱とその対戦相手をコーナーに分ける。

ゴングが鳴った。

凱は、レスリング風に構えた。相手は、フットワークを使っている。

しゅっと相手の口から呼気《こき》が洩れた。

その瞬間に黒い弾丸が飛んできた。左のジャブだ。凱は、それをパリーで弾いた。すぐさま、右のフックが飛んでくる。

凱は上体をそらして間合いを外した。ヘビー級のパンチを食らったら面倒だ。しかも、相手は素手だ。顔面の骨を叩き折られるかもしれない。

再び、しゅっという音が相手の口から聞こえる。

ローキックが飛んできて、凱の左腿に炸裂した。重い。

「痛えな……」

凱はようやく目が覚めた気分だった。相手がジャブを出そうと左足を踏み込んだ瞬間、ローキックを返した。

狙いどおりのポイントに決まった。

一瞬だが、驚いた顔をした。効いたのだろう。幸いなことに、凱のほうがウエイトが上回っている。

パンチやキックの破壊力は、凱のほうが上なのだ。

ローくらいで驚くなよ。

凱は、ジャブを出した。相手は、ダッキングでかわす。さらに右のフックを出す。

黒人キックボクサーは、再びダッキングでパンチをかわした。上体を前に倒し、パンチをくぐるようにかわすのだ。

わかりやすいやつだな。

凱は、もう一度ジャブを出した。相手はかわしざまボディーにアッパーを見舞ってきた。

この程度のパンチなら、ラスベガスの裏のプロレスでいやというほど経験している。しかも、相手は凱よりウエイトが少ないのでダメージも小さい。

凱はフックを返す。やはり、相手はダッキングでかわした。頭が低くなる。凱はそこに膝を飛ばした。

相手の顎を捉えた。

かくんと相手の膝が折れた。

相手が膝をついたら、ダウンとなる。だが、この程度のダメージなら、すぐに立ち上がってくるだろう。

これ以上続けるのは面倒くさい。ここで倒しておきたかった。

凱は、崩れ落ちそうになる相手の体を突き飛ばした。相手はよろよろと後退する。

それを追いつめて、ハイキックを放った。それが相手の側頭部に炸裂した。凱は、蹴った足を引かずに、そのまま振り切った。

黒人キックボクサーは、マットに叩きつけられるように前のめりに倒れた。そのまま動かない。

レフェリーは、カウントを取りかけて、片膝をつき、キックボクサーの様子を見た。

両腕を頭上で何度も交差させる。ゴングが打ち鳴らされた。レフェリーに勝利を告げられると、凱はさっさとリングを下りた。

控え室に戻ろうとすると、会場がひときわ沸いた。何事かと凱は周囲を見回した。

どうやら人気選手が登場するらしい。会場は、リングアナウンサーがその名を告げるだけで熱狂している。もう、試合が始まったかのような騒ぎだ。

　佐久間が言った。

「どうやら、社長が最近気にしている柔術家らしい」

「柔術家？　日本人か？」

「ブラジル人だよ」

「柔術って、日本の武道だろう？」

「何でも、昔、講道館の前田光世《まえだみつよ》ってえ人が海外放浪の末に、ブラジルで柔術を伝えたって話だ」

「講道館は柔術じゃなくて、柔道だろう」

「俺もそのへんのことは詳しくは知らないよ。講道館柔道とはかなり違うらしい。ここで試合を見ていったらどうだ？」

「興味ない」

「決勝戦でおまえと戦うことになるかもしれない」

「興味ないと言ってるだろう」

「いいからまあ、見て行け。選手はリングサイドに座れるらしいから……」

　佐久間がTシャツを手渡した。凱はしかたなくタオルで汗を拭い、Tシャツを着た。試合の後は、いくらタオルで拭っても、次から次へと汗が染みだしてくる。Tシャツはたちまち汗で濡れ、気持ちが悪かった。

タオルを首にかけてリングサイドの粗末なパイプ椅子に腰かけた。隣に佐久間が座る。

会場の喚声がひときわ高まった。

浅黒い肌のハンサムな男がリングに上がった。体はそれほど大きくはない。引き締まったいい体格をしている。だが、プロレスラーのように威圧的な体格ではない。

一方、そのハンサム野郎の相手は、とんでもない巨漢だった。何でも地元のプロレスラーだということだ。白人だ。

誰の眼にもプロレスラーが勝つのは明らかだ。そのプロレスラーの腿の太さが、ちょうど柔術家の胴の太さと同じくらいだ。

身長の差は二十センチ近くもありそうだ。体重差は三、四十キロはあるだろう。これでは勝負にならない。

「どっちが勝つか賭けるか?」

佐久間が言った。

「俺は賭けはやらない」

「俺はあの柔術家に賭けるぜ」

凱はこたえなかった。どっちが勝とうがどうでもいい。興味があるのは、優勝賞金だけだ。

試合が始まった。

明らかに巨漢のプロレスラーのほうが警戒している。

何やってんだよ。

凱は思った。

捕まえちまえば、おまえのもんだろう。

巨漢のプロレスラーはレスリングスタイルで組みにいった。相手の首の後ろに手を回そうとしている。

ハンサムな柔術家は、するりとその両手の間を抜けると、足をかけて相手を倒した。プロレスラーは、すぐさま、柔術家を捉えようとする。

だが、グランドに持ち込んでからの柔術家の動きは素早かった。くるくると巨漢の上を移動したと思うと、後ろを取り、首に腕を巻き付けてしまった。

スリーパーホールドだ。

プロレスラーはもがいた。だが、柔術家は、しっかりと両脚を相手の胴体に巻き付けホールドしている。

プロレスラーがたまらずマットを叩いた。ギブアップだった。レフェリーが両手を頭上で交差する。ゴングが鳴った。

会場中が興奮に包まれる。何かをいっせいに叫びはじめた。柔術家の名前を連呼しているようだ。

一分に満たない試合だった。褐色の肌のハンサムな柔術家は、四方に礼をするとリングを下りた。会場の興奮はまだ冷めない。

「たまげたな……」

すでに柔術家のいないリングを見上げたまま、佐久間が言った。

柔術家がどんな戦い方をしようと、知ったことではなかった。凱は、早く汗で濡れたTシャツを着替えたくて、席を立ち、控え室に向かった。

凱の準決勝の相手は、プロレスラーだった。体にたるみはない。技巧派であることは見てすぐにわかった。

褐色の肌をしている。観客たちの人気も高そうだ。彼がリングに上がったときの喚声でそれがわかる。体重も身長も凱とそう変わらなさそうだ。

試合開始直後、相手はタックルに来た。グランドに持ち込もうというのだ。

凱はさからわなかった。すでにグランドの経験もかなり積んでいる。ところが、相手は凱に馬乗りになり、顔面を殴りはじめた。

がつんと頬骨に一発食らい、視界に星が飛んだ。

「痛えな、このやろう」

凱は思わず日本語でつぶやいていた。

上から相手のパンチが矢継ぎ早に飛んでくる。子供の喧嘩と変わらない。だが、これがなかなか効く。

おお、そういうのありかよ。

凱は、相手を乗せたままブリッジをした。若い頃から製材所で鍛え、さらにシベリアで木こりをやらされて鍛え上げられた背筋が、めりめりと収縮する。

相手の体重がかなりあるので、腰がわずかに浮いただけだ。だが、それで充分だった。凱は、自分の体を反転させるだけの隙間がほしかったのだ。

すぐに体を反転させると同時に、相手のパンチを捉え、その腕を自分の回転に巻き込んだ。

あっという間に、相手が下になっていた。

褐色のプロレスラーは、両脚で凱を蹴り離そうとする。凱は、その両脚の間に無理やり自分の胴体を押し込んだ。

女を犯すみたいな恰好だな。

凱は思った。

男同士で本気でこんなことやるなんて、みんなばかじゃねえか。

そのまま相手の脚を取って、アキレス腱《けん》か足首を固めてやることもできた。だが、それでは面白くない。

暴れる相手を押さえつけて、馬乗りになった。

こんなの、本当にガキの喧嘩だよな。

馬乗りになって、相手の顔面にただ拳を振り下ろす。大半はブロックされるが、何発かいいのが入った。

下から必死に、脇のあたりを殴ってくるが、放っておいた。こうなれば、技術もへったくれもない。ひたすら殴るだけだ。

一発が相手の鼻を捉えた。たちまち鼻血が流れ出す。さらに、相手の目のあたりにパンチが当たる。

相手がぐったりした。

レフェリーが止めに入った。

凱は、それを振りほどいた。

まだ、終わってねえだろう。

相手はまだ動いている。

ゴングが連打されるのを聞いた。凱が、ようやくパンチを止めた。

レフェリーは、凱に立つように言った。凱の勝ちだった。

リングを下りると、佐久間が言った。

「テクニカルノックアウトだ。やりすぎだぞ」

「何だ、それ」

「それにしても、あんな戦い方、どこで覚えた。何でもマウントポジションとかいうらしいぞ」

「馬乗りのことか？　相手にやられたんで、やり返しただけだ。ガキの頃の喧嘩を思い出したよ」


柔術のハンサム野郎も、準決勝に進出した。その試合も、ごく短いもので、前回と戦い方は変わらなかった。

やはり相手の隙を衝いてスリーパーホールドで決めた。

他の出場選手は、たいてい鼻血を出しているか目蓋《まぶた》を腫らしているが、このハンサム野郎の顔はきれいなものだった。

いよいよ、決勝というときになり、係員が凱と佐久間のもとにやってきて、何事かまくし立てた。

佐久間がガイドを呼んできて通訳させた。どうやら、次の試合は成立しないと言っているらしい。

佐久間が、ガイドの通訳を通して係員とさかんにやり合っている。

「どういうことなんだ？」

凱が佐久間に尋ねた。

佐久間は、困惑と怒りの入り混じった表情で言った。

「柔術の選手がクレームを付けているらしい」

「何のクレームだ？」

「おまえの準決勝の試合だ。おまえは、戦意を喪失した相手に攻撃を加えた。それも、レフェリーの制止を聞かずにだ。それは反則だから、おまえの反則負けだろうと、相手は言っているらしい」

「試合の結果はもう決まっているんだろう。今さら、何を言っている」

「さらに、相手はこちらの試合登録の不手際を指摘している。締め切りが過ぎてから登録している。それは、無効だと訴えている」

「選手が、何でそんなことを知っているんだ？」

「どうやら、相手の選手の一族がこの試合の興行に嚙んでいるらしい」

係員は頑《がん》として譲らない態度だった。

凱はそれを見て思った。

なるほど、主催者とグルになっているんじゃ、勝ち目はないな。

佐久間は、一度試合の結果が出てから、それがひっくり返されるのは納得できないと、繰り返し抗議した。

しかし、相手の係員は聞き入れようとはしなかった。結局、凱の準決勝の勝利は取り消され、失格となった。

それだけを告げると、係員は控え室から立ち去った。

「くそっ。逃げやがったな……」

佐久間が悔しそうに言った。「おまえの試合を見てやがったんだ。それで、試合を逃げたんだ」

試合の登録については、佐久間の不手際だ。だが凱は黙っていた。今さら佐久間を責めたところで始まらない。

結局、準決勝で凱に負けた褐色のプロレスラーが決勝に進んだが、鼻の骨を折っているとかで、ドクターストップがかかり、柔術家の不戦勝となった。

セコンドについていた連中が、優勝した柔術家を担ぎ上げ、大はしゃぎしている。聞くところによると、セコンドの連中は、柔術家の家族や親戚だという。

凱は、優勝賞金を取り損なった。そのことだけが悔しかった。

帰りの車の中で、凱は佐久間に言った。

「今回の賞金は運がなかったとあきらめる。今までのファイトマネーをくれ」

佐久間はそっぽを向いたままこたえた。

「ねえよ」

「ない？」

「ブラジルに来るための旅費、ガイド料、ホテル代、そして、試合に無理やりおまえをねじ込むために大会の主催者に払う金が必要だった。それで、ほとんど消えちまった」

「俺の金を勝手に使ったのか？」

佐久間は凱のほうを向いた。

「おまえの金じゃない。おまえは、あくまで沼田道場から研修で送り込まれたんだ。おまえが稼いだファイトマネーは、沼田道場の金だ」

「ふざけるな」

凱は言った。「俺は、アメリカやブラジルまで足を運んで、一銭ももらえないのか？」

「日本で取り返させてやる」

「そいつは聞き飽きた」

凱は、心底頭に来ていた。「俺はシベリアのアレクセイからも金をぶんどってきた。同じことをあんた相手にやってもいい」

佐久間は顔をしかめた。

「やめておけ。俺から離れて、アメリカで一人でやっていけるのか？」

「ばかばかしい。日本に帰る。沼田道場もやめる」

　佐久間はようやくあわてはじめた。

「待てよ。せっかくここまでやってきたんだ。今、ヤケを起こしたら、何もかも水の泡じゃないか」

「どうせ、ホームレスだったんだ」

　凱は自棄《やけ》になりかけていた。

　もうこんなことはたくさんだ。

「いいから、もうしばらく、俺に任せてくれ。頼むよ」

「あんたは信用できない。俺は、沼田道場に入ってから、まだ一銭も稼いでいない」

　佐久間は、また向こう側の車窓から外を眺めはじめた。

　しばらくして、佐久間は言った。

「そうだな。日本に帰るか。それもいいかもしれない」

　それきり、凱は何も言わなかった。もう、海外はこりごりだ。シベリアも、サンディエゴも、ラスベガスも、リオデジャネイロも……。

「よし、帰ろう」

　佐久間がもう一度言った。「日本へ帰ろう」

12

まだ木の香りがする真新しい道場で、麻生英治郎は、二人の弟子と稽古をしていた。

正面の神棚の脇には、黒沢輝義の遺影が額《がく》に入れて飾られている。

十月一日の道場開きのことが、昨日のことのように思い出される。

九月に黒沢がこの世を去り、道場開きの頃、英治郎はまだ失意のどん底にいた。道場開きと、新団体の設立を十月一日と決めていたことが幸いした。とにかく、招待者へ手紙を書いたり、お披露目《ひろめ》の宴会の準備などで忙しかった。忙しく立ち働いている間は、黒沢のことを忘れていられた。

約束通り、道場開きには、黒沢の両親も招いた。黒沢の両親は、道場の遺影を見て、涙ぐんで喜んでくれた。

その姿を見ると、また悲しみと悔しさがぶり返す。英治郎は悔しかった。黒沢を奪った天を呪いたい気分だ。

沖縄から、仲嶺憲将も招いた。

実をいうと、英治郎を救ってくれたのは、仲嶺憲将の言葉だった。

黒沢の死を告げると、仲嶺憲将は、ふと溜め息を洩らしてから言った。

「そうか。先に逝きおったか。しょうがない。それが人生だ。わしももうじき、追っかける」

英治郎は、言った。

「そんな……。それでは、私は一人になってしまいます」

「ばかを言うな」

仲嶺憲将は言った。「あそこにいるのは、おまえさんのお弟子じゃないのか。何が一人なものか」

「私は、黒沢さんと二人でこの道場をやっていくつもりでした」

「なら、二人でやっていけばいい」

「え……？」

一瞬、英治郎は、仲嶺憲将が惚《ぼ》けているのではないかと疑った。

黒沢の死を告げたばかりだ。

「いいか？　人はいつかはあの世へ行く。早いか遅いかの違いだ。誰も避けることはできない。だが、あの世へ行っても、人は生き続けることができる。この世に残された人の心がけ次第だ。黒沢さんは、おまえさんに何かを残したはずだ。おまえさんが、それを活かせばいい。それが、黒沢さんをこの世に永遠に生かし続けるということだ」

それを聞いたとき、英治郎は一瞬であっても仲嶺憲将の惚けを疑った自分を恥じた。救いの言葉だった。

やるべきことは多く、人生は短い。

かつて、仲嶺老人に沖縄で言われた言葉だ。黒沢が身をもってそのことを教えてくれたのかもしれない。

新団体の名は、黒沢輝義と英治郎の名前から一文字ずつとって、「輝英塾《きえいじゆく》」とした。

仲嶺老人の言葉で目が覚めた思いだった。それまで、空手のことを考えると黒沢を思い出してしまい、研究も練習も滞《とどこお》りがちだった。

こんなことをしていてはいけない。

黒沢に叱られてしまう。

それを、精力的に再開した。

英治郎は、父親が建てたマンションの管理会社を任されており、会社の仕事も、そこそこに忙しかったが、仕事に追われるほどではないし、付き合いで飲みに行かねばならない立場でもない。空手の研究や練習に割《さ》く時間はいくらでもあった。

英治郎は、一から組み立てなければならなかった。

かつていた流派と同じような型をやっていたのでは意味がない。空手そのものを見直すために独立したのだ。

時代が下るにしたがい、型も変わっている。今では、空手の流派や団体は、伝統派だけでも百以上はあるといわれている。

団体が独立するときに、創立者の創意工夫が加わる。それで、古流の型も変化していく。英治郎が二十年以上にわたって所属していた流派の型も、宗家が独立した段階で、多少変化しているはずだ。

英治郎は、型の原型を知りたかった。それを掘り起こすのが自分の使命だと思っていた。

「輝英塾」のモットーは、温故知新だ。

英治郎が所属していた流派は、ショウリン流の流れを汲んでいる。現在、日本では、松濤館流、剛柔流、糸東流、和道《わどう》流が四大流派と言われているが、沖縄の古来の分類でいうと、松濤館流も糸東流もショウリン流系ということになる。

そこで、英治郎はショウリン流と名の付く流派のビデオや書物を徹底的に研究した。

現在、ショウリン流としては、少林流、小林流、松林流、少林寺流などがある。

少林流の祖は、喜屋武朝徳。その弟子に、仲里常延《なかざとじょうえん》と島袋善良《しまぶくろぜんりょう》がいた。仲里常延は、沖縄知念《ちねん》村で少林寺流求道館《きゅうどうかん》を名乗り、島袋善良は、那覇《なは》市内で少林流聖武館《せいぶかん》を名乗った。

また、小林流の祖は、知花朝信だ。知花朝信は、喜屋武朝徳と同様に、糸洲安恒に師事している。

そして、松林流の祖、長嶺将真《ながみねしょうしん》は、喜屋武朝徳の孫弟子として本格的な空手修行をスタートしたが、その後、喜屋武朝徳に直接師事している。

空手創生期の沖縄は、団体も確立しておらず、生涯一人の先生について習うということはまずなかった。

また、いずれの名人も、得意な型はそれほど多くなく、一つの型だけを守り伝えている名人というのも多かった。

従って、空手修行者は、何人もの先達に師事することになるのだが、おおざっぱにいうと、少林流（少林寺流）、小林流、松林流の三派は、拳聖と称される糸洲安恒から発している。

英治郎は、そのことを踏まえて、ビデオや書物を研究した。そういう体系的な理解がないと、何が何だかわからなくなる。

英治郎が所属していた流派では、ナイファンチ、阿南君《アーナンクー》、汪楫《ワンシュウ》、十三《セーサン》、鎮闘《チントウ》、抜砦《バッサイ》、五十四歩《ゴジュッシホ》、公相君《クーサンクー》の八つの古流の型を習う。

それは、少林流聖武館や少林寺流でも同様だ。だが、手に入れたビデオなどで比較してみると、かなり違う。

英治郎が習った型は、動きが派手で複雑になっている。体操競技のように肉体的に高度な練習を要求されるが、どういう技が含まれているのかよくわからない。

だが、例えば、少林寺流の型を見ると、どういう技なのかが一目瞭然なのだ。空手の型というのは、時代が下るにつれて、複雑に変化する傾向がある。

そして、少林寺流の仲里常延は、「求道」と題された教本において、こう言明している。

「型が次々と変えられていく現代の空手界の風潮に対する反動として、型の無修正主義を尊ぶ気持ちがおこり、全ては源流にたちかえれという理念のもとに、『少林寺流』と流派の命名を行う」

仲里常延によると、喜屋武朝徳も、先達から教わった型に手を加えるようなことは決してしなかったという。

ということは、少林寺流の型には、源流の形が残されているということだ。

英治郎は、できるだけ原型に近い型を採用するという方針から、少林寺流の型をまず参考にすることにした。

すでに、かつて所属していた流派でひととおり古流の型は学んでいたから、覚えるにはそれほど苦労はしなかった。

やってみると、そちらのほうが自然な感じがした。

ところが、困ったことに、少林寺流と少林流聖武館では、もう型が変わってしまっているのだ。

どちらも喜屋武朝徳の直弟子が開いた流派だ。特に、公相君の型が違っている。そこで、ほかのショウリン流系統の型を調べた。

すると、少林流聖武館の公相君と、松林流の公相君の型がかなり近い。これはどういうことだろうと悩んでしまった。

松林流の祖、長嶺将真もまた、直接喜屋武朝徳に師事したことがあるのだ。

実際に何度も体を動かして何種類かの公相君をやってみた。かつて所属していた流派で習った公相君もやってみた。

わけがわからなくなりそうだった。

こんなとき、黒沢に相談したら、彼は何と言っただろう。

英治郎は想像した。

「なかなかおもしろいミステリーだな」

おそらく、黒沢はそんな前置きをしてから、こう言ったに違いない。

「あんたがいいと思った型がいいんじゃないのか」

英治郎は、そこでさらに考えた。

どこかで型が変わってしまったのだとしたら、それが多数派を占めることはないのではないか。

だとしたら、この場合、多数決もありだ。

実際、聖武館の公相君と松林流の公相君は実によく似ている。これは源流を同じくしていると考えていいだろう。

そこで、英治郎は、公相君の型については、聖武館のものを参考にすることにした。

さらに抜砦の問題に悩まされた。

喜屋武朝徳が弟子に伝えたのは、糸洲派の泊抜砦《とまりのバッサイ》と呼ばれるものだったという。だが、小林流には、松村派の抜砦が伝わっている。これらは、挙動数や演武線、攻撃のパターンなどはほとんど同じだが、立ち方や受けの形がまるで違う。松村派は、ほとんどの挙動を猫足立ちで行う。

輝英塾では、どちらを採用したらいいだろう。真剣に悩んだ。

英治郎は喜屋武朝徳にこだわっているわけではない。ショウリン流の原型にこだわっているのだ。

そして、小林流を無視するということは、すべてのショウリン流系を網羅しないことになる。

松林流を調べたところ、ちょうど糸洲派と松村派の中間といった印象だ。全日本空手道連盟の指定型にバッサイ大というのがあり、それはいちおう糸洲派の泊抜砦だが、もう原型をとどめていない。

悩んだ末に、小林流に伝わる松村派の抜砦を取り入れることにした。なにより、猫足立ちを多用したその型の美しさに惚れ込んだのだ。いかにも古流らしいおもむきがある。

黒沢もきっと賛成してくれたことだろう。

型がようやく固まったところで、英治郎はそれを身につけるために必死で練習をし、それを二人の弟子に教えた。

フルコンタクトの黒沢道場から英治郎のところにやってきた寺脇洋司は、当初おおいに戸惑っていた。古流の型などこれまでやったことがないのだ。

いちおう平安《ピンアン》の型はやっていたが、力任せに素早く動くことが第一と教わったらしく、まったく型になっていなかった。

また、英治郎といっしょにかつて所属していた流派から独立した高島勝信も別な意味で戸惑っていた。かつてやっていた型と混同してしまうのだ。

「なまじ似ているから、やっかいですね」

高島は言った。

「似ているのはあたりまえだ」

英治郎はその物言いが妙におかしく、笑ってしまった。「もともとは同じ型なんだからな」

「そうでした……」

だが、三ヶ月もすると、高島は、古流の八つの型をものにしていた。寺脇は、苦労していた。

さらに、フルコンタクトの癖が抜けない。

さらに、ショウリン流というのは、首里手・泊手と呼ばれる空手だが、寺脇たちの団体は、基本で那覇手を学んでいた。

首里手・泊手と那覇手は基本からしてまったく違う。拳の突き方一つにしても微妙に違うのだ。

だが、この二人にはまず徹底的に型を覚えてもらわなければならない。すべてはそこから始まるのだ。

寺脇もなんとか型の順番だけは覚えた。

高島も寺脇も、そして英治郎自身も、型を練るのはこれからだ。今までは、英治郎も師範や先輩に言われるとおりに練習をしていた。

だが、これからはそうはいかない。

英治郎が手本になるのだ。独善的ではいけない。基本の動きをしっかりと身につけ、その上で型の意味を理解しなければ意味がない。

英治郎の次の作業は、型の分解組み手を考えることだった。かつて所属していた流派では分解組み手はほとんど教えてくれなかった。それは高段者の特権と見られていたし、選手には必要なかったからだ。

英治郎は、沖縄の仲嶺憲将の道場で経験したことをもとに、型の分解を考えた。表に見える形にこだわってはいけない。受けと見える手の動きがそのまま攻撃に使えなければならない。

また、攻撃はそのまま崩し技に応用できなければならない。

前夜に考えたことを、夕刻から練習に来た高島か寺脇を相手に試した。不自然な技は間違っている。力まずに、型のとおり動いたら、自然に技が決まっている。それが正しいのだ。

また、型のとおりというのもなかなか曲者《くせもの》だ。ものの本によると、型は、見られても技の意味がわからないようにわざとカムフラージュしていることがあるという。

受け技と見せて、その中に攻撃が含まれている。

一見、意味のない構えに見えても、それが崩し技になっていたりする。

仲嶺憲将が見せてくれた技がそうだった。

阿南君の第一挙動だ。ただ、寄り足で手刀受けをするだけの動きだ。だが、それを仲嶺憲将がやると、見事な崩し技になっていた。

ナイファンチという型にある下段払いもそうだ。

ナイファンチは、相手に対して真横を向いて入り身するのが特徴だ。それでやってみると、下段払いの意味をなさない。下段払いというのは、こちらの腹や下腹部を攻撃してくるのを払うように受けることをいう。

そこで、それは実は下段払いではなく、金的への攻撃であることがわかってくる。

大切なのは、末梢的な手足の動きではない。体さばきや、方向転換、移動の方法などの身体感覚だということがわかってきた。新たな発見の連続だった。

たった三人の練習が続き、いつしか年が明けていた。一九九三年は静かに幕を開けた。輝英塾の道場はマンションの地下にあるので、寒さに凍えることもなく快適に練習できる。広さも三十人は一度に練習できるくらいの広さがある。

そこで三人だけで練習をしているのだから、贅沢な話だ。高島と寺脇は、指導料を払うといってきかなかった。教わるのだから、金を払うのはあたりまえだというのだ。

英治郎は、一回の練習につき千円もらうことにした。その金には一切手を付けずに、新たに銀行口座を開き、すべて貯蓄していた。

二月のある日、寺脇が新入会員を二人連れてきた。なんでも、やはりかつて黒沢道場に通っていた初心者だそうだ。

黒沢がいなくなった道場には、本部から新しい指導者が派遣されたが、やはり黒沢を慕っていた道場生が多く、幾人かが道場を去ったという。寺脇が連れてきたのは、その中の二人だった。彼らはまだ二十代の若者だった。

これで輝英塾は、五人になった。だが、ただ二人増えただけではない。初心者が二人入ったということは、指導体系をちゃんと整えなければならないことを意味していた。

今までのような練習ではいけない。

英治郎は、準備運動のやり方から、基本練習、初心者向けの型を一から考えなければならなくなった。

輝英塾で学ぶ古流の八つの型を決めるための研究も楽しかったが、指導体系を考えることも同様に楽しかった。空手を創造的に考えることができる。

大きな流派にいたころには、想像もできなかった楽しさだ。

多くの流派で、初心者は太極初段という型を学ぶ。この型の原型は、昭和十二年三月に、当時の沖縄県空手道振興協会が制定した「空手道基本型十二段」がもとになっていると考えていた。

制定会議には、屋部憲通、花城長茂、喜屋武朝徳、知花朝信、宮城長順、城間真繁《ぐすくましんぱん》、仲宗根源和《なかそねげんわ》といった、当時の沖縄を代表する空手家たちが参加している。

喜屋武朝徳は、少林流の祖、知花朝信は、小林流の祖だ。宮城長順は、那覇手の名人で、剛柔流を起こした。

「空手道基本型十二段」の演武線は、太極初段と同じだ。左右の受けと突きを組み合わせ、Hの字を描くように歩を進める。

輝英塾の方針から行くと、初心者には、この型を教えるのがいいと思った。「空手道基本型」は十二本あるが、第一の型だけでいい。

そのあとは、多くの流派がやっているように、平安《ピンアン》の型に進む。そのピンアンも、さまざまな流派のものを参考にして、糸洲安恒が考案したオリジナルに近いと思われるものを探った。

その結果、小林流や松林流、糸東流に伝えられている型がそれに近いという結論に達した。

糸洲安恒は、公相君、抜砦、ナイファンチなどの型から、初段から五段までの平安の型を作ったと言われているが、小林流、松林流、糸東流などに伝えられている平安は、比較的、これら古流の型のにおいを残しているという気がしたのだ。

だが、小林流、松林流、糸東流それぞれの平安の型にも差異がある。英治郎は、古流の平安として認められる部分をそれぞれの型から抽出して、独自の平安を作り上げなければならなかった。

その平安は、伝統的なものではなく、英治郎のオリジナルではないかという疑問が頭をもたげた。

だが、英治郎は自信を持つことにした。今となっては、誰も糸洲安恒が考案したオリジナルの平安を演じることはできない。各流派に形を変えて伝えられている。

その中から、この部分はおそらくオリジナルに近いだろうというものを集めて組み上げたのだ。

それは、おそらく糸洲安恒オリジナルの平安とそれほど違わないだろう。英治郎はそう信じることにした。

輝英塾は、英治郎が作った団体だ。英治郎が迷っていては、弟子も迷うはずだ。自信を持たなければならない。

さっそく、高島と寺脇にその平安を教えた。高島も寺脇もかつての流派で平安をやっている。練習しはじめた当初は、やはり混同して苦労をしていたが、やがて、なんとか輝英塾の平安をものにしてくれた。

初心者には、突き・蹴り・受けの基本と基本型の第一段を教えた。猫足・内受けと中段突きだけの単純な型だ。

彼らも太極初段をやっていたので、覚えが早かった。

新道場生の一人は、山科研《やましなけん》といい、ムエタイの経験もあるという。身長は百七十センチそこそこしかないが、鞭《むち》のようにしなやかな体つきをしており、柔軟性は群を抜いていた。

山科は、輝英塾の道場に来ると、まず英治郎に挨拶をし、それから必ず、黒沢の遺影に挨拶した。

もう一人の新道場生は、豊川武彦《とよかわたけひこ》。黒沢道場に入るまでは、格闘技の経験はなかったということだが、身長が百八十五センチあり、筋肉の固まりのような体格をしている。なんでも、高校時代にラグビー部で鍛えられたのだという。

彼も熱心な黒沢信者だった。

フルコンタクト空手の黒沢に憧れていた二人が、輝英塾の教えに馴染むだろうか。

英治郎は当初心配していたが、それが杞憂《きゆう》であることがすぐにわかった。彼らは、実に素直で真面目だった。

寺脇が、黒沢の考えを二人によく話してくれていた。また、黒沢は生前、英治郎との沖縄旅行の話を二人にしていたらしい。

山科と豊川は、砂が水を吸うように輝英塾の空手を吸収していった。

冬が去り、桜の花の便りが聞かれる頃になっても、輝英塾は五人のままだった。英治郎はそれで問題ないと思っていた。

別に空手で食っていく必要はない。あくまでも空手は、生涯をかけての研究のテーマなのだ。

強くなりたい。

その思いは切実だった。

黒沢も強さを追い求め、志半ばで逝った。その分、自分が強くならなければいけないと思った。

型など踊りのようなものだ。踊りを練習して強くなれるのなら、日本舞踊の先生が一番強い。

そんなことを言う格闘技家もいる。

だが、間違いなく沖縄の仲嶺憲将は強い。英治郎は、型を正しく学ぶことによって強くなれると信じていた。その学び方が問題なのだ。

型を漫然と稽古していても強くはなれない。その中に含まれる技を本気で稽古するのだ。型を通して体さばきを徹底して体に染み込ませる。そして、約束組み手を通してその動きを自分のものにする。

半端な約束組み手ではだめだ。ぶん殴るつもりで本気で突いてくる相手に対して、技をかけなければならない。そうでなければ、本当のタイミングとポジショニングを身につけられない。

失敗すれば、相手の突きをしたたかに食らう。

鼻血は出るし、あばらにひびも入る。そういう練習が本当に型を学ぶということだ。

そして、英治郎は高島や寺脇を相手に実際にそういう練習を繰り返した。自由組み手をやるのと同じくらい、打ち身や捻挫《ねんざ》が絶えなかった。

自分自身の目標に精一杯で、輝英塾の運営についてはまったく考えていなかった。

道場生など増えようが増えまいがまったく頓着《とんちゃく》しなかった。今でも、道場生からは、一回千円の稽古料をもらっているだけだ。しかもそれは、手つかずで貯めている。道場の家賃がかからないのだから、出る金もない。

だが、弟子たちはそれでは満足しないようだった。特に、フルコンタクト空手の大組織を経験している寺脇は、弟子を増やして組織を大きくしたいと考えているようだった。

英治郎は、薄々それに気づいていたが、放っておいた。まず、技を練ることだ。それも本物の技を。寺脇たちも、いずれそれを悟ってくれるだろうと思っていた。

四月のある日、寺脇は言った。

「自分、試合に出たいんですけど」

「試合?」

英治郎は驚いた。「なんでまた……」

「いえ、輝英塾の理念は充分に理解しているつもりです」

「ならば、なぜ試合に出たいなどと言うんだ?」

「輝英塾の理念を、より多くの人に知らしめるためです。輝英塾が本当に強いということを知ってもらうのです」

「何度も言っているように、試合と実戦というのは別物だぞ」

「しかし、街中で実戦を繰り返すわけにはいきません。やはり、強さを証明するのは試合が一番手っ取り早いのではないかと思うのです」

「自分もそれを考えていました」

二人の話を聞いていた高島が言った。「団体をアピールするには、試合に勝つことが一番です」

「待てよ」

英治郎は言った。「団体をアピールするだって？　僕はそんなことは考えていない」

寺脇が言った。

「この道場、たった五人で稽古するにはもったいないですよ」

「今は道場生を増やすときではない。僕たちが実力をつけるときなんだ。半端なまま道場生を増やしても仕方がない」

「いつまでそれを続ければ、塾長は満足されるのですか？」

「いつまで……？」

「おそらく、いつまで経っても満足はされないでしょう。まだまだ強くなりたい。指導者としてはまだまだ稽古が足りない。いつになってもそう思いつづけるのではないですか？」

相手に正面切ってそう言われると、つい引いてしまう英治郎だ。考え込んでしまった。

かつて、黒沢に言われたことを思い出した。

「あんたに欠けているのは責任感だ。そして、危機感だ。俺は病気になって初めてわかった。人生は限られている。やるべきことがあまりに多く、時間は短い。だが、あんたはまだそれに気づいていない」

黒沢はそう言った。

寺脇に黒沢がだぶって感じられた。

たしかに、英治郎はまた守りに入っていたようだ。道場生を集めることが不安だったのかもしれない。

「黒沢さんも、支部を任された当初、自信がないと言っておられました」

寺脇は言った。「支部長は、道場生が増えるにしたがって、指導者らしくなっていかれたんです」

英治郎は思わずうなった。寺脇の言うことにも一理ある。さすがに、黒沢の弟子だっただけはあると思った。

「だが……」

英治郎は言った。「僕は、かつての流派から独立してしまった。寺脇だって、前の流派を辞めちまったわけだろう。試合になんか出られないじゃないか」

寺脇は笑った。

「塾長は、試合のことにはうといですからね。試合って、流派の大会だけじゃないんです。世の中にはいろいろなオープントーナメントがあるんです」

「オープントーナメント？」

「誰でも参加できる大会です」

「へえ……」

「とりあえず、自分は、防具を付けてグローブで戦う試合に出てみようと思います」

初めて黒沢の道場を訪ねたとき、黒帯の連中がグローブをつけて打ち合っていたのを思い出した。

「それ、俺も出てみたいな……」

高島が言った。

英治郎は戸惑った。

「でも、グローブテクニックは伝統派の空手とはまったく違うだろう」

英治郎が尋ねると、寺脇は言った。

「伝統派の試合だって、型の動きとは違うって言ってたじゃないですか。要するに、割り切って稽古すればいいんです」

寺脇の言い分にも一理ある。物事には常に別の角度からの見方というものがある。

英治郎は興味を覚えた。実際にグローブで打ち合うことも、今後の参考になるかもしれない。

輝英塾の空手はある意味、何でもありだと考えていた。グローブテクニックからも得るものがあるはずだ。

英治郎は、試合用の練習を許可することにした。寺脇と高島がやる気になっているので、水を差すのは悪いと思ったのだ。

黒沢道場でグローブテクニックを学んでいた寺脇と、ムエタイの経験のある山科が中心になって、練習が始まった。

稽古の前半は、英治郎が型をみっちりと教える。後半で、自由組み手の代わりに、グローブをつけての打ち合いをやることにした。

寺脇と山科はかつて使っていたグローブを持ってきた。英治郎は、自分用と、高島用、豊川用の三セットのグローブを買い込んだ。

また、試合にはスーパーセーフかストロングマンという顔面防具や、ボディープロテクターが必要だというので、それも買い込んだ。これまで貯めていた稽古料でお釣りがきた。

道具というのは愛着を覚えるものだ。グローブをはめてみると、妙に気分が高揚した。その空手着にグローブ。まるで、近代的なフルコンタクト空手の道場のように見える。その実、最も伝統的な古流の型を学ぶことを標榜《ひょうぼう》しているのだから、実に奇妙な光景だと思った。

試合に出たからといって、それほど大きなPR効果などないと英治郎は思っていた。オープントーナメントというからには、さまざまな団体の猛者《もさ》が出場するだろう。寺脇や高島がどの程度の活躍をするかわからない。

一回戦負けすることだってあり得る。いや、しばらく試合から遠ざかっている寺脇や高島が早々に敗退する可能性のほうが大きい。

英治郎はそう考えていた。

グローブテクニックは、なかなか面白かった。初めて黒沢からフルコンタクト空手のテクニックを教わったときのことを思い出した。

まあ、何でもやってみることだ。

取捨選択は、経験したあとでいい。

英治郎は、そう心の中で独り言を言っていた。

試合の当日、英治郎は、セコンドに付くことになった。試合に参加するには、参加料が必要で、セコンドの英治郎も入場料を払わなければならない。大会を主催するのは、ある新しい空手の団体で、自分たちの試合スタイルを世にアピールするのが目的のようだ。

試合はポイント制で、二分間の試合時間中に中段から上の蹴りを、五回以上相手に決めなければいけない。蹴りを主体としたスタイルの団体らしい。

まず、高島の出番が来た。伝統派の出身の高島が防具付きグローブマッチでどこまで戦えるかわからない。

英治郎は、リングのコーナーで高島に言った。

「僕は何のアドバイスもできないよ」

高島は笑った。

「要するに、突いて、蹴ればいいんでしょう？」

事実、英治郎にできるセコンドの役割は、顔面防具をかぶせてやることだけだ。

主審の「始め」の合図がかかったとたん、高島は、突っ込んでいってひたすら、左右のパンチと蹴りを繰り出した。

伝統派の組み手の経験を活かして、遠間からのワンツー攻撃をしかける。それが、おもしろいように決まる。

そうすると、相手が引くので、高島は、中段への回し蹴りを何本も決めた。さらに、相手が出てこようとしたところに、カウンターの前蹴りを決める。

これも見事に決まり、相手は後方に吹っ飛んで尻餅をついた。

ダウンこそ奪えなかったものの、ポイントは圧倒的だった。結局、攻めつづけた高島は、蹴りのポイントをクリアし、なおかつパンチのポイントでも相手に三ポイント以上の差をつけて勝った。

へえ、高島もやるもんだな。

英治郎は思った。

リングを下りた高島に印象を尋ねた。高島は言った。

「かつてやっていた組み手試合とそんなに変わりませんよ」

そんなものかもしれない。

英治郎は思った。世の中では伝統派だの、寸止めだのと言われている。だが、それは寸止め試合の厳しさを知らない者が言うことだ。寸止め試合が馴れ合いだと思っているのは、やったことのない連中だ。

おそらく、現在一番厳しい伝統派の試合は、空手協会の試合だ。防具なしで顔面を平気で打ち合う。いちおう寸止めというルールだが、まず当てないと技を取ってくれない。

協会の全国大会では、救急車で運ばれる選手が続出する。それくらいに厳しいぶつかり合いをやっている。

英治郎がいた流派の試合もそれに近いものがある。顔面を狙い、出会い頭に当たるということが日常なのだ。

その厳しさを知らずに、寸止めは軟弱だと言っている連中がいる。

フルコンタクト空手の経験がある寺脇が、英治郎たちの組み手に驚いたのだ。顔面に平気で突きをぶちこむ。鼻は折れる、歯は折れる。それが「寸止め」と一部の心ない連中が呼んで蔑《さげす》んでいた世界なのだ。

顔面防具をつけ、さらにグローブをつけた試合でも、高島の組み手経験は活かされた。

英治郎は、その試合を見て、さらに自信を深めた。

次は、山科の試合だった。

ムエタイの経験のある山科は、まったく危なげなく試合を運んだ。グローブをつけた山科は水を得た魚だった。

身長が低い山科だが、フットワークを巧みに使い、インファイトしては顔面にアッパー気味のパンチを見舞い、間合いをとっては、的確にキックを打ち込んだ。

これも圧倒的にポイントを稼いで、一回戦を突破した。

豊川の試合は圧巻だった。

リーチの長さと、ウエイトを活かした戦い方で、終始試合をリードした。とにかく手数が多い。打たれようが蹴られようが、前に出ていく。豊川がパンチとキックを繰り出すと、相手はたまらず逃げまどった。

試合半ばにポイント差が五つ以上ついて、その時点で試合が終わりになった。テクニカルノックアウトと同じ扱いだ。

寺脇は満を持してリングに上がった。

試合に出たいと言いだしたのは寺脇だ。すでに、輝英塾の選手は全員勝ち上がっている。ここで、自分だけ負けるわけにはいかないと思っているはずだ。

英治郎はそれを感じ取って、セコンドで言った。

「自分の試合をやればいい。余計なことは気にするな」

寺脇は、顔面防具の中から、「オス」とだけこたえた。

だが、英治郎が心配することはなかった。

試合開始、十数秒後、何発か顔面にパンチを食らっていた寺脇が、いきなり上段の回し蹴りをぶちかました。

防具の上からのキックだが、相手は昏倒した。カウントを取るまでもなく、審判は、寺脇の一本勝ちを告げた。

相手は担架で運ばれていった。

おっかないやつだな。

英治郎は、寺脇が自分の道場生でよかったと、心底思った。

全員一回戦突破。英治郎は、上出来だと思っていた。

だが、それは単なる始まりでしかなかった。四人は次々と勝ち進み、結局、輝英塾の四人が準決勝に残ってしまった。ベストフォーを輝英塾が独占してしまったのだ。

準決勝では、寺脇と高島が当たり、山科が豊川と戦った。

いずれもいい試合だった。高島は、自分のスタイルを守り、遠間から一気に直線的に攻めた。寺脇は、自慢の回し蹴りのタイミングを狙って、ジャブで間合いを詰めていった。

いずれもダウンを奪えず、判定になった。わずかに寺脇が判定で上回っていた。グローブテクニックの差が出たなと、英治郎は思った。

山科と豊川の試合は見物だった。

でかい豊川が、山科に猛然と襲いかかる。山科は、華麗なテクニックでその豊川を翻弄し、着実に蹴りのポイントを稼いでいった。

弁慶と牛若丸のようだ。英治郎はそんなことを思っていた。

結局ポイントの差で山科が勝った。

決勝戦は、寺脇と山科の戦いだ。

格の差が出た。いくらムエタイの経験があるとはいえ、山科にとって寺脇は、黒沢道場でも輝英塾でも大先輩だ。

山科は、テクニックを活かせぬまま、二分間が過ぎた。貫禄充分の危なげない試合運びを見せた、寺脇が優勝した。

「おい、早々に引き上げようぜ」

試合が終わると、英治郎は、四人に言った。外の団体にベストフォーを奪われたのだ。試合を主催した団体は、おもしろいはずがない。人付き合いでは気弱なところがある英治郎は、何かトラブルが起きぬ前に消えようと思ったのだ。

その日は、祝勝会と称して焼き肉屋でしたたかに食って飲んだ。さすがの英治郎も懐《ふところ》具合を心配したほどだった。

「だから心配することないって言ったでしょう」

高島が英治郎に言った。「輝英塾は実力があるんだから」

英治郎は言った。

「正直に言って、驚いた。おまえたちがこれほどやるとは思わなかった」

寺脇が言った。

「グローブテクニックだけだったら、これほどの成績をおさめられなかったかもしれません」

英治郎は尋ねた。

「どういうことだ?」

「古流の動きが体に染みついています。ポジショニングとタイミングですよ。相手の攻撃を見切って反撃する。これはどんなスタイルにも共通しますからね」

「型の練習が役に立っているということか?」

「自分はそう思います」

皮肉なものだ、と英治郎は思った。

型は大切だと言っている伝統派の試合よりも、グローブマッチのほうが型の動きが活かせたというのだ。

「自分もそう思います」

高島は言った。「塾長の考えることは、間違ってはいません」

独立を機に、高島も英治郎のことを「先輩」ではなく、「塾長」と呼ぶようになっていた。

高島は、寺脇に言った。

「さて、次の試合を探さねばな……」

英治郎は驚いた。

「おい、まだやるのか？」

寺脇がこたえた。

「まだまだですよ。世間の注目を集めるには、いろいろな試合で勝ち続けていかなくては……」

やめろと言っても、寺脇たちは納得しないだろう。試合に勝つ喜びというのは独特のものだ。彼らはその喜びに浸り、勢いがついてしまっている。

英治郎は、かぶりを振った。

「いいよ。好きにしてくれ」


五月には、伝統派のルールのオープントーナメントがあった。主催はある政党だが、試合そのものには政治色はない。高島が申し込みなどの手続きを買って出た。

個人戦と団体戦がある。団体戦は、五人で一組だ。英治郎も試合に引っ張り出されることになった。

英治郎もまだ二十五歳だ。普通なら現役ばりばりの年齢だ。

この試合に先立ち、寺脇、山科、豊川の三人に伝統派の試合ルールを徹底的に仕込まなくてはならなかった。特に、寸止めルールでは、突いた後に拳を素早く引かなくてはポイントにならない。

すべてポイントで勝負が決まるため、審判への無言のアピールも大切だ。

寺脇、山科、豊川の三人は、寸止め試合独特のステップにも手こずっていた。ワンツーという独特の攻撃パターンが多用される。ボクシングのワンツーとは違う。

小刻みに歩を進めながら、順突き、逆突き、を繰り出すスピード重視の直線的な攻撃だ。これがフルコンタクト経験者の三人にはなかなか難しいようだった。

もちろん、こんな足さばきは古流の型の中にはない。試合の中で特化された技だ。

短期間で集中してそうした動きを教え込まねばならない。稽古は、夕刻から深夜までおよぶこともあった。強化合宿をやっているようなものだった。

五月の第二日曜日。試合の当日だ。

五人そろって足立《あだち》区綾瀬《あやせ》にある東京都武道館に出かけた。なかなか盛大な試合だ。さまざまな団体が参加している。

子供たちの姿も多い。少年部の試合もあるのだ。

団体戦が先に行われた。

一回戦の相手は、色帯が多い。

先鋒《せんぽう》が高島だった。寸止め試合に慣れている高島がまず一勝して勢いに乗ろうというオーダーだ。

作戦は成功だった。

試合開始直後、高島は上段の刻み突きを決めて技ありを取った。あせってポイントを取り返そうと突っ込んでくる相手に、カウンターの逆突きを決める。これも技ありだ。合わせて一本、高島の勝ちだ。

試合が始まって三十秒もかからなかった。

次鋒は、山科だ。相手は、緑帯だった。

山科は徹底したカウンター狙いだった。相手が出てくる瞬間に、顔面への突きや、中段への蹴りを決める。

慣れない動きでちょっと手こずったが、これも技ありを二つ取り、勝った。

豊川が中堅。相手がすばしっこく、なかなかポイントが取れなかった。結局判定で引き分けとなった。

副将は、寺脇だ。

英治郎は、寺脇がどんな戦い方をするのか楽しみだった。相手は、背の高い茶帯だ。

主審が試合開始を告げると、相手はワンツーで突っ込んできた。寺脇は、それをかわして回り込んだ。

相手が寺脇の姿を追って、振り向いた瞬間、寺脇は上段に回し蹴りを放った。

それが見事に決まった。

副審の旗が真上に上がる。一本の合図だ。主審がそれを認めた。一本勝ちだ。

これも秒殺だった。

これでチームの勝ちは決まった。英治郎は楽な気分でコートに立った。相手は、なかなか気の強そうな茶帯だ。

英治郎はすべてカウンターで技を決めることにした。それが、型の理にかなっている。

最初の一本は、相手が出てくるところを上段に決めた。技ありを取られた相手は慎重になり、うかつに突っ込んでこなくなった。

英治郎はじりじりと間を詰めていった。そうすることで、相手は追いつめられた気分になり、手を出さざるを得なくなる。

コートの端ぎりぎりまで追い込むと、相手は一《いち》か八《ばち》かで飛び込んできた。

そこをやはり上段の順突きで決めた。

技あり二つ、合わせて一本勝ちだ。

一回戦を勝ち抜くと、もう準決勝だった。参加チームが八団体しかなかったのだ。

準決勝の相手は、黒帯と茶帯の混合だ。

高島は危なげなく勝ち、山科もさきほどとまったく同じカウンター狙いの戦法で勝った。豊川もコツをつかみ、今度はポイントを取った。寺脇は、またしても上段回し蹴りで一本勝ちをおさめた。

英治郎の相手は、黒帯で手応えがあったが、やはりカウンター狙いが功を奏し、勝つことができた。

決勝戦の相手はさすがに手強《てごわ》そうだ。全員黒帯だった。

先鋒の高島が出会いで技ありを一つ取られた。それでも高島は落ち着いていた。勢いに乗ってワンツー攻撃に出た相手の技の起点に前蹴りを見舞った。攻撃に出る瞬間が一番無防備になる。高島はそれを狙っていたのだ。

相手は、尻餅をついてしまった。

四人の副審のうち二人の旗は真上に上がった。主審もそれを認め、高島の一本勝ちを宣した。

次鋒の山科は、蹴り中心の戦いに切り替えた。おそらく、寺脇の戦い方を見て自分ものほうがいいと考えたのだろう。

中段、上段の回し蹴りを多用する。審判は中段の回し蹴りを、なかなか技ありと認めてくれなかった。

山科は、完全にキックボクシングスタイルに変更した。フットワークを使い、ワンツー、ハイキックのコンビネーションを見せた。

その動きに翻弄された相手は、山科のハイキックをかわしきれなかった。きれいにハイキックが決まり、これも一本勝ちとなった。

中堅の豊川は、リーチを活かして中段の逆突きだけを狙っていた。彼が輝英塾の中では一番格闘技や武術の経験が浅い。

相手がどんな攻撃をしかけてきても、カウンターの中段逆突きを出す。徹底してそれだけを繰り返す。それがよかった。

相手に上段突きで技ありを一つ取られたが、結局、豊川は技ありを二つ取り、勝った。

寺脇の試合は、危なげなかった。巧みに相手の攻撃をさばく。相手の技が尽きた瞬間に、上段の回し蹴りを決める。

それで一本勝ちだった。

英治郎は、よけいなことは一切しないことにした。豊川の戦い方に学んだのだ。カウンターの順突きだけを狙った。

左手だけで勝ってやる。

英治郎はそう決めた。そのためには、タイミングが何より重要だ。

相手の動きに神経を集中する。

過剰な反応も禁物だ。フェイントにひっかかってしまうからだ。

弓を引き絞ったまま待つ感覚だ。

相手が出てこようとした瞬間を捉える。どんな攻撃をしかけてきても、狙うのは上段の順突きのみだ。

さすがに相手も黒帯で、こちらがカウンター狙いだということを感じ取ったようだ。なかなか仕掛けてこようとしない。

英治郎には余裕があった。このまま時間切れでもかまわない。チームの勝ちはもう決定している。

やはり先にじれたのは相手のほうだった。一矢《いっし》報《むく》いようという気持ちがあるのだ。

前蹴りを飛ばしてきた。

英治郎は、体を開いてそれを紙一重でかわしながら、上段の順突きを出した。きれいに決まった。技ありを取った。

相手は、さらに焦った。強引に攻めてくる。英治郎は、その攻撃をかわし、カウンターの順突きを狙っていた。

一瞬の隙をついて、順突きを飛ばす。それが、技ありとなり、合わせて一本。英治郎の勝ちとなった。

輝英塾は、初出場で優勝をかっさらってしまった。聞くと、決勝で当たった団体は、去年の優勝チームで、実力は、群を抜いていたという。

そのチームに一勝も許さなかったのだ。

できすぎじゃないか。

英治郎は、そんなことさえ思っていた。

個人戦でも輝英塾は圧巻だった。英治郎は出場しなかったが、やはりベストフォーを輝英塾が独占し、寸止め試合に慣れている高島が優勝した。


その後も、寺脇たち四人は、中国拳法団体が催す防具付きの試合に出場したり、フルコンタクト系の試合の地区大会に出場したりして大活躍した。

輝英塾はどこの試合でもまさに台風の目だった。

空手の専門誌がにわかに輝英塾に注目しはじめた。

「空手月報」という雑誌が大々的に輝英塾を取り上げた。グラビアと、英治郎のインタビュー記事だ。

英治郎は、型、それも原型に近い古い型の重要性を語った。

無名の新興団体が空手専門誌でこれほどの扱いをされるのは珍しい。やはり、寺脇が言ったことが正しいのだと思った。

試合というのはPR効果がある。

どんな形式の試合でも勝ち続ける輝英塾は、やがて、武道ジャーナリズムの注目の的になった。

「空手月報」は、その後も輝英塾の取材を繰り返し、高島、寺脇、山科、豊川の四人を四天王などと呼びはじめた。

武道雑誌や、格闘技雑誌に輝英塾の道場案内が載り、見学者や入門希望者が毎日のように道場を訪れた。

中には、輝英塾がどれほどのものか見てやろうというひやかしもいたが、大半は真面目な入会希望者だった。

初心者が多かったので、基本の突き蹴りから教えなければならない。英治郎は指導に追われることになった。

高島と寺脇には黒帯を締めさせた。平安の型をすべて習得した山科と豊川は茶帯だ。月日は瞬く間に過ぎ、道場生は増え続けた。その年の暮れには、道場生が百人を超え、一度には教えきれなくなった。

曜日を分けて指導することにした。

英治郎も毎日空手の指導をするわけにはいかない。ときには、仕事上の付き合いもある。そういうときには、高島と寺脇に指導を任せなければならなかった。

稽古納めには、道場にガスコンロと鍋をいくつも持ち込み、全道場生が集合してちゃんこ鍋を囲んだ。

百人もの人間が、鍋を囲んで談笑する姿は、壮観だった。誰もが、上機嫌だった。思えば、道場生たちが一堂に会するチャンスというのは、なかなかない。

酒を飲み過ぎて羽目を外す者も出るのではないかと恐れていたが、それも取り越し苦労だった。

なごやかに賑やかに納会は続き、英治郎もおおいに楽しんだ。

これが、輝英塾の門弟たちなんだ……。

英治郎は、感慨深く、道場生たちの様子を眺めていた。

無事一年の稽古を終了し、暮れも押し迫ったある日、英治郎は、高島と寺脇を呼んで慰労会と称し飲みに出かけた。

その席で、高島が言った。

「来年からは、道場の運営のこともちゃんと考えなければなりませんね」

英治郎もそれを考えていた。

寺脇もうなずいた。

「輝英塾のマークとかもちゃんと作らないと……。自分、知り合いの道着屋で、マーク入りの道着を作らせますよ」

「マークか……」

その点については、考えたこともなかった。

高島は、寺脇に言った。

「それよりも、会費とか審査のことも考えないと……」

「審査……」

英治郎は思わず腕組みしてしまった。

「そうです」

高島は言った。「会員をいつまでも白帯のままにしておくわけにはいかないでしょう」

「それはそうだが……」

自分が段位や級を発行するというのが、何だかおこがましいような気がする。これまで、ずっと段や級はもらうもので、人に与えたことなどない。

だが、これだけ道場生が増えたら、そういうことも考えなければならない。昇級・昇段は、道場生にとって何よりの励みになる。

「会費については、これまでどおりでいい」

英治郎は言った。「一回の稽古につき、千円だ。審査については、少し時間をくれ」

高島と寺脇はうなずいた。

「それから、今後二人は師範代ということにする」

「師範代……？」

高島が目を丸くした。「自分がですか?」

「そうだ。僕たちしかいないんだ。僕たちでやっていくしかない」

今のところ、道場生からの会費は、やはり銀行口座にそのまま入れてある。その金額も増え続けていた。

来年は、これまでおろそかにしていた、道場の運営をしっかりしたものにしよう。級や段位も発行する。

何だか忙しくなっちまったな。

英治郎は思った。指導と会派の運営。それに追われて自分自身の稽古ができなくなりはしないか。それが一番心配だった。

13

プロレス団体沼田道場の社長、沼田伸之は、南雲凱が帰国すると、前座の試合に使うと言った。

「それは、ちゃんと金がもらえるんすか？」

凱は尋ねた。

沼田社長は言った。

「前座は金はもらえない。試合の実績や人気の具合を見て、その後の試合を組む」

「金がもらえない……？」

「そうだ。前座試合は、稽古の一環だ。それがプロレスの伝統であり、うちのシステムだ」

凱は本当に頭にきた。

行きたくもないのにアメリカやブラジルに行かされて、ファイトマネーはほとんどもらえなかった。

その上、前座の試合をやれという。

凱は、沼田道場に何の恩義も感じていない。望んで入門したわけではない。佐久間に声をかけられ、道場に連れてこられたのだ。

むかついたが、なんとか我慢した。学ぶべきことは学ばなければならない。

沼田伸之が、これからは格闘技家は実力次第で大金を稼げる時代になると言った。

ほかにこれといって取り柄のない凱は、沼田の言葉を信じて入門しただけだ。沼田道場に尽くす気などない。

「俺、辞めますよ」

凱は社長室で、社長の机の前に立って言った。

そこには佐久間もいた。

沼田は、またかという顔をした。

「何が不満なんだ？」

凱は説明する気にもなれなかった。

佐久間が沼田に言った。

「こいつは、強いんだ。アメリカやブラジルで経験も積んできた。前座試合はないでしょう」

「ネームバリューのない南雲じゃ、試合が組めない。まず、前座でファンに顔を覚えてもらうんだ」

「社長。俺は、アメリカやブラジルで凱の試合をこの眼で見てきた。だから言うんだ。こいつはそんなレベルじゃない」

「試合を組むには、ネームバリューが必要なんだ」

「社長」

佐久間が溜め息まじりに言った。「社長だって、今までのプロレスに飽き足らなくなって新団体を旗揚げしたんでしょう？　本当に強いのは誰か。その単純で最も難しい問題に正面からぶつかるというのが社長のモットーでしょう」

「そのとおりだ」

「じゃあ、こいつを強いやつにぶつけてくださいよ。世間をあっと言わせるんですよ」

「異種格闘技戦か？」

「何だっていい。とにかく、こいつはどんなスタイルでも戦える」

「その準備は進めている。だが、まだ時間がかかる」

「一気に名を売るチャンスがあるじゃないですか」

「なんだ？」

「空手の試合と称して、世界からヘビー級のキックボクサーを集めて戦わせるやつですよ」

「ＧＰＸか？」

「そうです」

「だが、あれは完全にキックの試合だ。レスラーには不利だ。それにたてまえ上はアマチュアの試合だったはずだ。プロレスラーは参加できない」

「凱は、まだデビューしていませんよ。沼田道場のアマチュア部門ということにしておけばいい」

「キックルールで戦えるか？」

「言ったでしょう。こいつは、どんなルールだって戦えますよ。かつて、佐山聡《さやまさとる》だって、マーク・コステロってマーシャルアーツのチャンピオンと戦ったじゃないですか」

沼田はしばらく考えていた。

凱は、もちろんGPXが何なのか知らない。

「よし、GPXに参加できるかどうか、ちょっと動いてみよう。それから、おまえは、空手のコーチを探してこい」

「空手のコーチ？　キックのほうがいいんじゃないのか？」

「キックなら、風見がいる」

「凱とは反りが合わない」

「なんとかしろ」

凱は二人がまた勝手に自分のことを話し合っているので、面白くなかった。

「自分のことは自分できめます」

凱は言った。

沼田が顔色を変えた。佐久間が、とりなすように凱に言った。

「GPXはな、賞金が半端じゃないんだ。優勝すれば、十万ドルだ」

「十万ドル……」

「つまり、一千万円以上だよ。文句はないだろう」

一千万円。

それなら戦い甲斐もある。沼田道場に入門してから初めて儲け話を聞いた。

「わかった」

凱は言った。「その試合に出よう」

「だがな」

佐久間が言った。「簡単にはいかんぞ。世界からヘビー級の猛者がやってくる。おまえは、グローブテクニックをまずマスターしなければならない」

「試合はいつだ？」

「来年、つまり九三年の試合は春からトーナメントが始まる。そして、暮れにグランプリ大会が開かれて、王者を決定する」

「来年の話なのか？」

「なに、一年なんてすぐだよ」

沼田伸之の、格闘技界における顔の広さが幸いして、凱のGPX参戦が決まった。

凱は、また風見の指導を受けなければならなくなった。やたらに威張り散らし、凱を目のかたきにしているトレーナーだ。

グローブのテクニックを基礎から教わった。パンチのテクニック、ディフェンスのテクニック。そして、キックも改めて教わることになった。

風見は、あいかわらず嫌なやつだったが、一千万円のためと思えば我慢もできる。

グローブのテクニックというのは、やってみるとなかなか難しかった。すぐにガードが下がってしまう。

そのたびに、風見に竹刀《しない》で打たれた。

むかついたが、なんとか我慢した。学ぶべきことは学ばねばならない。

ダッキング、スウェイ、ウィービング、スリッピング、ロールなどのディフェンスのテクニックがなかなか身につかなかった。

これらはボクシング特有のディフェンスだが、身につけるには徹底した反復練習が必要だった。

凱は、これらのディフェンスに興味を覚えた。相手のパンチをかいくぐる動きだ。余計なダメージを受けなくて済む。自分自身のための練習だ。

好きなことをやるときの、凱の集中力は並はずれている。時間はかかったが、確実にそれらのテクニックをものにしていった。

佐久間は、空手のコーチだといって、一人の男を連れてきた。四十代の半ばといったところだろう。

名前は、増原礼治《ますはられいじ》。胸板が厚く、首が太い。鍛え上げられた体格をしている。髪は短く刈っている。大きな目と太い眉が特徴だった。

フルコンタクト空手の有名な流派で指導員をやっていた経験があると、佐久間が説明した。

フルコンタクト空手とは何だと尋ねると、佐久間は、実際に突きや蹴りを当てるのだとこたえた。

じゃあ、実際に当てない空手もあるのかと、凱はびっくりした。

当てないで、どうやって決着をつけるというのだろう。ボクシングだって、キックボクシングだって実際に当てるから勝負がつくのだ。

いや剣道や柔道だってそうだ。

剣道は、防具をつけて竹刀で実際に打ち合う。柔道だって本当に投げ合う。だからこそ勝負がつくのだ。

当てない空手。

凱は、そんなものが存在することが不思議でしょうがなかった。当てる気がないのなら、また、当てられるのが嫌なら、空手などやらなければいいのだ。

凱はそう思った。

増原からは、蹴りのテクニックを中心に教わった。特に、ローキックのバリエーションは役に立った。

蹴り上げるやり方、蹴り下ろすやり方、内腿を蹴る方法。それぞれになかなか面白かった。

もともと打撃系の技が得意な凱は、次々と増原から教わるテクニックをものにしていった。

明けて一九九三年。

すでに凱のグローブテクニックは、かなりの水準に達していた。さらにキックに磨きがかかり、キックボクシングルールでは、もはや沼田道場で凱にかなう者はいないほどだった。

パンチとキックのみの戦いだったら、沼田社長だって怖《こわ》くないと、凱は思っていた。

GPXの予選が始まった。

国内の選手は、海外からの選手とは違った基準で選ばれる。海外から招く選手は、テレビの視聴率を考慮した事実上の招待選手だ。

国内では、出場権を手に入れるために、試合を勝ち進まなければならなかった。GPXのグランプリ大会は派手に東京ドームで行われ、テレビ放映もされるらしいが、予選は、公共の体育館などでけっこう地味に行われた。

ベストエイトの試合だけが、有明《ありあけ》コロシアムで行われ、それがテレビ放映される。

凱は、ほとんど手応えを感じずに予選を勝ち抜いた。相手は、国内のフルコンタクト空手や、キックボクシングの選手たちだ。

アメリカやブラジルでの経験に比べればどうということはない。凱の体格は日本人離れしており、たいていは、ローキックだけで相手は沈んだ。

試合のセコンドには、佐久間と風見、増原の三人が付いたが、凱が一番気に入っているのは増原だった。

増原は、見かけはいかにも格闘家らしく恐ろしいが、どこか抜けたところがあり、憎めない性格をしていた。

ベストエイトを決める試合で、凱が、一ラウンド三十秒あまりで、ダウンを二つ奪い、コーナーに戻ると、増原が、真剣な顔で言った。

「いいぞ。どんどんローを狙って行け」

「いや、もういいんすけど……」

凱はマウスピースを外して言った。

「え……?」

増原はきょとんとしている。

「一ラウンドでダウンを二つ奪うと、試合は終わりです」

「あ、そうなのか……」

増原は、風見と佐久間の顔を見た。二人は苦笑を浮かべている。

だいたいが、そんな調子だった。しかし、増原は大流派の指導員だっただけあって、技術はしっかりしており、凱は学ぶことも多かった。

凱が快進撃を始めると、沼田の態度も変わってきた。GPXなどには無関心だった沼田も、凱の練習に立ち会うようになり、有明コロシアムではセコンドに付くと言いだした。

それを聞いた佐久間が沼田に言った。

「社長がセコンドに付いたりしたら、GPXのファンや格闘技ジャーナリズムが大騒ぎになる」

「願ってもないことだ」

沼田は言った。「派手に騒いでもらえばいい。主催者だって、大会が盛り上がって喜ぶだろう」

凱は黙って二人のやりとりを聞いていた。

誰がセコンドに付こうが知ったことではない。戦うのは、凱だ。自分の頭で考え、自分で体を動かして勝つだけだ。

凱は練習を終えて、シャワーを浴びにロッカールームに向かった。

増原が、ベンチプレスの台に腰かけて、何かの雑誌を熱心に読んでいた。

凱はふと気になって立ち止まり、増原を眺めていた。増原がそれに気づいて顔を上げた。

「おお、上がりか？」

「はい。それ、何すか？」

「ああ。空手の雑誌だ」

増原が表紙を見せた。「空手月報」というタイトルが見えた。

表紙には、空手着姿のまだ若い男の写真が使われている。空手の選手だろうと思った。

「最近、話題になっている団体がある。何でも、いろいろな大会に選手が出場して、タイトルを総なめにしているという」

「へえ……」

凱はあまり興味がなかった。

自分とはかけ離れた世界の出来事だという気がする。

増原が「空手月報」の表紙を指差した。

「これが、その団体の創立者だそうだ。麻生英治郎というそうだ。団体の名前は輝英塾だ」

「キエイ塾?」

「ああ。そうだ。どんなスタイルの試合でも平気で出場して優勝をかっさらっていくそうだ。信じられんよ、まったく」

「ちょっと見せてもらえますか?」

凱が言うと、増原が雑誌を差し出した。

凱はぱらぱらとめくってみた。輝英塾塾長の麻生英治郎は、凱と同じ年だということがわかった。

何でも不動産関係の会社の社長で、道場は自分が管理するマンションの地下にあるのだという。

この年で社長か。

凱は、そのことに驚いた。

きっと恵まれた生活をしてきたに違いない。経歴を見る限り、金に不自由したことがあるとは思えない。

空手道場は、道楽か。

凱は、腹が立ってきた。貧乏のどん底であえぎ、シベリアに売られ、そして、金を稼ぐために、戦い続けなければならない自分とは、何という違いだろう。

しかも、どうやら、雑誌の記事によると、麻生英治郎自身が試合に出るわけではなさそうだ。四人の強い弟子がおり、彼らが試合で活躍しているのだ。

凱は、「空手月報」を閉じて増原に返した。

こんなやつは、どうでもいい。

俺は、GPXで優勝して、一千万円を手にしなければならない。

凱は、ロッカールームに向かった。


梅雨入り前の六月の日曜日に、GPX国内決勝トーナメント大会が開かれた。

凱は、広いコロシアムの中央に作られた大仕掛けのセットに驚いていた。リングまでの花道が二つ伸びている。その花道には、選手の登場するゲートがあり、その周囲には、ライトやらわけのわからない装置やらがちりばめられていた。

こんな派手な会場は、アメリカでも見たことがなかった。

リングがなければ、コンサートか何かの会場かと思ってしまうところだ。

「いい会場だ」

沼田が凱の隣で満足げに言った。「これがテレビの力だ。テレビが入るのと入らないのとでは、金のかけ方が違ってくる」

どうやら、沼田社長も、こうした派手な大会を開きたいと思っているらしい。凱はそう思った。

金があるのはいいことだ。

凱は素直に思った。テレビに金を集める力があるのなら、その力を借りればいい。

控え室も贅沢だった。

アメリカの巡業のときとは雲泥の差だ。選手一人一人の控え室が用意されている。清潔で近代的だ。

凱は、控え室に入り、風見にバンデージを巻いてもらう。

「きついか？」

風見が緊張した面持ちで尋ねる。

選手よりセコンドが入れ込んでいてどうするんだよ。

凱はそんなことを思いながらこたえた。

「そんなもんでいいっすよ」

拳にバンデージを巻き終わると、風見は言った。

「早めにアップをしておけ」

凱は面倒くさかった。朝起きるのが早かったので、一眠りしたい気分だ。

風見と沼田がしつこく、アップをしろと言うので、しかたなく一汗かくことにした。シャドウボクシングを繰り返す。

すぐに汗ばんできた。

筋肉が躍動して、気分が高揚してくる。やがて、汗が流れはじめた。

凱はアップを終えた。

係員が凱を呼びにやってきたときには、すでに臨戦態勢が整っていた。

「南雲凱選手、入場お願いします」

係員が告げた。

凱は、増原に言った。

「一発、気合いをお願いします」

「おう」

増原は、左右の拳を凱の腹筋に打ち込み、さらに、左右のローキックを凱の両腿に飛ばした。

気分がしゃんとした。

係員に付いて、選手入場のゲートの後ろに立つ。派手な音楽が鳴り響いている。

「何すか、この音楽」

凱がセコンドたちに尋ねた。

「俺が用意した」

沼田が言った。「俺の入場の曲だよ」

ゲートが開いた。

凱は思わず目を閉じた。光がまばゆく交差している。スポットライトだけではない。レーザー光線を使っている。

さらに、ゲートの両側から煙が勢いよく噴き出た。すさまじいまでに派手な演出だ。

凱は、くすぐったい気分で花道を進んだ。アリーナもスタンドもぎっしり満員だ。これほどの多くの客の前で試合をしたことなどない。

まいったな。

凱は思った。

なんだか、雲を踏んでいるみたいな気分だ。

そのふわふわした気分は、リングに上がっても続いていた。ごうごうと響き渡る観客の喚声と拍手。

それが、凱に襲いかかる。

凱がリングに上がると、リングアナウンサーが相手の名を絶叫した。

すると、また場内が暗くなり、別の音楽が流れはじめた。

再びスポットライトやレーザー光線が交差する。もう一つのゲートが開き、また煙が噴き出した。

その煙の中から凱の対戦相手が姿を見せた。フルコンタクト空手出身だということだ。

彼は空手着を着て入場してきた。

　相手が大きく見える。

　そんなことは経験したことがなかった。

　なんか妙だぞ。

　凱は、そう感じた。

　相手がリングに上がる。そいつは、リング上で、空手着を脱ぎ始めた。凱と同じくトランクス姿になる。

　なんだか、相手の一挙一動が気になった。対戦相手は、観客の眼を意識してサービス精神を発揮している。

　その動作がひどく神経に障る。

　いらいらした。

　なんだよ。ぐずぐずしてないで、早く試合やろうぜ。

　蝶ネクタイをしたレフェリーが選手を中央に呼んだ。

　ルールの確認をする。その言葉が、どこか遠くから聞こえてくるような気がする。現実味を感じない。

　何だ？

　凱は思った。

何か妙だぞ。

俺はどうしちまったんだ。

レフェリーは、両選手をコーナーに分け、セコンドアウトを告げた。

ゴングが鳴り、レフェリーが「ファイト」と叫ぶ。

凱は、予選の試合と同様に、さっさと片をつけるつもりだった。

前に出ようとした。

あれ……。

足がもつれた。

そこに相手のジャブが飛んできた。

スリッピングでかわせると思った。充分に練習した動きだ。予選でも危なげなくそうしたテクニックを使えた。

だが、思うように体が動かなかった。

ジャブを顔面に二発食らった。

相手はすぐさま、ローキックを飛ばしてきた。膝を上げてブロックしようとしたが、一瞬遅れた。

ローキックを左足にしたたか食らった。

やることが、思っているよりワンテンポずつずれているような感じだ。

左のジャブを出す。

相手は、上半身を後方に引いてそれをかわす。すぐに右のフックを返してきた。

ダッキングでそのパンチをくぐろうとした。だが、また遅れた。

頬にパンチを食らう。ぱっと目の前でストロボを焚かれたように感じた。鼻の奥がきな臭くなる。

フットワークを使おうとするのだが、膝に力が入らず、頼りない感覚だ。どうも、自分のステップがぎごちなく感じられる。

さらにパンチを食らった。

何だ、何だ、何だ……。

凱は慌《あわ》てた。

どうしたっていうんだ。

観客の喚声が遠のいていく。

「どうした。力むな。力を抜け」

沼田の声が聞こえた。

そちらをちらりと見る。沼田の顔がアップで見えた。

そうか。

凱は気づいた。

俺はあがっているんだ。

あまりに会場が派手で、しかも観客が多い。大観衆に慣れていない凱は、知らず識らずのうちにあがってしまっていたのだ。

動きが固いのはわかっている。だが、自分でもどうしようもない。

何度も相手のパンチとローキックを食らった。ペースをつかめぬうちに第一ラウンドが終わった。

コーナーに引き上げた凱に、沼田が言った。

「何やってるんだ」

凱は、風見が差し出したボトルから水を口に含み、ゆすいだ。血の味がした。

「あがっちまったようです」

凱は言った。

沼田が顔を覗き込むようにして言った。

「あがった?」

「こんな会場、慣れてませんからね」

沼田は、うなった。

「とにかく、ペースをつかめ。第一ラウンドはむこうにポイントを取られた。次のラウンドで取り返せ」

「社長」

「何だ?」

「もう一度、気合いを入れてもらわなきゃならんようです」

沼田は、凱を見つめた。

セコンドアウトの声がかかる。

「わかった」

沼田は、凱の顔面を平手で張った。

派手な音が響いた。

観客席がどよめいた。

体からすっと力が抜けた。

「目が覚めました」

凱が言った。沼田たちがリングを下りる。

「ポイント?　そんなのもう関係ありませんよ」

マウスピースをくわえる。

ゴングが鳴った。

相手は、勢いに乗って飛び出してきた。第一ラウンドの様子を見て、いけると踏んでいるのだ。

そうはいくかよ。

相手の左ジャブが見えた。

その瞬間に凱は、スリッピングでかわし、ローキックを見舞った。会心の当たりだ。

相手は、間合いを取るためにステップバックしようとした。ローが効いたのだ。

凱はそれを逃がさなかった。

右のロングフックを放つ。相手の顔面をとらえた。追いつめて、左のアッパー、右のフックを続けざまに打ち込む。

肩の力が抜け、おもしろいようにパンチが当たる。相手のガードがだらりと下がった。

レフェリーが割って入った。

凱は、攻撃をやめた。相手がロープ際でずるずると崩れ落ちる。

レフェリーは、頭上で両手を交差させた。相手は失神していた。カウントを取るまでもないと判断したのだ。

ゴングが鳴る。

第二ラウンド開始後、二十四秒。凱のノックアウト勝ちだった。

コーナーに引き上げると、風見が言った。

「やれるなら、最初からちゃんとやれよ」

むかつくやつだな。

凱は、風見を無視することにした。

控え室に引き上げた凱には、ほとんどダメージがなかった。ウエイトの差に助けられている。

さらにグローブテクニックのディフェンスが役に立っていた。

流れ出る汗をタオルで拭う。体調も万全だ。第一ラウンドは手間取ったが、第二ラウンドは、あっさりと決まったので、スタミナの消耗もない。

風見がもくもくと凱の太腿をマッサージしている。

「もういい」

凱が言った。

「黙ってろ」

風見はマッサージをやめようとしない。「おまえは、第一ラウンドでかなりローキックを食らっている。準決勝の試合に影響が出るとまずい」

ローキックのダメージなどない。だが、凱は勝手にやらせておくことにした。

控え室の中には沼田社長もいる。風見は、自分がちゃんと役割を果たしていることを社長にアピールしたいのかもしれない。

凱はそんなことを考えていた。

ーを眺めていた。

控え室には、モニターがあり、試合の模様を見ることができた。凱はぼんやりとモニタ

みんな、一千万円がほしくて戦っているのだろうな。

そんなことを思った。凱にはそうとしか思えない。それ以外の理由で人が怨みもない相手と殴り合うことなど考えられない。

髪を金色に染めた大柄な男が勝ち残った。どんなやつが勝ち残っても興味はなかった。

アメリカでもブラジルでも相手がどんなやつか、事前に気にしたことはない。

いつもいきあたりばったりだった。

金がほしいなあ。

凱は思った。

金さえあれば、人前で殴り合うなんてことをやらなくて済むのになあ……。

再び、派手な演出で入場をしなければならなかった。だが、凱はもう慣れていた。さきほどのふわふわとした感覚はない。

リングに上がって、金のために相手を叩きのめす。ただそれだけのことだ。凱にとっては、木を切り倒すのと大差なかった。

相手は、モニターで見た金髪の男だった。そいつが入場してくると、場内がひときわ沸

いた。

なかなか人気があるやつらしい。

凱は、金髪に背を向けてコーナーポストを軽く殴っていた。

レフェリーが二人を呼び、試合前のお決まりの儀式を始める。相手は、凱より十センチほど背が低い。ウエイトも、凱のほうがまさっている。

国内で、凱より大きな相手と当たったことはまだなかった。

相手の金髪は凱を睨みつけてくる。

凱は、下を向いてレフェリーの言うことを聞くふりをしていた。

このやろう、むかつくやつだな。

凱は、相手の視線を感じてそう思っていた。

やがて、ゴングが鳴る。

相手は、グローブを合わせようとグローブを差し出してきた。凱がそれに自分のグローブを合わせようとした瞬間、相手のローが飛んできた。

痛えな、このやろう。

凱は、ずいと前に出た。

金髪野郎は、左のジャブと右のフックを飛ばしてきた。

凱はスリッピングでかわし、さらに接近した。

金髪が下がろうとする。

思いきりストレートを伸ばした。

金髪がスウェイする。

追いつめて左のストレートを出す。

金髪は、余裕でそれをくぐろうとした。凱はそれを待っていた。

膝を突き上げた。

ぐしゃりという感触。

相手の顔面をとらえていた。

金髪は一瞬、ぐらりとしたが、続く凱の攻撃を避けようと、体を振った。

凱は落ち着いて、左のフックを見舞う。相手のガードの上から当たる。さらに右。

赤いものが、宙を飛んだ。

マットに血の花が咲いた。

レフェリーが二人の間に割って入った。金髪の顔を上げさせる。

金髪の顔面は、血に染まっている。鼻血だ。鼻がひしゃげているのがわかった。

レフェリーは、試合を止めてドクターを呼んだ。凱はニュートラルコーナーへ行くように言われた。

ドクターが一目見て、首を横に振った。

鼻の骨が折れていることは、膝を叩き込んだときの感触でわかっていた。

金髪は抗議しているようだ。まだやれると言っているのだろう。

いいぜ。俺は、相手をしてやるぜ。

凱は心の中でそう言ってやった。

結局、ドクターストップで凱のテクニカルノックアウト勝ちだった。

レフェリーがそれを告げると、会場が沸いた。

凱は、抗議の声が上がっているのだと思った。あの金髪は人気がありそうだ。

たしかに、ブーイングもあった。だが、それにまじって、「ガイー」「ナグモー」と叫ぶ声をたしかに聞いた。

凱は、思わず会場を見ていた。

凱を応援する人々がいる。それも、決して少なくはない。おそらく、金髪を応援する連中と勢力を二分している。

それには、セコンドの風見や佐久間も驚いた様子だった。

「へえ」

風見が言った。「おまえみたいなのにも、ファンはつくんだ」

凱は風見に言った。

「俺はまだ体力が有り余っている」

風見は眉をひそめた。

「どういう意味だ？」

「あんたと戦ってもいいんだぜ。リングに上がるか？」

風見は、眼をそらしてぶつぶつと何かつぶやき、凱から離れていった。

決勝戦の相手は、ＧＰＸの常連で、人気選手だった。ウエイトもあるが、無駄な肉が付いていると、一目見たときに凱は思った。

「油断するな」

珍しく、増原がセコンドで凱に声をかけた。

「やつは、試合経験がある。このＧＰＸを知り尽くしているんだ」

「どうってことないっすよ」

凱は言った。

「レフェリーもジャッジも、大会の主催者もみんなあいつの味方だと思え。判定に持ち込まれたら不利だ。ハンディーがあるのと同じことだ」

「ノックアウトで決めればいいんでしょう」

「やつは打たれ強い。それを頭に入れておけ」

凱はうなずいた。

だが、相手のことなど眼中にはなかった。凱は、ワールドグランプリの賞金、一千万のことだけを考えていた。

相手は、日本人選手としては大柄だが、やはり凱より五センチほど身長が低い。筋肉の上に薄く脂肪をかぶった体つきをしている。

ゴングが鳴ったが、相手は前に出てこようとしない。凱が出ていくと、ロープに沿って回り込みながら、間合いを外す。

凱は、さらに相手を追い込んだ。相手は逃げる。

なんだこいつ……。

凱は、苛立って、左ジャブ、右ストレートと打ち込んだ。凱は、なんとか相手を捉えようと、パンチするりと逃げられた。右回りに逃げていく。凱は、なんとか相手を捉えようと、パンチのコンビネーションや、ローキックを繰り出した。

だが、相手の逃げ方が巧妙で、有効打を決められない。

やる気あんのかよ、こいつ。

凱が、ふと気を抜いた瞬間、相手はジャブとフックを打ち込んできた。最初のジャブを食らったが、フックはダッキングでかわした。すぐにフックを返すが、また相手は、するりと逃げた。

軽いジャブを食らっただけだ。まったくダメージはない。

遊びのつもりか。

凱は、腹が立ってきた。

なんとかパンチを叩き込もうと、大きく前に出た。その瞬間に、続けざまにパンチを食らった。

さらに、左の腿に衝撃が走る。重いローキックだった。

「離れろ」

風見の声が聞こえた。「ガードを下げるな、ばかやろう」

離れろだって？　ようやく相手から近づいてくれたんだ。

凱は、その位置からパンチを返した。空振りする。相手のディフェンスの技術は一流だった。

さらにローを出すが、それもかわされた。

ちくしょう。

凱は、苛立ちを募らせた。まるで、手応えを感じない。

本当にこれが決勝戦か……。

ゴングが鳴り、第一ラウンドが終わった。

「まずいぞ」

コーナーに引き上げてきた凱に、沼田が言った。「確実にポイントを取られた。第一ラウンドは相手のものだ」

凱は、沼田の言っていることが信じられなかった。相手は逃げ回っていたのだ。

凱は思わず増原の顔を見ていた。

増原も苦い顔をしている。

「社長の言うとおりだ。やつは、ガチンコをやるつもりはない。ポイントを確実に稼げば勝てることを知っている」

「ガチンコをやるつもりはないだって？」

凱は言った。「なら、俺が持ち込んでやるさ」

セコンドアウト。第二ラウンドが始まる。

そのとたんに、凱は仕掛けた。

逃がすつもりはない。手数で相手を圧倒して、ロープ際に追い込むつもりだった。

相手は、なんとか凱のパンチをかわしたり、ブロックしたりしながら、隙を見て反撃してくる。

ついに、コーナーに追い込んだ。

さあ、殴りっこしようぜ。

凱は、左右のフックを続けざまに打ち込んだ。そのとたんに、抱きつかれた。

なんだよ……。

レフェリーが割って入った。

「ブレイク」

せっかく追い込んだのに、また引き離された。

相手の戦い方は、第一ラウンドと変わらない。気がつけば、凱はほとんど有効打を相手に打ち込んでいない。

そして、相手は確実に凱の隙を見て軽いパンチや地味なローキックを返してくる。それがポイントになっていると、社長や増原が言っているのだ。

ふざけやがって。

相手は最後まで逃げて、判定に持ち込むつもりだ。そうなれば、自分が有利なことを知っているのだ。

凱は、前に出つづけた。コンビネーションを使い、ローキックを出す。

相手はのらりくらりと逃げる。

ボディーにフックを打ち込んだが、それも肘でブロックされる。顔面へのパンチはかわされる。

第二ラウンドも終了した。

「パンチが大振りになってきているぞ」

風見が言った。「あせるな」

「別にあせっちゃいないさ」

凱は言った。だが、たしかに風見の言うとおりかもしれなかった。

苛立ち、気づかぬうちにパンチが大振りになっていた。これでは当たらない。相手のディフェンス・テクニックはなかなかのものだ。このままでは、相手の思うつぼだ。

凱は、風見に言った。

「教えてくれ。どうすればいいんだ？」

風見は驚いたように凱を見た。

「俺にアドバイスを頼むというのか？」

「セコンドだろう」

風見は、凱を見つめた。セコンドアウトの声がかかる。

「こつこつとジャブを当てていけ。そうすれば、必ずチャンスが来る。ぜったいにあせるな。相手はおまえが切れるのを待っているんだ」

風見がリングを下りた。

最終ラウンドが始まった。

こつこつとジャブをね……。

凱はしっかりとガードを固めて、じりじりと相手に迫った。

相手はいきなり仕掛けてきた。このラウンドになって、初めて向こうから手を出してきた。

凱は、ディフェンス・テクニックを駆使して相手のパンチをよけ、風見に言われたとおり、軽いジャブを返しつづけた。

相手は続けざまにローを出してくる。

凱はやはり、ジャブを返す。相手が嫌がるのがわかる。

また、距離を取り始めた。

そうはいくか。

凱は、すでに相手の動きに慣れていた。一足早く踏み込むと、また左のジャブを見舞う。

相手は、フックを返してきた。

凱は、それをかわしてフックを返す。

当たった。

相手はのけぞった。

チャンスはここしかないと、凱は思った。一気にたたみかける。だが、相手はまた抱きついてきた。

レフェリーが間に入る。

凱は落ち着いていた。相手はかなり参っている。体力が尽きてきたようだ。

「ファイト」

レフェリーが二人を分けて、そう叫んだ。凱はまたジャブを繰り返す。それが、おもしろいように当たりはじめた。

相手は嫌がって下がろうとする。

その瞬間に、ハイキックを見舞った。相手の側頭部。完璧に捉えた。

ふらりとしたが、倒れない。

打たれ強いというのは、本当のようだな。

凱は、さらに左右のフックを叩き込んだ。相手の動きが止まった。

もう一度、ハイキックを見舞った。

沈め、このやろう。

したたかな手応え。相手はマットに崩れ落ちた。

レフェリーがカウントを取る。相手は起き上がろうともがいている。膝をつく。立ち上がった。

本当かよ……。

凱は、ちょっと嫌な気分になった。

だが、相手の尻がまたすとんとマットに落ちた。

レフェリーは、テンカウントを終えていた。ゴングが鳴る。

凱の勝ちだ。

沼田がリングに上がり、凱に抱きついた。そんなことは、道場ではやったことがない。観客向けのパフォーマンスにすぎないと凱は思った。

風見と増原は、ロープの外で様子を見ている。

凱が国内大会優勝をかっさらった。しかも、一度のダウンも奪われず、多くの試合が一ラウンドＫＯ勝ちだ。

試合後、スポーツ新聞や、テレビ局、格闘技雑誌などのインタビューが行われる。

「まだ、ワールドグランプリがある」

凱は無表情にそう語っただけだった。実際、そう思っていた。国内大会に優勝したからといって、たいした金をもらえるわけではない。凱は、一千万円がほしいのだ。

翌日のスポーツ新聞は、派手に凱のことを書き立てた。まったく無名だった南雲凱の名はたちまち、日本中に知れ渡った。

14

弟子が一気に増え、英治郎は、正直言って困惑していた。

今では、百人を超す門弟を抱えている。何かが違っている。英治郎は、そんな不安を拭《ぬぐ》いきれなかった。

高島、寺脇、山科、豊川の四人はよくやってくれている。彼らがいろいろな試合で大活躍してくれたおかげで、たしかに輝英塾は繁栄している。

だが、弟子を増やすことが目的ではなかった。

高島や寺脇との稽古時間が減っている。当然だ。みんな初心者の指導に追われているのだ。

強くなりたい。

他人と比較する強さではない。

他人に賞賛される強さでもない。

毎日技を練り、鍛錬を続けた結果得られる強さだ。沖縄の仲嶺憲将のような強さだ。

今、英治郎は、純粋にその目標に向かっているかどうか不安なのだ。たしかに空手はやっている。

指導体系も整った。週に四度も指導がある。まるで空手のプロのようだ。指導に追われてしまうのだ。これでは、自分の練習もままならない。

それで、英治郎はあせっているのだ。

高島と寺脇は、輝英塾の名前を空手界に知らしめた。それは悪いことではない。だが、実体が伴っていないのではないかという危惧《きぐ》がある。

会派を率いる者は、強くなければならない。武道の世界では、その強さがカリスマ性となる。

極真会館を創設した大山倍達《おおやまますたつ》もそうだった。彼の伝説的な強さは、この世を去った今でも語り継がれている。いまだに憧れている者も多い。

截拳道《ジークンドー》を作ったブルース・リーもそうだった。彼は、単に映画のアクションがうまいだけではなかった。実際にきわめて優秀なファイターだった。

極真会館から独立して、芦原会館《あしはらかいかん》を創設した芦原英幸も、初期の極真会館を支えた、本当の実力者だ。彼はフルコンタクト空手で強いだけでなく、サバキという独自のメソッドを生みだした。

そういう人々に比べて、自分はどうなのか。かつての会派では、三段を持っていたに過ぎない。

大会で準優勝をした。だが、めざましい活躍といえばそれだけだ。

独自の研究はした。沖縄の古い型の有効性を発見した。だが、それを自分のものにするのは、まだまだこれからだ。

高島や寺脇と、じっくり稽古をしていこうと思っていたのだ。高島も寺脇も、英治郎の指導のもとで稽古している。

だが、そんなものでは足りない。三人で、こつこつと技を磨き、鍛錬を続ける。それが理想だった。

会員を増やして、金を儲ける必要はない。空手で食っているわけではないのだ。

それより自分の技を磨きたかった。

一九九三年も終わろうとしている。輝英塾にとってはいい年だったのだろう。たった三人ではじめた空手道場が、一年で百人以上になった。

今では、どこの空手道場でも経営難が続いているという。空手ブームも去り、空手などやろうという若者は少ない。

そんな時代にあって、これだけの躍進だ。不満を言ったら罰《ばち》が当たる。だが、英治郎は、いても立ってもいられないような焦燥感を覚える。

会社の御用納めを終え、英治郎は一人、道場にやってきた。

一人きりの道場はひんやりとしている。神前に礼をして、一人で稽古を始めた。

十三《セーサー》の型を練る。はじめは、ゆっくりと正確に行う。二度目からは、力を込めて行う。

十三の型は、輝英塾では、初段を取る際に習いはじめる型だ。もともとは、那覇手《なはて》系の型らしいが、いつしか首里手《しゅりて》系のショウリン流でもさかんに行われるようになった。掛け手受けのように見せかけ、後ろから抱きつかれたときの外しの技が隠れていたりする。

古流の型をやってみると、金的攻撃の手がいたるところに潜んでいる。それだけ、実戦を考慮しているということだ。

なんといっても、金的は男性の最大の急所だ。非力な者が、戦って勝つためには、急所攻撃が何より有効だ。

十三の型にも、転身しながら金的を打つ動作がある。

道場は寒々としていたが、やがて体があったまってきた。英治郎は、鏡の前に行き、十三の型の分解組み手を一人で練習しはじめた。

シャドウボクシングの要領だ。相手が突いてくるのを想定して素早く、正確に動く。正確さが何より大切だ。正確な立ち方、ポジションの取り方、タイミング。そうしたものを学ばなければ、技にはならない。

「やっぱり……」

戸口でそういう声がして、英治郎は驚いて振り向いた。

高島と寺脇が立っていた。

「何だ、おまえたち……」

英治郎は言った。「稽古納めはとっくに終わっているんだぞ」

高島が言った。

「どうも、練習を休むと、調子が狂うんで、稽古しようと思って……。寺脇に電話すると、付き合ってくれるっていうんで……」

「オス。ここに来る途中、塾長もいたりしてな、なんて話してたんです」

寺脇も言う。

「そうか」

英治郎はうれしかった。

彼らは、試合にうつつを抜かしていたわけではない。何が大切かを、ちゃんとわかってくれていたのだ。

「じゃあ、ナイファンチから始めよう」

英治郎が、号令をかけ、三人でナイファンチの練習を始めた。

移動が一直線のナイファンチは、短く単純な型に見えるが、奥が深い。昔、本部朝基《もとぶちょうき》という沖縄の達人は、空手の修行はナイファンチだけで事足りると言ったそうだ。英治郎は、そんな話を物の本で読んだことがあった。

かつて、大きな流派に属していたときには、ナイファンチの重要さなどわからなかった。

初段補という一級と初段の間にある段位の審査でやらされただけだ。

だが、やってみるとなるほど、この型は深い。体の使い方を練るのに、これほど優れている型はない。

横一直線の移動しかないのだが、腰を決して動かしてはいけないといわれている。だが、動かさないのではない。小さく鋭く動かすのだ。

その動きが、空手の技の爆発力を生む。

ナイファンチの型に上達すると、短い距離でも威力のある突きを打ち込むことができるようになる。

ワンインチ・パンチとか寸勁《すんけい》などと呼ばれている打撃法だ。

英治郎は、自分のナイファンチにまだまだ満足はしていない。これから一生をかけて練らなければならないと思っている。

だから、高島や寺脇にも多くのものは求めない。彼らも、二段、三段と進むうちにわかってくるだろう。

だが、この型の重要性だけは、繰り返し教えなければならないと思っていた。

型を数回繰り返したあとに、ナイファンチの分解をやった。真半身で相手の懐《ふところ》に入るのが、ナイファンチの分解の特徴だ。

寺脇は、どうしても、相手に対して真半身になれず、苦労した。組み手の癖が出るのだ。

だが、この体《たい》さばきを修得しないと、ナイファンチをやったことにはならない。

三人で順番に掛かり手と受け手をやった。高島も寺脇も、輝英塾の約束組み手の理念を理解している。だから、思いきり極めるつもりで突いてくる。

道場に気合いと、踏み込みの音が響き渡る。

英治郎は、気分が高揚してきた。

これが輝英塾だ。これが本当の輝英塾なのだ。

誰が何と言おうと、型を練るのだ。ただ、演武のように独演型をやるだけではない。型の分解をしこたまやり、再び型を演じる。

分解と独演。それを交互に繰り返す。英治郎が考える理想の空手は、そういう訓練でしか培《つちか》えない。

迷わず、自信を持つことだ。

今の輝英塾は、まだ人に誇れるような団体ではない。型の理念をまっとうしてこそ、これが輝英塾だと胸を張ることができる。

それを忘れてはならない。

英治郎は、自分自身に言い聞かせていた。

15

一九九三年十二月。

待ちに待ったGPXワールドグランプリの日がやってきた。

会場は日本武道館。大会のセレモニーは、例によって派手だった。最初に、出場選手全員がリングに上がる。

凱は日本代表として出場する。大会までに、何本ものインタビューをこなさなければならなかった。

凱は、どんなやつが、何を訊《き》いてこようが平気だった。世の中にはインタビュー嫌いのやつがいるそうだが、凱はそうではなかった。

嫌いでも好きでもない。

要するに、気にもしていないのだ。

こたえに困ると、佐久間がうまく取り繕ってくれたし、別に訊かれて困ることもない。

凱の生い立ちがスポーツ新聞や雑誌に取り上げられるにつれ、人気がどんどん高まっていった。

「世間のやつは、なんで俺の生い立ちなんか知りたがるんだろう」

あるとき、凱は佐久間にそう尋ねたことがあった。

「世間というのは、何でも知りたがるんだ」

「試合だけ見ていればいいのに」

「現代はな、情報の時代なんだ。格闘技ファンというのは、ただ戦いを見ればいいという連中ばかりじゃない。選手のデータがほしいんだ。評論家気取りなんだよ。それにな、おまえの生い立ちは、世間に受ける。日本人は貧乏のどん底から這《は》い上がろうとする苦労話が好きだ」

そんなことはどうでもよかった。

今、リングにいる凱は、久しぶりに気分が高まっていた。日本人とはまったく違う体格の選手たちに囲まれている。

身長も体重も凱をしのぐ選手が多い。しかも、きっちりと調整しているらしく、体は充分にしまっている。全員が筋肉の固まりだ。

リングに立つ八人の選手を、さまざまな色のライトが照らし出す。その光は常に目まぐるしく動いている。

派手な英語のアナウンス。

水着姿のラウンドガール。

そして、タキシード姿の大会主催者。

会場内には、大音響の音楽が鳴り響いている。派手で大げさな演出だ。テレビ局が入っているせいか、それが長々と続く。いいから、早く始めようぜ。

凱は、心の中でつぶやいていた。

ようやく、セレモニーが終わり、凱は控え室に引き上げることができた。今日も沼田がセコンドについている。

風見も増原もいる。

凱の最初の相手は、ロシア人だった。

アレク・クレサコフという名だ。凱は、アレクという選手の顔を見てシベリアのアレクセイを思い出した。

顔立ちがなんとなく似ている。がっしりとした体格も共通している。腕は丸太のように太いし、大腿部《だいたいぶ》も松の根のようだ。色白だが、胸に毛が生えており、粗野な感じがする。その眼が気に入らなかった。氷のように冷たい青い眼だ。砂色の髪もアレクセイと同じだ。

「国内戦とは違う」

セコンドに付いた沼田が言った。「気を引き締めて行け」

何度も外国人レスラーと戦った経験から出た言葉だろう。だが、凱だってアメリカでは普通の連中が経験しない裏のプロレスを経験し、ブラジルではまだ日本人が未経験のバーリ・トゥードに出場したのだ。

「だいじょうぶっすよ」

凱はぶっきらぼうに言った。「こいつなら、心置きなくやれます」

レフェリーが選手を呼ぶ。ルールの確認をする間も、アレクの冷たい眼が凱を射るように見つめている。

凱はちらりと相手を見ると、そのまま眼を合わせなかった。それがいつもの凱のやり方だ。

レフェリーが二人を分けると、ゴングが鳴る。「ファイト」のコール。

凱は、いきなり詰めていってジャブを打ち込んだ。すでに、国内戦決勝の教訓は生きている。ジャブでタイミングと距離を計るのだ。

アレク・クレサコフは、いきなり大振りの右フックを飛ばしてきた。空気を切り、うなりを上げるのがはっきりと聞こえた。

さらに左フックを飛ばしてくる。

凱は、危なげなくよけたが、アレクの戦い方にむかっ腹が立った。

典型的な喧嘩ファイトだ。フットワークも何もない。

アレク・クレサコフは、また右のフックを打ち込んでくる。さらに左、また右。

おもしろい。

凱は思った。

そっちがそう来るなら、受けて立とうじゃないか。

凱の足も止まった。

アレクの右をブロックすると、すぐに凱も右のストレートを返した。それが、アレクの顔面を捉《とら》えた。

だが、アレク・クレサコフは、平然とパンチを振り回してくる。凱もパンチを繰り出した。

リング中央での打ち合いとなった。

会場の喚声《かんせい》が高まるのがわかる。

客は大喜びだ。

アレク・クレサコフのいい左が凱の頬《ほお》に入った。がつんという衝撃。一瞬、視界が揺らぐ。

だが、負けじと右フックを返す。手応えがある。

アレク・クレサコフは殴っても殴っても打ち返してくる。

ロシア野郎には、絶対に負けられないんだよ。

凱は、渾身《こんしん》の力でパンチを振り続けた。アレク・クレサコフが抱きついてきた。向こうが根負けしたのだ。

我慢比べは凱の勝ちだった。

うっとうしいな。凱は、腰を捻ってアレクを投げた。

GPXでは、投げはポイントにならない。相手はスリップダウンと見なされる。

だが、相手が立ち上がった直後にチャンスがあった。アレクがファイティングポーズを取り、レフェリーがファイトと叫んだ瞬間に、凱は、右のハイキックを見舞った。

相手の一瞬の虚を衝いた攻撃だ。

ハイキックは、アレクの側頭部から後頭部にかけてを見事に捉えた。ハイキックが決まったときの感触はなんともいえない。

アレクは、前のめりになり、膝をついた。ダウンが宣告され、カウントが取られる。

アレクはすぐに起きあがってきた。

タフな野郎だ。

凱は思った。

寝ていればいいものを……。

アレク・クレサコフがファイティングポーズを取る。凱は、またハイキックを出した。

アレクは、それをブロックしようとする。だが、ハイキックはフェイントだった。

凱は、思いきり左のフックをアレク・クレサコフの顔面に叩き込んだ。

再び、アレクがマットに沈んだ。

ゴングが続けざまに打ち鳴らされる。一ラウンドに二つのダウンを奪った凱のＫＯ勝ちだった。

凱の右手がレフェリーによって高々と差し上げられる。

コーナーに戻ろうとすると、アレク・クレサコフが挨拶にやってきた。凱はそれを無視した。

クレサコフは納得いかない様子で、ちょっと天を仰ぎ、それから凱の肩を軽く叩いて引き上げて行った。

コーナーで沼田が言った。

「相手の選手と、相手陣営にはこちらから挨拶に行くもんだぞ」

凱はこたえた。

「相手がロシア人じゃなきゃ、そうしますよ」

にわかに、凱の控え室の周囲が騒がしくなった。取材陣が詰めかけている。凱が準決勝に進出したことで、彼らは色めき立っている。

「あいつら、何をあんなに騒いでいるんだ？」

凱は、佐久間に尋ねた。

「日本人選手が準決勝に進むことが珍しいのさ」

「日本の団体が主催しているんだろう？　いつも、外国人に優勝賞金をかっさらわれてるのか？」

「そうだ。だから、テレビを駆使して外国人選手をスターにしようと躍起になっている」

「ばかばかしい。日本でやる試合なら、日本人が勝たなきゃ意味がないだろう」

「最近の格闘技ファンはそうは思わない。へたに日本人が勝ち進んだら、八百長だと思うだろう。体格差や運動能力から考えて、絶対に海外からの選手のほうが強い」

「俺は負けない」

「だから、取材の連中は慌てているんだ。おまえは、ついこないだまで、まったく無名だったしな」

凱は、取材の連中に付き合う気などなかった。部屋から出られないのがうっとうしかった。

モニターを見るしかない。

黒人の選手と、白人の大柄な選手が戦っていた。

第三ラウンドだ。彼らは三ラウンド、フルに戦っている。

そうやって消耗してくれると、俺はどんどん戦いやすくなるな。凱はそんなことを考えていた。

とにかく、試合は疲れる。肉体よりも精神的に疲れる。リラックスしているつもりだが、どこか神経を使っているのだろう。

部屋から出て自由に歩き回れないだけでも緊張感は高まる。

早く終わってくれないかな。

凱は控え室のソファにごろりと横になり、そんなことを考えていた。凱が、横になろうが、眠ろうが、もう凱に文句を言う者はいなかった。

風見も何も言わない。それだけが、凱にはありがたかった。

準決勝の相手は、どこかの紛争地域から参戦しているという選手だ。白人だが、おそろしくでかい。さっき、モニターで見た試合で、黒人選手と戦っていた。マルコ・シンティックという名だ。

凱よりも十センチは身長が高い。体重もはるかに凱をしのいでいるようだ。

何より、その顔つきが不気味だった。感情がまるで失せてしまっている。ただ単に無表情なだけではない。

その眼にはまるで何も映っていないように見える。こんな相手は初めてだった。

「気味の悪いやつだな……」

凱は、コーナーで増原にぽつりと言った。

「ヨーロッパ最大の紛争地帯からやってきた。彼は、地獄を見たんだ」

「なるほどな……」

「向こうでも、きっと同じことを思っている」

凱は思わず増原の顔を見た。

「おまえだって、普通のやつに言わせると何を考えているかわからない、気味の悪いやつなんだ」

他人にどう思われているかなど、気にしたこともなかった。

たしかに凱は人付き合いが悪い。誰も信用していないからだ。信用できるのは、金だけだと思っている。

俺は、他人から見ると、あのマルコ・シンティックのように見えるというのか……。

凱は、増原の言葉が意外だった。

「やつは、悲劇を背負っていると言われている」

増原が言った。「だが、おまえだって、シベリアで地獄を見たんだろう。そんなことで気後れすることはない」

「気後れ？」

凱は言った。「するはずないだろう」

試合が始まると、マルコ・シンティックは、慎重に凱の様子を見ていた。

ジャブや軽いローキックを出してくる。

それに凱がどういう反応をするのか試しているらしい。

凱は、いきなり前に出ていって、勝負を挑んだ。

ジャブの連打で突破口を作り、パンチの打ち合いに持ち込もうとする。

だが、シンティックは、スウェイやダッキング、スリッピングなどのディフェンス・テクニックを駆使して凱の攻撃をことごとくかわした。

そして、ジャブとローキックを正確に返してくる。凱は、何発かそれらを食らったが、どうということはなかった。

基本に忠実な動きだ。

正確なマシーンのようだ。

ただ、マルコ・シンティックの機械のような動きが癇《かん》に障《さわ》った。

互いに有効打がないまま、第一ラウンドが終わる。

なんだよ、つまんねえ試合だな。

コーナーに戻った凱はそう思っていた。

第二ラウンドに入ると、シンティックは人が変わったように猛然と凱に襲いかかってきた。

第一ラウンドでは見せなかったハードパンチを繰り出してくる。

それでも凱はまったく慌てなかった。

このやろう。

凱は思った。

第一ラウンドで俺の力を計って、このラウンドで仕留《しと》めようというのか。

そのやり方が気に入らなかった。シベリアの飢えた山犬を思い出した。山犬たちは、こちらが弱るのをじっと森の中から眺めているのだ。

仕留められると見ると、集団で襲いかかってくる。

ウエイトもリーチも相手のほうが上回っている。だが、そんなことはかまわずに、凱は打ち合いを買って出た。

相手が顔面にフックを打ち込んでくると、負けずに同じ攻撃を仕返した。ローキックを食らったら、すかさずローキックを返す。

マルコ・シンティックの表情はまったく変わらない。ロボットを相手に戦っているような気分だ。

さすがに、パンチもキックも重い。

ローキックを打たれると、ずしんと大腿骨の芯《しん》まで響くし、顔面にパンチが当たると、視界が揺れる。

それでも凱は引かなかった。

準決勝なんぞでもたもたしていられないんだ。

凱は、一歩も引かずに打ち合った。

凱はすでに、アメリカやブラジルの試合を通して、自分が打たれ強いということを知っていた。

全身にくまなくついた筋肉のおかげだった。筋肉は、鎧《よろい》の役目をしてくれるだけでなく、首をしっかりと支えてくれる。顔面を殴られたときの、脳への衝撃を軽減してくれるのだ。

第二ラウンドの中盤、初めてシンティックの表情が変化した。

不思議なものを見るような眼で凱を見ている。殴っても蹴っても凱は引かない。おそらく、計画が狂ったのだろうと、凱は思った。

第一ラウンドで、凱は基本的なテクニックしか使わなかった。おそらく、シンティックは、凱がラフファイトに弱いと踏んだのだろう。

ふん。おまえの思い通りにはいくかよ。

凱は、ジャブで間合いを計り、思いきりストレートやフックを叩き込んだ。

シンティックの戸惑いが隙を生んだ。

さらに、凱のローキックが効き始めたようだ。シンティックの足が止まる。

凱のフックがいい角度でシンティックを捉えた。ガードが下がる。

ここしかないと凱は思った。

当たるを幸いにパンチを顔面に叩きつけた。シンティックはなんとか凱のパンチをくぐろうとするが、凱はそれを許さなかった。

ついに、シンティックは棒立ちになった。

レフェリーが割って入る。

シンティックの意識が飛んでいるようだった。

レフェリーは、頭上で手を交差させてゴングを要求した。

凱のノックアウト勝ちだった。

「相手はロシア人じゃない。ちゃんと挨拶に行って来いよ」

沼田が上機嫌で言った。

「わかってますよ」

凱は相手陣営に、礼をしに行った。

ようやく意識を取り戻したシンティックは、信じられないものを見るように凱を見ていた。まだぼんやりしているようだ。

シンティックは、グローブで凱の肩を叩いた。その顔にははっきりと失望が見て取れた。

金がほしかったんだろうな。

凱は思った。

紛争地帯の故郷では何が待っているのだろう。

シンティックは、名誉よりも金がほしいに違いない。それも切実に。

凱は、ふとそんなことを考えたが、その思いをすぐに頭から追いだした。

凱には関係のないことだった。

会場は盛り上がっていた。日本の選手が決勝まで進んだのだ。大会前の予想では、シンティックが優勝候補の一人だった。

決勝戦の相手は、オランダの選手だった。ヨハン・ハックという名だ。シンティックも大きかったが、ヨハン・ハックはそれよりもさらに一回り大きかった。

ヨハン・ハックも優勝候補の一人だった。

「ここまで来たら、優勝だ」

コーナーで沼田が凱に言った。

「当然、そのつもりですよ」

風見が言った。

「油断するな。ヨハンは、大柄だが力任せに攻めてくるタイプじゃない。キックボクシングのテクニックは、おそらく参加選手の中でナンバーワンだ」

「どうやって勝てばいいんだ？」

凱はたいしたこたえを期待していなかった。出たとこ勝負しかない。これまで、それで勝ち抜いてきた。

風見が真剣な表情で言った。

「ローだ。ローキックしか突破口はない。ヨハンのような長身のタイプは、ローキックに弱い」

「わかったよ。どうせ、ハイキックは届きそうにない」

凱はマウスピースをくわえた。この試合で負けたら、これまでの戦いは無駄になる。

ヨハン・ハックの体には、これまでの戦いの激しさを物語るあざが刻まれていた。大腿部は赤紫色に腫れあがっている。

ローキックをしこたま食らったらしい。それでも勝ち進んできたということだ。

凱は、心の中で風見に向かってつぶやいていた。

おいおい、本当にローキックしか突破口はないのかよ。

ゴングが鳴る。ついに、決勝戦が始まった。これに勝てば、一千万だ。

ヨハン・ハックは、第一ラウンドから飛ばしてきた。すり足のフットワークを使い、正確なジャブを打ち込んでくる。

凱は、ディフェンスのテクニックを駆使してパンチを避けた。すると、絶妙のタイミングでローキックが飛んでくる。

それを避けようと、後ろへ下がると、たちまちワンツーが飛んでくる。

大柄の見かけからは想像ができない華麗なテクニックだ。凱は、なかなか思うように戦えない。

ローキックだったよな。

凱はグローブでガードを固め、ローキックのために前に出た。

がつんという衝撃が脳を揺らした。

視界がまばゆく光る。その光が無数の星になって四方八方へ散っていく。

何が起きたのかわからなかった。

凱は、無意識のうちに上半身を振っていた。おそらく、ガードの上からパンチを叩き込まれたのだ。

もしグローブがなかったら、意識が吹き飛んでいたかもしれない。

すげえパンチだな。

凱は感心していた。

こんなパンチを食らったのは初めてだ。

ヨハン・ハックは、決して深追いをしてこない。いつでも倒せるという自信があるのかもしれない。

落ち着いた試合運びだ。

気にいらねえな。

凱は思った。

ちょっとは、あわててもらわないとな……。

凱は、小刻みにジャブをだしながら、近づき、思いきりストレートを叩き込んだ。

さきほどやられたのと同様に、相手のガードの上から打ち込む。

ヨハンは、しっかりガードをしていたにもかかわらず、よろよろと後退した。

凱は、初めて本気でパンチを出した。

これまでは、せいぜい六割から七割の力で戦っていたのだ。ヨハンの顔色が変わった。

凱の本当の実力を初めて知ったのだ。

とたんに、ヨハンは用心深くなった。

ジャブを出しては、間合いを取る。

凱も深追いはしない。

ゴングが鳴り、第一ラウンドが終わった。

「ローキックだと言っただろう」

コーナーに戻ると、風見が苛立った様子で言った。

「あのリーチだぜ」

凱は言った。「うかつに近づけないんだよ」

「それでもローキックだ」

「わかったよ」

沼田が凱の顔を覗き込んでいった。

「おまえ、あのストレートをずっと隠していたな？」

「別に隠していたわけじゃないっすよ。使う必要がなかっただけっす」

「だが、それが功を奏した。相手はおまえのストレートを食らって慌てはじめた」

「余裕見せてたんで、むかつきましてね……」

「だが、もう出し惜しみして勝てる相手じゃないぞ」

「戦っている本人が一番よくわかってますよ」

セコンドアウト。

第二ラウンドが始まった。

ヨハンは慎重だった。凱のストレートを警戒しているようだ。

凱は、小刻みにジャブを出して、チャンスを狙った。

ヨハンが出てこようとする。その瞬間、ローキックを見舞った。体重を乗せて思いきり蹴った。

それでもヨハン・ハックはパンチを繰り出してきた。左右の連続したフックだ。

凱はそれをくぐり、ボディーに渾身のフックを叩き込んだ。巨体がぐらりと揺らいだ。

ボディーが弱点か？

凱は、思った。だが、体格からしてとてもボディーが弱いとは思えない。厚い筋肉が鎧のように内臓をガードしている。

そうか。よほどダメージが蓄積しているらしいな。

内臓へのダメージは着実に蓄積していき、なかなか癒《い》えない。

凱は、ジャブ、ボディー・フックを多用しはじめた。ヨハンは嫌がり、さがり始めた。

そうなると、ローキックも出すことができる。

凱は続けざまに二発のローキックを放った。一発目は膝でブロックされたが、二発目はヒットした。

ヨハン・ハックは、ロープづたいに後退するばかりだった。

逃げるなよ。

凱は心の中で呼びかけた。

早く決着をつけようぜ。

ワンツーからローキックのコンビネーションを出しておいて、渾身のストレートを見舞った。

だが、パンチを食らったのは凱のほうだった。

また目の前が光って、腰が浮きそうになる。すうっと意識がどこかに行きそうになった。

ヨハン・ハックは、ここぞとばかりにパンチを打ち込んでくる。

やべえ。

凱は、ガードを固めて上半身を不規則に振った。

それでも、ヨハンのパンチは正確で何発か食らってしまった。

くそったれ。眠ってたまるかよ。

凱はしゃにむに、アッパーを突き上げた。それが空《くう》を切る。だが、それでヨハンの手が一瞬止まった。

凱は、ボディーにアッパーを打ち込む。さきほどとまったく同じ位置だ。

ヨハンは、左右のフックを凱の顔面に飛ばしてくる。凱はボディーにアッパーを繰り返す。

こうなれば、我慢比べだ。意識が吹っ飛ぶまで、ボディーを打ちつづけてやる。

二人の足が止まった。その場で殴り合いだ。観客席は騒然となった。

ヨハン・ハックの右フックをかわした瞬間だった。肘が凱の左目蓋をかすめた。ダメージはない。だが、いきなり左目が見えなくなった。視界が赤く閉ざされている。

何だ……？

凱は驚き、目をしばたいた。だが、左目は見えない。グローブで目をこすろうとした。

レフェリーが止めに入った。

ヨハン・ハックをニュートラルコーナーに下げると、レフェリーは凱の顔を覗き込んだ。

「何だよ……」

「目蓋が切れたんだ。ちょっと待て」

レフェリーは、リングドクターを呼んだ。

ドクターは、凱の左目蓋を仔細に調べている。

「だいじょうぶだ」

凱は医者に言った。「どうってことない。やれる」

医者は、こたえない。やがて、レフェリーに向かってかぶりを振った。レフェリーはうなずき、凱に言った。

「試合続行不可能だ。残念だな」

「何だって……」

レフェリーは、頭上で両手を交差させた。ゴングが鳴る。ヨハン・ハックが両手を突き上げた。

凱は茫然《ぼうぜん》としていた。

「何だよ、どういうことだ？」

沼田と風見がリングに上がってきた。

「傷を見せろ」

風見が凱に言った。凱はまだ何が起きたのかわからずにいた。

「何だ？　どうして俺が負けるんだ？」

凱は風見に言った。「まだ、やれると言ってるだろう」

「そういうルールなんだよ」

風見が言った。綿棒に薬をつけて、目蓋の上をちょんちょんと叩いている。それが痛かった。

「縫わなきゃならないかもしれない。とりあえず出血しないようにテープで押さえておこう」

「こんな傷、どうってことない」

「もう終わったんだよ」

凱は沼田を見た。沼田は苦い顔をしていた。ヨハン・ハックが凱のところにやってきた。

凱はまだ納得していなかった。

ヨハン・ハックは凱の肩を叩き、沼田や風見に挨拶をした。これから、優勝のセレモニーが始まる。

すでに結果は出た。凱はリングを下りなければならなかった。ファンもこんな幕切れを期待していたわけではなかった。会場ではまだブーイングが続いていた。

花道を引き上げる凱に、「よくやった」と声援が飛ぶ。だが、なんの慰めにもならなかった。

名誉がほしいわけではなかった。金がほしかっただけだ。

控え室に引き上げると、風見がもくもくとグローブを外し、バンデージを切り取った。

「やられたな……」

沼田が言った。

凱は沼田を見た。

「凱に優勝させる気はなかったんだ」

風見がうなずいた。

「エルボーでした。不運な事故に見えましたが、ヨハン・ハックは狙っていたのかもしれません」

「沼田道場の所属だということが、問題だったのかな……」

「どういうことです？」

増原が沼田と風見の顔を交互に見ながら尋ねた。

風見がこたえた。

「主催者は、なんとか凱の優勝を阻もうとした」

「そんな……」

増原は目を丸くした。「日本人選手が優勝したほうが、ファンだって喜ぶでしょう」

「ＧＰＸの選手には、すでにファンがついている。外国人も日本人も関係ない。ヨハン・ハックはすでにスターだし、その他の選手もスターだ。日本人が優勝をかっさらったりしたら、来年、興行が打てるかどうかわからなくなる」

「連中がへそを曲げるということですか？」

「そういうことだ。それに、凱は沼田道場所属だ。つまり、外様《とざま》なんだ」

「しかし、誰の眼にも凱が優勢でした」

「そう。ポイントでもおそらく凱が優勢だった。だから、やつらはチャンスを見逃さなかったんだ」

「ヨハン・ハックが故意に肘を使ったというのですか？」

増原が尋ねると、風見は苦い顔をした。

「それは、神のみぞ知るだ。本当に事故だったのかもしれない。だが、主催者側は、そのチャンスを見逃さなかったということさ」

「汚いじゃないですか……」

増原が言った。

「試合にゃ付き物だ。あんたがいた会派の試合だって、いろいろあっただろう」

「そりゃあ、まあ……。まったく何もないと言えば嘘《うそ》になりますが……」

「どんな試合だってそうなんだ。主催者側が優勝させたいと思う選手がいる。どうしてもジャッジなんかが、その選手にポイントを加算したがる……」

凱は、もうどうでもよかった。

一千万円を取り損なった。そのことがショックだった。

控え室のドアが開いた。佐久間が顔を出した。

「おい、表彰式のセレモニーが始まるぞ」

凱は言った。

「出たくない」

「おい、今後のこともある。顔を売っておけよ」

「必要ない」

「準優勝者には、二万ドルの賞金が出るんだが、それもほしくないのか」

凱は、意外に思った。優勝しなければ、一銭たりとももらえないと思っていたのだ。

「二万ドル……。二百万円以上だな」

「そうだ」

「それも、沼田道場が取り上げるんじゃないのか？」

凱がそう言うと、沼田が言った。

「どういうことだ？」

佐久間が居心地の悪そうな顔をした。

「アメリカ遠征のファイトマネーを、ブラジルへ行くために使っちまったんですよ」

沼田は、溜め息をついてから凱に言った。

「賞金を奪ったりはしないよ。二万ドルはおまえのものだ」

佐久間が言った。

「さ、二万ドル、もらいに行こうぜ」

凱は、トランクスの上からスウェットのパンツをはき、Tシャツを着た。金をもらえるというのなら、セレモニーとやらに出てもいい。

リングでは、また派手な演出が行われていた。準優勝のトロフィーをもらい、二万ドルの目録をもらう。

優勝者のヨハン・ハックが握手を求めてきたので、形ばかりの握手をした。

会場から、多くの観客が凱の名を呼んでいる。国内決勝、ワールドグランプリ、この二つの試合を通して、凱はすっかり人気者になっていたようだ。

だが、人気などどうでもいい。金にならなければ意味がない。

いつになったら、まとまった金が手にはいるのか。表彰のセレモニーが続く中、凱はそんなことを考えていた。


（下巻へつづく）

本書は『虎の道 龍の門（上中下巻）』（二〇〇六年一一月～〇七年一月刊、中公文庫）を新装・改版し二分冊にした上巻です。

中公文庫

虎《とら》の道《みち》 龍《りゅう》の門《もん》（上《じょう》）
——新装版《しんそうばん》

2019年5月25日　初版発行

著　者　今《こん》　野《の》　敏《びん》

発行者　松田陽三

発行所　中央公論新社
〒100-8152　東京都千代田区大手町1-7-1
電話　販売 03-5299-1730　編集 03-5299-1890
URL http://www.chuko.co.jp/

DTP　ハンズ・ミケ
印　刷　三晃印刷
製　本　小泉製本

Published by CHUOKORON-SHINSHA, INC.
Printed in Japan　ISBN978-4-12-206735-6 C1193